坊ちゃん
住《すみ》田《た》ゆき
上等五銭
TO SUMITA
FIRST CLASS
1867
28.04.01

No. 978-957-710-712-1

日本經典文學

少爺

坊っちゃん

夏目漱石／著

李孟紅／譯

笛藤出版

20×20

目次

中文

日文

第一章

坊っちゃん

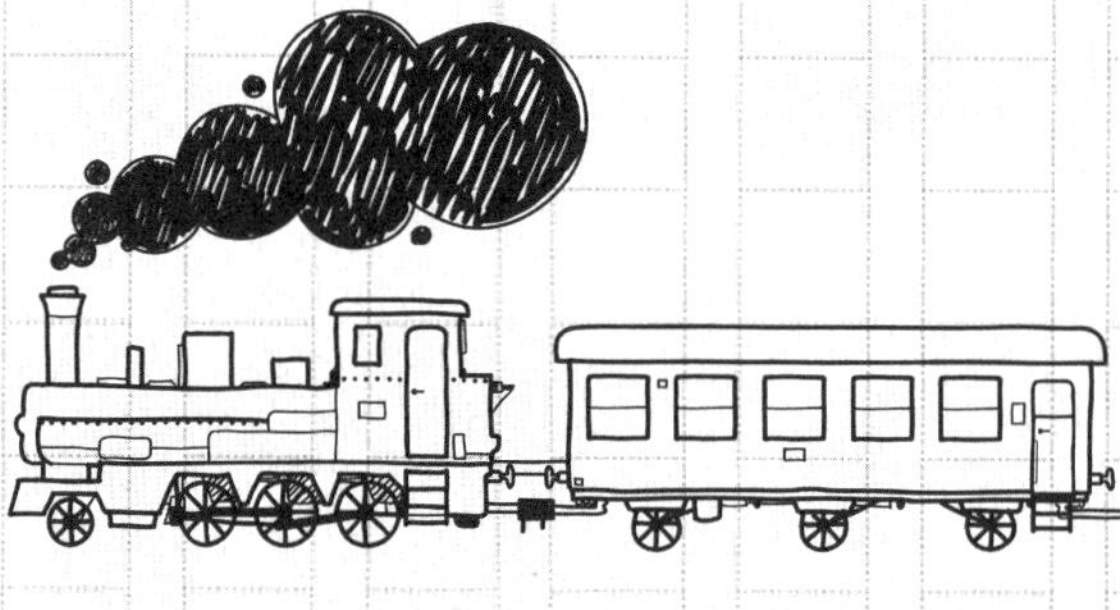

20×20

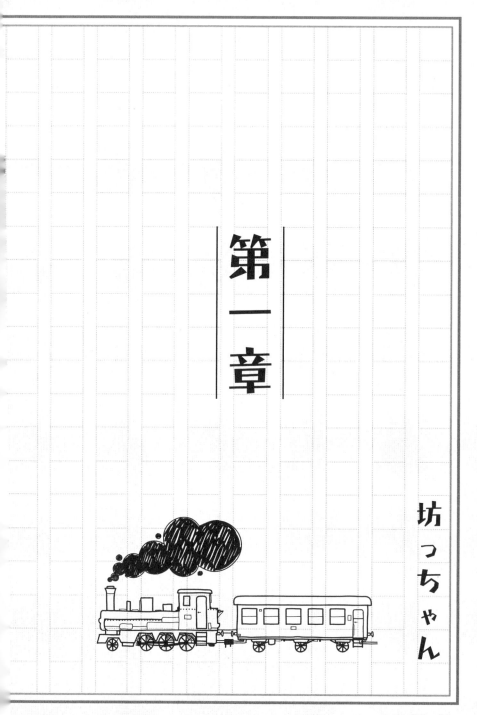

由於遺傳了父母魯莽的性格，我從孩提時便吃了不少的虧。小學的時候，我曾經從學校的二樓往下跳，把腰給閃得一整個禮拜動彈不得。

親譲りの無鉄砲で小供の時から損ばかりしている。小学校に居る時分学校の二階から飛び降りて一週間ほど腰を抜かした事がある。

由於遺傳了父母魯莽的性格，我從孩提時便吃了不少虧。小學的時候，我曾經從學校的二樓往下跳，把腰給閃得一整個禮拜動彈不得。也許有人會問我為什麼要做出那種傻事啊？其實也沒什麼特別的理由，只是因為當我從新蓋好的二樓探出頭時，有個同學開玩笑地嘲弄我說：「就算你再神氣，也不敢從那裡跳下來吧！哈哈！膽小鬼！」當工友背我回家後，父親瞪大雙眼對我說：「竟然會有人從二樓那點高度跳下來就閃到腰的！」我便回他：「下次不會閃到腰的，我跳給你看！」

有次我從親戚那兒收到了一把西洋製的小刀，當我將那把漂亮的刀刃對準太陽向同伴炫耀時，其中一人對我說：「這把刀亮是亮啦！但看起來一點也不利。」我向他擔保：「怎麼可能不利！我什麼都能切給你看！」於是他要求我：「那你切切看自己的手指好了。」我說：「怎麼？要切手指是嗎？好啊！」接著我就往右手拇指的指甲斜切了下去。幸好那把刀小，加上拇指的骨頭還算硬，所以現在拇指還連在手上。不過那道傷痕是到死也不會消失了。

從我家院子往東走二十步，走到盡頭時，南側的坡上有一方小菜園，菜園的正中央種著一棵栗子樹，這可是比性命還重要的栗子樹呢！每逢果實成熟的季節，我一起床便會奔出後門，去撿落下的栗子帶到學校吃。菜園西側緊鄰著「山城屋」當鋪的庭院。這戶人家有個十三、四歲的兒子，名叫勘太郎。勘太郎無庸置疑是個膽小鬼。明明是個膽小鬼，卻老是翻過籬笆來偷栗子。有一天黃昏，我躲在折疊門後，總算將他逮個正著。勘太郎無路可逃，便死命地朝我撲了上來。他大約長我兩歲，雖是個膽小鬼，力氣卻很大。勘太郎用他的頭頂住我的胸膛，使勁推我的當下，他的頭突然一滑，滑進了我和服的衣袖裡，我的手因此無法動彈，於是我便胡亂甩動，而勘太郎那顆卡在我袖裡的腦袋，便跟著搖來晃去。最後他感到難受，於是在袖子裡咬了我的手臂。我痛得把他推向籬笆，用腳絆住他後把他摔了出去。山城屋的地面比菜園這裡低了六尺，勘太郎壓毀了半面的籬笆，一個倒栽蔥地跌回他的地盤裡，痛得發出一聲低鳴。他摔倒時，我的衣袖也跟著被扯下，我的手就在一瞬間恢復了自由。那天晚上，母親前往山城屋致歉，順便將那半邊衣袖取了回來。

除此之外，我還幹過不少惡作劇。我曾經帶著工匠店的兼公和小菜館的阿角到茂作的紅蘿蔔田搗蛋。我們三個在紅蘿蔔芽尚未冒齊的地方，鋪上一整片稻草，然後在那上面玩了半天的相撲，結果紅蘿蔔全被我們給踩爛了。我也曾把古川家田裡的水井搞到阻塞不通，把人家氣得上門算帳。那是一口用粗大的孟宗竹做成的灌溉工具，將竹節打通後深埋進土中，再引水灌溉田裡的稻作。當時我並不知道那口井的構造，只是一股腦地將一些石頭、棍棒猛丟入水井裡，我確認水再也出不來後，便回家吃飯，而這時古川則漲紅著臉跑到家裡來興師問罪。印象中我們後來是賠錢了事的。

父親一點也不疼我，而母親總是特別寵著哥哥。我這個哥哥生得白白淨淨，他最喜歡扮女裝學人家演戲。父親每次看到我就說：「你這傢伙反正也成不了什麼大器。」而母親也對我說過：「你這麼愛胡來，將來真是叫人擔心。」是的，我是成不了大器，下場如你所見。也難怪母親會擔心我的將來，活到現在只差沒鋃鐺入獄。

母親病逝前兩三天，我在廚房翻跟斗，肋骨撞到爐灶的邊角，痛得要命。母親氣忿地說：「我再也不想看到你了！」於是我只好到親戚家住。之後，有人來通知我她過世的消息，我沒想到母親那麼快就離世。早知道她病得那麼重，我就會乖一點了，我回到家後，哥哥卻說我是個不孝子，是我害母親早逝的。我因為不服氣而打了哥哥一巴掌，結果反被狠狠教訓了一頓。

母親走後，我便和父親及哥哥相依為命。父親無所事事，只要見到我，就會說：「你這傢伙真沒用、沒用。」簡直成了他的口頭禪。到底是哪裡沒用，我到現在還是不明白，真是個怪老爸！哥哥想當個實業家，於是很努力地學習英語。他本來就有一點女孩子氣、很狡猾，所以我們的感情並不好，平均十天左右吵一次架。有一次我們在下將棋，他很卑鄙地下了待駒，事先堵住我王將的後路，看到我陷入苦思，他就得意地嘲笑我。我氣不過，於是拿手上的飛車[1]往他的眉間丟。他的眉間因此破皮流了點血。哥哥向父親告狀，於是父親脫口說要與我斷絕關係。

1 將棋的棋子之一，可向直縱的方向直行，相當於象棋的車。

當時我心想沒轍了，索性如他所願離家算了。結果，在我們家幫了十年傭的老女僕阿清，哭著向我父親求情，才使他息怒。但其實我並不怕父親，倒是覺得對阿清很抱歉。聽說她本是名門出身，卻因家道中落最後淪為下人，成了我家的婆婆。不知道為什麼，這個婆婆非常疼愛我，令我覺得很納悶。母親在過世前三天，對我失望透徹；父親一年到頭數落我；村裡的人討厭我這個搗蛋鬼，可是阿清卻十分疼愛我。我很清楚自己不管如何都不討人喜歡，所以也不在乎別人怎麼對我。而阿清卻這般地寵愛我，反而令我不解。她常會趁著四下無人時在廚房讚美我說：「您的個性正直，性情又好。」可是，我並不瞭解阿清話裡的意思。如果我的性情好，那麼除了阿清以外，別人應該也會對我好啊！每當她這樣讚美我，我總會回她說：「我討厭人家恭維我。」然後，她就會喜出望外地看著我說：「所以啊！這就是您本性好的地方嘛！」像是在自滿我是由她一手造就而成似的，讓我有點不舒服。

自從母親過世之後，阿清愈發地疼愛我。當時年幼的我，心裡常常不明白她為什麼如此疼愛我。我心想：「真是無聊，別理我最好！」真是對不起她。儘管如此，阿清還是對我好。她經常會用自己的零用錢買金鍔餅、紅梅餅給我吃。還會在寒冷的冬夜裡，把悄悄買來的蕎麥粉煮成蕎麥湯，端到我的枕邊來。有時候，她甚至會買鍋燒烏龍麵給我吃。不光是吃的，她還給過我布襪、鉛筆和筆記本。甚至還曾借我三圓，不過那是之後的事。我並沒有開口跟她借錢，是她自己把錢拿到我房間來，對我說：「沒有零用錢花，一定很不方便吧？來，這些錢拿去用。」我當然是拒絕了，可是她堅持要我收下，於是我只好收下，但心裡其實很高興。我把那三圓放進夾口錢包，揣在胸口裡，結果上廁所時，錢包撲通一聲地掉進茅坑裡。我沒辦法，只好拖著緩慢的步伐從廁所出來，一五一十地告訴阿清。阿清立刻找來竹棒，對我說：「我去把它撈起來！」過了一會兒，我聽到水井處傳來嘩啦嘩啦的聲音，出來一看，原來是阿清正在用水在清洗掛在竹棒前端的錢包。當她把錢包打開來一看，一圓鈔票已經變成咖啡色，上面的圖案也變得模糊不清了。阿清把鈔票拿到火爐旁烤乾，拿來給我說：「這樣應該可以了吧？」我聞一聞嚷道：「哇！好臭耶！」「那給我，我去換一下好了。」結果，不知道她是去哪兒弄的，她把原來的紙鈔換成了三圓的銅板給我。我已經忘了後來是怎麼花掉那三圓的，我一直說要還，卻都沒還。現在就算我想還她十倍的錢，也無從還起了。

阿清總是趁著父親和哥哥不在的時候，才會給我東西。若要是問到我忌諱什麼，那就是我最討厭自己一人在背地裡受惠。雖然我和哥哥的感情並不太好，但是我可不喜歡背著他從阿清那裡收到零食、色鉛筆。我曾經問過阿清，為什麼只給我一個人，而不給哥哥呢？結果阿清若無其事地說：「哥哥的東西爸爸會買給他，所以沒關係。」但這是不公平的，父親為人雖然頑固，但絕對不是個偏心的人。然而在阿清的眼裡，她似乎就是覺得父親偏心。阿清簡直就是溺愛我，但畢竟她是個出身名門卻沒受過教育的婆婆，所以我也拿她沒轍。但事情不光是這樣，偏心真是個可怕的東西。阿清深信我將來一定會出人頭地、功成名就，並且擅自認定愛念書的哥哥，光是細皮嫩肉的，根本就成不了什麼大器。面對這種婆婆，我也只能舉手投降。她堅信自己看中的人一定會飛黃騰達，而她討厭的人肯定一事無成。我從那時候起，就沒特別想過自己未來要成為什麼樣的人，但阿清老是說我一定會有所成就，於是我便開始覺得自己也許真的能有所作為吧？現在想起來，還真愚蠢。有一回我問阿清，覺得我以後會做什麼？然而，阿清似乎也沒特別思考過這件事。她只說我日後一定會身坐人力車，並且住在一幢大門華麗氣派的宅邸。

阿清打算等我有了房子，獨立了之後，要和我同住。她不斷地要求我一定要把她留在身邊。而我竟也像是已經有了房子似地回答她：「嗯！我會留妳下來的。」但沒想到，她是個想像力豐富的女人，竟接著說：「您中意哪裡呀？麴町還是麻布？可以在院子裡架一座鞦韆玩呀！洋式的房間啊，一間就夠了……。」等等，一個人計劃著將來。那時我壓根兒沒想過要有房子的，我總是對她說：「洋樓也好，日式房屋也罷，都不需要，我根本就不想要那些東西。」於是阿清又說了：「您清心寡慾，心地真好！」不管我說什麼，阿清總是會讚美我。

母親過世後的五、六年裡，我都是在這種狀態下生活的：被父親責罵、和哥哥吵架、從阿清那兒得到零食和讚美。我沒有特別的奢望，只覺得這樣就夠了，也一直認為別的小孩也應是如此生活。但每遇上什麼事，阿清便老是說我可憐啦！不幸啦！久而久之我也覺得自己既可憐又不幸。除此之外，我並不覺得有什麼苦的。只是對於父親都不給我零用錢這事，感到吃不消而已。

在母親死後第六年的新年，父親也因為中風而過世。那年四月，我自一所私立中學畢業；六月，哥哥從商校畢業。他找到某某公司的九州分公司的職位，必須去外地工作。而我則得留在東京繼續升學。哥哥提議將房子賣掉整頓好遺產，以便他遠赴九州。我回答他怎麼做都行。反正我也不想成為他的包袱，就算他肯照顧我，到時也會吵架，而他肯定也會說些什麼挖苦我。要是接受那種半調子的照顧，我便不得不向他低頭。我早有心理準備，就算去送牛奶，我也要養活自己。之後哥哥找來舊貨商，將祖上代代遺留下來的破銅爛鐵以低價賣出了。至於房子，則是在某人的仲介下賣給了某戶有錢人家。這麼一來，好像籌到了不少錢，但細節我一無所知。我在前途未定的一個月前，曾暫時租屋住在神田的小川町。阿清對於把住了十幾年的屋子拱手讓人一事，深感可惜。不過房子不是她的，所以她也莫可奈何。阿清頻頻地對我發牢騷說：「要是您再大一點，就可以繼承這裡了。」如果說再大一點就可以繼承的話，那麼即使是現在，也理應能繼承的呀！婆婆什麼都不知道，只天真地相信只要我再大一些，就可以繼承哥哥的房子。

哥哥和我就這樣分道揚鑣了。可是傷腦筋的是，阿清該何去何從？當然，以哥哥的身分，並不適合把阿清帶去，而阿清也不想跟哥哥南下九州。至於我，正窩居於四帖半大的廉價租房，甚至還有可能要隨時搬遷。我一籌莫展，於是問阿清要不要另找人家幫傭去？最後她下定決心說：「在您有房子，討到老婆前，我就先到我外甥那兒麻煩他了。」這個外甥在法院當書記官，經濟方面不成問題。之前他也曾三番兩次地勸阿清過去，但阿清總是說：「即使要當女僕幫傭，我還是比較喜歡待在住慣的地方。」始終沒答應外甥的邀請。不過，阿清大概是想，以現在這個情形，與其去陌生人家幫傭，從頭開始適應規矩，倒不如去麻煩外甥還來得好些吧？然而，她還是不忘叮囑我快點買房子啦、討媳婦啦、要來照顧我啦之類的話。比起親外甥，阿清似乎比較喜歡我這個跟她毫無血緣關係的人。

哥哥出發至九州的前兩天，拿了六百圓到我的住處，告訴我說：「拿去當做生意的資本，或者拿去當學費。隨便你怎麼用。不過從今以後，我就不再管你了。」這舉動就我哥哥來說，他這樣對待我已經很夠意思了。我本想，即使沒拿這六百圓，也不會活不下去，不過我很欣賞哥哥那不同以往的坦率直爽，道過謝後便欣然接受了。接著哥哥又拿出五十圓來，叫我順便交給阿清，我毫不猶豫地收下。過了兩天，我和哥哥在新橋的車站分別後，就再也沒見過他了。

我躺在床上，盤算著這六百圓該怎麼用。做生意嘛，不但麻煩，而且我也肯定做不來，再說，憑這六百圓也不太能做什麼像樣的生意，好吧！就算做得成，以我現在的學歷，也無法自信滿滿地說自己有受過教育，總之就只有吃虧的份了。算了，不拿去當生意本了，把這些錢拿去當學費，讀書去！如果將六百圓分成三等份，一年便有兩百圓可用，如此便可以念三年的書。三年好好用功的話，應該能有些成就。再來，就是考慮上哪一所學校了。可是我天生對任何學問都不感興趣，尤其是像語言學、文學之類的，更是全然不行。拿新體詩來說，二十行裡頭，我大概連一行也看不懂。我心想，既然沒有一樣喜歡的，那麼學什麼都一樣。碰巧我路過物理學校，看到招生廣告，心想這也算是一個緣分，於是便要了報名表，馬上辦了入學手續。現在回想起來，這又是遺傳自父母的魯莽個性而造成的失策。

這三年我雖然和大家差不多用功，但是我並不是天資聰穎的人，所以要查看排名的話，總是從後面開始找還比較快。經過了三年，我竟也奇蹟似地畢業了。連我自己都覺得奇怪，但我也沒理由好抱怨的，我就這樣安份地畢業了。

畢業後的第八天，校長叫我過去一趟。不曉得是什麼要緊事，出門後才知道原來是四國那裡有一所中學缺數學老師，月薪四十圓，校長和我商量，問我去不去。我雖然念了三年書，但老實說，我並不打算當老師，也沒想過要去鄉下。可是除了當老師外，我也沒有其他想做的事。所以當校長跟我談這件事時，我當下就答應了。而這也是魯莽的天性使然。

既然已經答應了，就得去赴任。在四帖半賃屋而居的這三年來，我沒挨過一次罵，也沒跟誰吵過架，算是我一生中比較安適無憂的時期，但現在也終究得搬離這兒了。我有生以來只離開過東京一次，是和同學一起到鎌倉遠足。這回可不比鎌倉，我必須到很遙遠的地方，那兒位在海邊，從地圖上看，只見其大小宛如針頭一般，肯定不會是個好地方。不曉得那裡是什麼樣的小鎮？住著什麼樣的人？不知道也無妨，毋須擔心，去就是了。不過還真有點麻煩呢！

老家即使轉手他人後，我還是常常去找阿清。阿清的外甥是個不錯的人，每當我前去拜訪，他總會盛情地款待我。阿清會把我推到前面，然後驕傲地對她的外甥聊起我的種種。她還曾天花亂墜地說過，我畢業後，就會在麴町一帶買房，然後到公所上班等等的。她擅自地替我做主張，一個人在那喋喋不休，害得我在一旁頭痛得羞紅了臉。還不只一兩次而已。有時，她連我兒時尿床的事也拿出來講，真受不了。不知道她外甥在聽阿清吹捧我的時候是作何感想？阿清是個傳統的女人，她用封建時代的那套主僕關係來定位我和她之間的關係，好像認定只要我是她的主子，那麼也算她外甥的主子。看來，她外甥才該感到頭疼困擾。

去四國的時間總算確定了，在出發的前三天，我去探望阿清。她因為感冒，正睡在北向的三帖和室裡。她一看到我來就馬上起身端坐，劈頭問我：「少爺，您什麼時候要買房呢？」她大概以為，只要一畢業，錢自然就會從口袋裡冒出來吧？阿清硬是把我想成了不起的人物，到現在還稱呼我少爺，實在是太過荒唐。我回答她說：「暫時還不會買房啦！我要去鄉下。」她顯得非常失望，頻頻地撫摸她那凌亂且斑白的鬢髮。我覺得很過意不去，便安慰她說：「去是去！不過我很快就會回來的。明年暑假我一定回來。」然而她還是一副悶悶不樂的樣子，於是問她：「那我帶土產回來給妳，妳想要什麼？」「我想吃越後的竹葉糖。」什麼越後的竹葉糖，聽都沒聽過，而且跟我要去的方向也不對。「我要去的鄉下，好像沒有竹葉糖耶！」聽我這麼一說，她才反問我：「那麼是哪個方向啊？」「是西邊喔！」她又問：「那是在箱根之後還是之前哪？」實在叫人難以應付。

阿清在我出發的那天一早就來了，替我打理了很多事。她將在途中雜貨店買來的牙膏、牙籤和手帕放進我的帆布包裡。雖然我說我不需要，但是她始終不聽。人力車把我們載抵車站後，阿清站在月臺上，緊盯著已經上了火車的我，小聲地說道：「也許我們就此永別了，還請您一定要保重！」她的眼裡盈滿了淚水。我並沒有哭，但我差一點就哭了。火車開了一小段路，我心想阿清應該已經不要緊了吧？於是把頭探出車窗，往回一望，她果然還站在那裡。總覺得阿清的身影變得好小。

第二章

我曾經聽說，出外旅行要給小費。不然，人家就會怠慢你。難道我被安排在這個又小又暗的房間，就是因為沒給小費？

道中をしたら茶代をやるものだと聞いていた。茶代をやらないと粗末に取り扱われると聞いていた。こんな、狭くて暗い部屋へ押し込めるのも茶代をやらないせいだろう。

當汽船「嗚——」地一聲停下後，小船便離岸朝這邊划來。船夫上身赤裸，腰間繫著紅色的兜襠布。真是個野蠻之地，但這麼熱的天，也難怪穿不住衣服。烈日照得水面油亮亮的，十分眩目。我問過辦事員後得知要在這裡下船。我放眼一看，這裡不過是個像大森[1]一般大的漁村。簡直是看不起我嘛！這種地方我怎麼待得住！我心裡雖然這麼想，卻也只能待下去了。我很瀟灑地第一個跳上小船，接著有五、六個人也陸續上船，另外還有四口大箱子也一並堆上船來。繫著紅色兜襠布的船夫將船划回岸頭。著陸時，我也是第一個跳上去的。我馬上問了一個站在海岸邊的塌鼻子男孩：「中學在哪兒？」他愣了一下，說：「不知道呀！」真是個不機靈的土包子，就這麼一丁點大的小地方，竟然會不知道中學在哪裡！這時，迎面來了一個男人，他穿著奇特的窄袖和服，開口要我跟著他，於是我跟在他後面來到一家叫做港屋的旅館。一聽見討人厭的女服務生齊聲喊道：「歡迎光臨！」時我就不想進去了。我站在門口問：「請問中學在哪裡？」當聽說還得從這裡搭兩里遠的火車才到得了學校，我就更不想進去了。我從窄袖和服的男人手上搶回兩包行李後，便悠悠地掉頭走人，讓旅館的人大惑不解。

我馬上就找到車站，也順利地買好了票，進了車廂才發現這輛火車簡直像個火柴盒似的。火車搖搖晃晃地開了五分鐘後，我就必須下車了。怪不得車票那麼便宜，只要三分錢。我招了一部人力車前往學校。抵達學校時，已經放學沒人在了。工友告訴我，值班的老師出去辦事了，竟然有如此隨便的值班！本來想直接去拜訪校長的，但我已精疲力竭，於是請車夫載我去旅館。車夫活力充沛地把車拉到一家叫做山城屋的旅館前，由於和勘太郎家的當鋪同名，所以我覺得很有趣。

不知何故，侍者竟然把我安排在階梯下的陰暗房間，熱得我根本就待不住。我說我不要這間房，「很不巧，所有的房間都客滿了。」侍者邊說邊把我的行李丟進房裡後一走了之。沒辦法，我只好進屋去，忍受一身的汗流浹背。最後總算有人來叫我去洗澡，我撲通地跳進澡池，沒兩下就出來了。回房途中，我偷瞄了一下，發現還有涼快的空房。真是差

1 現為東京都大田區東側的沿海地帶。在明治時期時為魚村。

勁，竟敢對我說謊！不久，女侍端了晚餐過來。房間雖熱，飯菜卻比我在東京住宿的地方好吃多了。女侍一邊收拾，一邊問我從哪裡來。我告訴她，我是從東京來的。接著侍女說：「東京一定是個好地方吧？」「那還用說！」我如此應道。女侍把碗盤收去廚房後，我聽見了一陣哄笑。因為閒來無事，所以我早早就躺上床，但卻一直無法入眠。不光是因為熱，而且還相當吵雜。這裡比我以前住的地方吵上五倍。我迷迷糊糊地入睡後，夢見了阿清。阿清正狼吞虎嚥地，將越後的竹葉糖連葉帶糖地吃下肚。我說竹葉有毒，叫她別吃了，她卻說：「不，這竹葉是藥。」然後又津津有味地吃了起來。我驚訝得開口大笑，接著便醒了過來。此時，女侍正開著木板套窗，窗外的天氣，晴朗得像是湛藍穿透了天際。

我曾經聽說，出外旅行要給小費。不然，人家就會怠慢你。難道我被安排在這個又小又暗的房間，就是因為沒給小費？還是因為我一身寒酸的衣褲，手拎帆布包和棉段傘的緣故？這裡的人明明都是土包子，竟敢瞧不起我！我就給最多的小費嚇嚇你們！別看我這樣，我可是帶著學費剩餘的三十圓離開東京的呢！扣除火車票、汽船票和雜費後，還剩下十四圓。反正以後有薪水可領，這些錢全給你們也無妨。鄉下人都是吝嗇鬼，只要給個五圓，肯定會把他們嚇得頭昏眼花！瞧瞧我的厲害吧！盤算好後，我洗了把臉回房等著。不久，昨晚的女侍又端飯菜來了。她拿著托盤一面張羅，一面嗤嗤地笑著。真是沒禮貌！我的臉上又沒有什麼祭典遊行通過，根本沒什麼熱鬧可瞧的。我的相貌啊！怎麼說也比這個女侍好！我本來打算吃過飯再給小費的，現在被她惹毛了，於是我吃到一半，就拿出一張五圓鈔票，叫她待會兒送去給帳房。結果，那個女侍露出詫異的神情。吃過飯後，我便馬上啟程去學校。而旅館的人竟然連皮鞋都沒幫我擦。

由於昨天去過學校，所以我大致知道位置。在十字路口處轉兩三次彎後，很快就可以抵達正門。從大門到玄關的地方，鋪著花崗石。昨天車子從這裡喀啦喀啦地經過時，發出的巨響讓我覺得很受不了。途中我遇到很多穿著小倉織[1]制服的學生，大家都穿過這座門

1 為江戶時代豐前小倉藩（現為福岡縣北九州市）特產的棉布，質地堅韌、不易磨損，設計以直條紋或素色居多。

而入。有些學生的個子還比我高壯，我一想到要教那種傢伙，就不由得害怕起來。我拿出名片後，就被領到校長室去。校長是個蓄著稀疏鬍子，膚色黝黑，像隻大眼狸貓的男人。他裝腔作勢地對我說：「要打起精神，好好努力喔！」接著謹慎地蓋上了大大的印章，把聘書交給我。而這張聘書在我回東京時，被我揉成一團丟到海裡去了。校長告訴我：「等一下我會介紹學校的教職員給你認識，所以你要把聘書一一拿給大家看喔！」真是多此一舉！與其這麼麻煩，不如將聘書張貼在教職員辦公室三天還省事些。

必須等第一節課的下課號聲響起後，教職員們才會齊聚於辦公室。距離號響還有一大段時間，校長取出錶來看了看，說道：「本來想之後再慢慢談的，不過希望你能先瞭解大致的情形。」接著，他開始長篇大論地闡述教育的精神。我當然是隨便聽聽，可是聽到一半，我開始覺得自己來到了一處不得了的地方。我沒辦法做到校長的要求。他竟向我這種個性魯莽的人提出什麼，要成為學生的典範啦、成為一校的師表啦，而且除了做學問外，還必須提升個人的德行才能成為教育家……，提了一堆過分的要求！要是有那麼偉大的人，他會為了區區四十圓的月薪，千里迢迢地跑到這種窮鄉僻壤來嗎？人都是差不多的，只要心裡不爽快，任誰都會吵上一架的。但按照這位校長的要求，我看我大概是沒辦法開口說話，也不能出門散散步了。若是這麼難的差事，早該在雇用我之前明說嘛！因為我這人討厭說謊，我只好當自己是被騙來的，乾脆心一橫，辭退這個職務回東京算了。但是給了旅館五圓，所以我的錢包裡只剩下九圓。只有九圓是回不了東京的。要是沒給什麼小費就好了，我真是做了蠢事。不過還有九圓，總會有辦法的。縱使旅費不足，也比說假話在此任教來得好。「無論如何，我都做不到您所說的，這張聘書我還給您。」我說完，校長眨了眨那狸貓似的眼睛盯著我瞧。過了好一會兒他才笑著說道：「我現在說的只是期望，我非常清楚你沒辦法達到我所期望的程度，所以不必擔心。」既然清楚，那一開始就別嚇唬人呀！

就在這時候，號聲響了。教室那邊突然喧譁了起來。「老師們應該都回到辦公室了吧？」校長說完，我便隨著他進入辦公室。辦公桌排列在寬闊而細長的房間周圍，每個人全坐在位子上。看到我進來，大家都不約而同地將目光掃向我，看什麼？我又不是來耍雜技的！之後我依照吩咐，將聘書一一拿到每個人面前打聲招呼。大部分的人都是起身彎個腰而已，比較講究的人則會接下聘書看一看，然後再恭敬地將聘書還給我。簡直就像在神社裡搭棚唱戲似的。當傳到第十五位的體育老師時，我因為一再重複相同的動作，已經開始不耐煩了。他們只需看過一次，而我一樣的動作卻要重複十五次之多，好歹也應該替我想想嘛！

在打招呼的時候，有一個叫什麼來的教務主任，據說是個文學士。所謂的文學士，即為大學畢業生，應是位了不起的人物吧？但奇怪的是，他的聲音竟像女子一樣輕柔。最讓我驚訝的是，這種大熱天，他竟然穿著法蘭絨的襯衫。即使布料再怎麼輕薄，也一定很熱的。不愧是文學士，連穿衣服都比別人辛苦萬分。而且還是件紅襯衫，看起來特別蠢。後來我才聽說，這個男人一年到頭都穿紅襯衫，真是怪癖。根據他本人的說法，紅色對身體好，為了身體健康，所以才特地去訂做的。杞人憂天！既然這樣，那就順便連和服、褲褲都做成紅色的好了。還有個叫做古賀的英文老師，他的臉色非常差。一般臉色蒼白的人都瘦瘦的，但這個男人卻是蒼白而臃腫。從前上小學時，我有一個叫做淺井民的同學，這個淺井的老爸臉色就是這樣。我問阿清：「淺井他們是農家，是不是當農夫臉色就會變成那樣？」阿清告訴我：「不是，那個人是因為淨吃結在蔓梢上的青南瓜，才會變得蒼白臃腫的。」從此，我只要看到蒼白又臃腫的人，我就認為那一定是吃了蔓梢上的青南瓜所致。這個英文老師想必也是如此。而「結在蔓梢上」究竟是什麼意思？我到現在還是不知道。我曾經問過阿清，但阿清笑而不答，她大概也不清楚吧？另外還有個和我一樣教數學的老師叫做堀田。是個體格壯碩的光頭，長得像比叡山的壞僧侶[1]。我恭敬地拿聘書給他看，他卻瞧也不瞧一眼，「喔！你就是新來的老師啊？有空來玩呀！哈哈哈哈……。」哈什麼哈？誰要去這種沒有禮貌的人家裡玩啊？從這時起，我就給這個光頭取了個叫做豪豬的綽

1 比叡山位於京都市東北方，山上有一座天台宗總本山延曆寺。於平安時代時，延曆寺的僧兵非常兇悍跋扈。

號。漢學老師就比較一板一眼了，「昨日甫到，想必疲憊，卻即要講課，著實勤奮。」是個滔滔不絕的親切爺爺。美術老師則完全一副演藝人員的風格，身穿輕飄飄的薄絲外褂，手拿扇子開開合合地問我：「你的家鄉在哪兒？咦？東京？那可真高興，我有同鄉了……我也是江戶『男兒喔！』」我心想，這種德性也叫江戶男兒的話，那我還真不想出生在東京。若要這般一一寫下其他老師的事蹟，恐怕會沒完沒了，便就此停筆。

當問候告一段落，校長對我說：「今天你可以先回去了，課堂的事情請先跟數學主任商量好，後天再來上課。」我一問之下才知道，數學主任就是那個豪豬。可惡！竟然要在這個傢伙底下做事，唉呀唉呀！真失望。「喂，你住在哪裡？山城屋啊？嗯，我等一下去找你商量。」豪豬說完便拿起粉筆去教室上課了。堂堂一個主任卻要親自來找我商量，真沒威嚴，但總比把我叫到他眼前好，這令我相當感激。

出了校門後，我本想直接回旅館的，但回去也沒事做，於是打算到街上散散步。我信步逛逛，看到了縣廳，是上個世紀的古建築。也看到了兵營，不比東京麻布的聯隊威風。

也看了大馬路，路大概只有東京神樂坂的一半寬，房舍的排列也差多了。雖為二十五萬石[2]的城下町，卻也不過如此。那些住在這種地方，還神氣地嚷嚷這裡可是城下町之人，著實悲哀。我一面如此想著，不知不覺已經走回山城屋了，這裡看來雖大，其實卻很小。如此一來，應該已將此區都晃過一遍了吧？回去吃頓飯好了，於是我走了進去。坐在櫃檯內的老闆娘一見到我，便急忙地飛奔而來，「歡迎您回來。」她跪著磕了頭。我鞋子一脫，走上去後，女侍告訴我：「房間已經空出來了。」接著把我帶上二樓。新房是間位於二樓鄰街的十五帖和室，房裡還有一處凹間[3]。我活到現在，還沒住過如此氣派的房間。下次要再住進來，不知得等到何時呢！於是我脫下衣服，換上浴衣，接著呈大字形的姿勢躺在房間的正中央，著實爽快！

1　為東京的舊稱。
2　為日本幕府時代支付家臣薪俸的單位，會以石高數來判別藩主的經濟實力。一石，相當於現在二十公斤的米，為一個成年人一年的食米量。
3　為和室中略高於地板，專門用來放置花草、懸掛書畫的空間。

吃過午飯，我趕緊給阿清寫了一封信。我不會寫文章，加上沒認得幾個字，所以很討厭寫信，而且也沒有對象可寄。但阿清一定很擔心吧？要是她以為我遭遇船難死了，那可不好，所以我很努力地寫了一封長信。內容如下：

「昨天到了這個無聊的地方，我睡在十五帖大的和室，給了旅館五圓小費。老闆娘還給我磕頭。我昨晚睡不著，做了一個阿清把竹葉糖連同葉子一起吃下肚的夢。我明年夏天會回去。今天去學校給每個人取了綽號，校長是狸貓，教務主任是紅襯衫，英語老師是青南瓜，數學主任是豪豬，美術老師是馬屁精。我會再寫信告訴你許多事的，再見。」

寫完信後，整個人都舒爽了起來，並開始犯睏，於是便和剛才一樣，大剌剌地在房裡睡成一個大字形。這回我什麼也沒夢見，睡得很熟。「是這間房嗎？」我被這聲響亮的嗓音給擾醒，接著豪豬就走進房裡：「剛才不好意思，你擔任的課程呢……」我才正要起身，他就立刻開始討論，搞得我相當狼狽失措。聽完我的工作內容後，並不覺得有什麼特別難的活，所以就答應了。這點小事，別說是後天了，就算叫我明天去上課我也不怕。「你不可能一直待在這間旅館吧？我給你介紹一個好地方住。如果是別人的話，人家可未必答應，但是如果透過我，這事馬上就成。愈快愈好，今天看，明天搬，後天去上課，這樣剛剛好。」課程協商完了之後，豪豬便擅自盤算著。也對，我總不能一直待在十五帖的和室，即使把薪水全拿來支付旅館的住宿費，也不一定夠。不過，我才剛付了五圓的小費，這麼快就要搬走，是有點可惜，但遲早都要搬，還是早點安頓下來比較好。因此我就麻煩豪豬幫我處理住宿的事。豪豬說：「一起去看房吧！」於是我就跟去了。房子位於郊外的山腰邊，非常閒適安靜。房東從事骨董買賣，名叫阿銀。房東太太年長丈夫四歲。在中學時，曾學過Witch（女巫）這個單字，而房東太太簡直長得跟Witch一模一樣。雖然是Witch不過已是人家的老婆，所以也無妨。最後說定明天就搬來。回途中，豪豬在通町請我吃了一碗冰水。在學校見到他的時候，我以為他是個狂傲無禮的傢伙，現在看到他對我這麼照顧，應該不是個壞人。只不過他好像和我一樣性子急且脾氣暴躁。後來我才知道，這個男人是最受學生歡迎的人物。

第三章

坊っちゃん

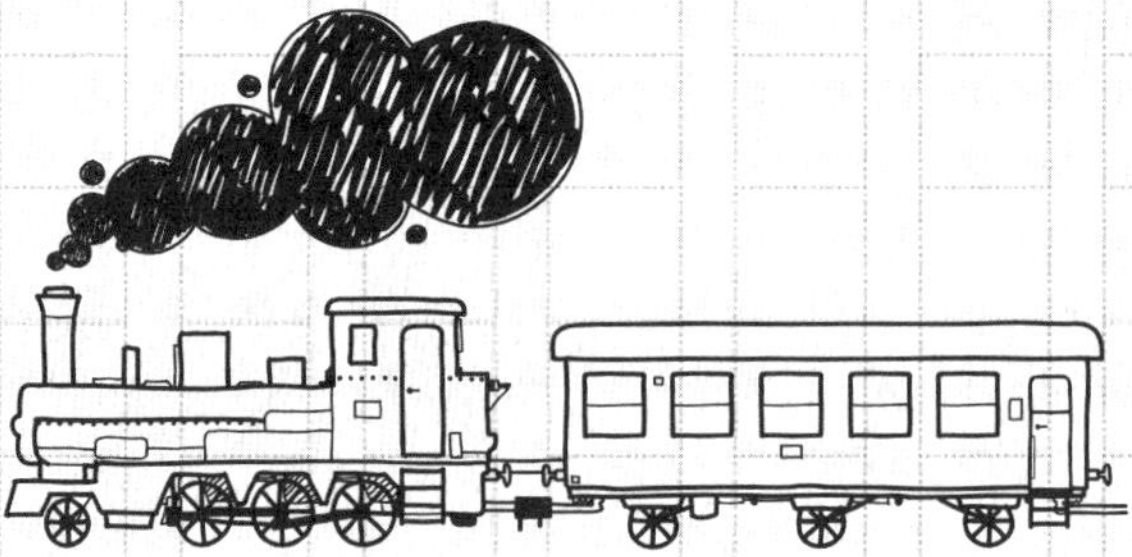

20×20

玩笑要是鬧過了頭，就會變成惡作劇。就像沒有人會讚烤過頭的焦黑年糕好吃一樣。

冗談も度を過ごせばいたずらだ。焼餅の黒焦のようなもので誰も賞め手はない。

我終於開始上課了。第一次踏進教室，站在講臺上，總覺得怪怪的。我一邊上課一邊想，連我也能當老師啊？學生相當吵鬧，常用誇張的大嗓門喊著老師，真叫人頭疼。以前在物理學校時，每天老師老師地叫，可是叫別人老師和被稱呼為老師的感覺，真是天壤之別，總覺得腳底發癢。我不是個卑怯怕事的人，只可惜欠缺膽量。一被大聲喊老師，就好像肚子餓時，在丸之內聽見午砲聲[1]的感覺。馬馬虎虎地上完第一堂課，沒被問到棘手的問題就結束了。當我一回到辦公室，豪豬就問我：「如何啊？」「嗯！」我簡單地應了一聲後，豪豬似乎是安心了。

當我拿起粉筆，離開辦公室，準備去上第二堂課時，心情就像要上敵方戰區似的。一進教室，我發現這班的學生，塊頭全比剛才那班的高大。我這個江戶男兒，既瘦弱又矮小，即使站到講臺上也沒有威嚴。但如果要打架，即使對方是相撲力士，我也能與其較勁。可我實在沒信心能光憑一張嘴，就鎮住這四十個大塊頭。我心想，要是被這些鄉下人看穿我的弱點就糟了，於是我盡量提高嗓門，用了些捲舌音來講課。剛開始，學生們宛如墜入五里霧中，被我唬得一楞一楞的，哈！厲害吧！我愈發地得意起來，於是搬出江戶腔講課，結果坐在第一列中央，看來最壯碩的傢伙突然站起來喊了聲老師。我心想來了！然後問他有什麼事，他回道：「說得太快了，聽不懂哎。能講慢一點嘻？」他那聲「能講慢一點嘻」的鄉下口音，聽起來一點力道也沒有。我回答道：「如果你們覺得太快的話，我可以講慢一點，不過我是東京人，所以不會用你們的方言，如果聽不懂的話，那就慢慢適應吧！」就這樣，第二堂課進行得比想像中還要順利。只不過當我要離開教室的時候，有個學生說：「可以講解這題嘻？」提出一道我一看就覺得解不出來的幾何問題，逼得我冷汗直流。我沒辦法，只好告訴他：「這個我不太清楚，下次再教你。」當我匆匆離開後，學生們「哇」地一聲喧鬧了起來。其中還有人說：「不會耶！不會耶！」混帳！即使是老師，不會也是理所當然的啊！不會就說不會，有什麼好奇怪的？我要是會那種題目的話，我怎麼會為了

1 從前，東京的丸之內，會在正午時施放空砲來報時，後因經費問題在一九二九年廢止。

四十圓就跑到這種鄉下地方來？我在心裡邊嘀咕邊走回辦公室。豪豬又問我：「這次怎麼樣呀？」我只應了聲：「嗯。」但這樣實在無法表達我的不滿，於是我又對他說：「這所學校的學生真不懂事！」豪豬聽了，一臉詫異。

第三堂、第四堂，還有午餐過後的第一堂課都大同小異。第一天上的每一堂課，多少都出了點狀況。當老師並不像表面上那麼容易。課雖然都上完了，卻還不能回家，必須傻傻地等到三點。據說三點一到，級任班級的學生掃除後會來報告，老師必須過去檢查，點名後才可以回家。雖然是為了薪水而賣身給學校，可是連沒課的時候也把人綁在學校，叫我和桌子大眼瞪小眼，真是豈有此理！不過，我看其他人都乖乖地按規矩行事，我這個新來的還是別太任性的好，於是我就忍了下來。在回家的路上，我向豪豬發牢騷說：「無論有事沒事，都要把人強留到三點，實在愚蠢。」豪豬說了聲：「是啊！」後便哈哈大笑，但隨即一臉正經地對我提出忠告：「你要是抱怨太多學校的事，那可不好！如果要說，對我說就好了。因為學校有些奇怪的人。」但我們馬上就在十字路口上道別了，所以沒時間問他詳細的緣由。

回到住處後，房東過來招呼我說要泡茶，我以為是要請我的，結果他竟然毫不客氣地拿出我的茶葉泡來自己喝！照這樣看來，搞不好他也會趁我不在家時，擅自說聲：「來泡壺茶吧！」接著就一個人喝起茶來也說不定。房東說他因為喜好書畫骨董，所以到後來便玩票地做起生意了。「你看來挺風雅的，要不要試試這種雅趣呢？」這真是令人不敢恭維的邀約。我曾於兩年前，幫某人跑腿而去了帝國飯店，結果被誤以為是修鎖匠；當我披著一條毯子，於鎌倉參觀大佛時，也曾被車夫喊作工頭。除此之外，到目前為止，我還蠻常被誤認為其他人物，倒是沒人說過我看似風雅的。一般呢，從穿著打扮、行為舉止就能判斷。所謂的風雅人士，就算是看畫中的人物，也都是頭戴綸巾，手持詩籤的人。會正經八百地說我是風雅之輩的人，也許是別有居心吧？我告訴房東：「我討厭像那種閒居無事的行為。」房東卻嘿嘿嘿地笑著說：「不，沒有人一開始就喜歡的，不過一旦跳進這個圈子，就會欲罷不能囉。」一邊逕自倒了一杯茶，用奇怪的手勢啜飲著。其實昨晚有麻煩他幫我買茶葉，但我不喜歡這種又濃又苦的茶。才喝了一杯，就覺得胃怪怪的。「下次，能請你買比較不苦的茶嗎？」他應聲說好後，又倒了一杯茶喝。這傢伙只要是別人的茶就猛喝。待房東走後，我預習了一下隔天的教材，不久便睡了。

從此，我每天都按規定去上課，接著每天一回到家，房東就會過來泡茶。一星期後，學校的情況也大致熟悉了，房東夫婦的為人也大概瞭解了。聽其他老師說，大家在接到聘書後的一週至一個月間，往往很在意自己的評價是好是壞，而我卻完全沒有想那麼多。若在課堂上頻頻出錯時，我當下是會很不開心，但只要三十分鐘一過，一切便煙消雲散了。我是一個萬事不掛心的人。在課堂上的失誤會帶給學生何種影響，而校長、教務主任對那個影響會有什麼反應，這些我都完全不在意。我之前也提過，我雖不是膽大如虎，但也還算灑脫。我早有心理準備，萬一這所學校待不住的話，我馬上就另謀他就。我才不怕狸貓跟紅襯衫，更甭提教室裡的那群小鬼，我完全沒打算要待他們親切討其歡心。學校還好應付，但是房東那邊就頭痛了，他如果只是過來喝喝茶，我還可以忍受，但他每次都會拿各種東西過來。他剛開始拿了一堆印材過來，把十只印材排列好後對我說：「全部只要三圓，很便宜的。買啦！」「我又不是巡迴鄉間的爛畫匠，不需要那些玩意兒。」結果下回他便拿出一幅叫做華山什麼的人畫的花鳥掛軸來，還逕自把畫掛起來，問我：「不錯吧？」「是嗎？」我隨口應聲後，他便開始講解：「有兩位華山，一位叫做某某華山，另一位叫做某某華山，而這幅畫是某某華山[1]畫的……」等到無聊的講解結束後，他又催促我：「如何？算你十五圓就好。買啦！」要是我說沒錢，他就會說：「錢哪！什麼時候給都行！」還真頑固，於是我附加了一句話：「就算有錢也不買！」在那之後，他扛了一方獸面瓦片般大的硯臺來，嘴裡直嚷：「這是端溪硯[2]，端溪的喔！」他三番兩次地強調是端溪，我半開玩笑地問他：「什麼是端溪？」他隨即講解了起來：「端溪石分成上、中、下層，現在的端溪硯臺都是上層的，不過這塊確實是中層的，你看這上面的眼紋[3]，有三個眼紋的可稀

1 名為華山的畫家一共有兩位，均為江戶末期的畫家。各為渡邊華山（一七九三～一八四一）和橫山華山（一七八四～一八三七）

2 為中國廣東省端溪產的高級硯台。

3 端溪硯的表面上有眼睛般的紋路，眼紋愈多愈為珍貴。

奇了。而且發墨的效果也很好，你試試看嘛！」說著，硬是把大硯臺拿到我面前。我問他多少錢，他說：「物主是從中國帶回來的，他說一定要賣出去，所以算你便宜點，三十圓就好了。」這個男人肯定是個傻子。學校那邊我應該還能順利應付，可是遇到這個骨董痴，我看我也許待不了多久。

不久，我也開始對學校感到厭煩了。某天晚上，我散步到一個叫做大町的地方，發現郵局旁有一塊招牌寫著蕎麥麵，下方還加註了「東京」兩字。我非常喜歡吃蕎麥麵，在東京的時候，只要經過蕎麥麵店，一聞到那調味的香氣，就會想鑽進布簾內大啖一番。但自從來到這裡，就被數學和骨董搞得暈頭轉向，都忘記蕎麥麵了。今天既然看到了這塊招牌，我可不能過門而不入了，反正順道，就進去吃上一碗吧！進去一看，並不像招牌所寫的那樣。我以為既然註明著東京，店內應該會比較乾淨的，可是不知道老闆是不認識東京，還是沒錢，店裡頭髒兮兮的。榻榻米不但已經變色，而且還滿佈細砂；牆壁被煤炭燻得黑不溜丟；天花板極低矮，又被油燈冒出的煙燻得黑黑髒髒的，讓我不禁縮緊脖子。唯有牆上那以醒目的字跡寫上各式蕎麥麵菜單的價目表是全新的。一定是老闆剛買下這間舊房子，兩三天前才開張的吧？價目表的第一道是天婦羅蕎麥麵，「喂！來碗天婦羅麵！」我大聲地點了一碗。這時，從剛剛就一直坐在角落的三人突然動也不動，方才還在啾啾咻咻地吸著麵條的三人，同時朝我看來。因為店裡的光線昏暗，我剛才還沒注意到，但現在一對眼才發現那三個全是學校的學生。他們先向我打了招呼，於是我也回應了。那晚，我因為太久沒吃蕎麥麵，再加上天婦羅蕎麥麵實在特別美味，所以我一共吃了四碗。

隔天我一如往常地走進教室後，看到黑板上大大地寫著「天婦羅老師」大家看著我的臉，哇地哄堂大笑。我覺得他們真無聊，於是我問：「吃天婦羅蕎麥麵有什麼好笑的？」結果有一位學生說：「可是吃四碗也太過火了嘻！」「我要吃四碗也好，五碗也罷，都是花我自己的錢，你有什麼意見！」說完後，我匆匆地上完課便回到辦公室。十分鐘後，我到另外一個班級去，這回黑板上寫的是「天婦羅蕎麥麵四碗是也，然不可笑」。剛剛我並沒有生氣，不過這次可把我給惹火了。玩笑要是開過了頭，就會變成惡作劇。就像沒有人會讚烤過頭的焦黑年糕好吃一樣。鄉下土包子就是不懂分寸，可能以為怎麼鬧都無所謂。大概是因為住在這種不用一個小時就能走遍的小地方，平常沒有其他事情可做，所以才會把天婦羅事件喧嚷得像日俄戰爭一樣吧？真是一群可悲的傢伙，就是因為從小接受這樣的教育，個性才會如此扭曲，成為種在盆栽中的楓葉[1]般的小人。如果大夥是天真無邪地笑笑那還無妨，但是你們呢？明明還是個小孩，卻帶著異樣的毒氣。我默默地把黑板上的天婦羅擦掉，然後對大家說：「搞出這種惡作劇好玩嗎？這是卑鄙的玩笑。你們知道卑鄙的意思嗎？」接著有人回道：「自己做的事情被人笑話而惱羞成怒，不就叫做卑鄙嘻？」這個討厭傢伙！我一想到自己大老遠地從東京跑來教這群傢伙，就覺得窩囊。「別再講那些歪理了，上課！」說完，我便開始上課。接下來的班級，則是在黑板上寫著「吃了天婦羅就想講歪理是也」簡直沒完沒了。我實在氣不過，「我不教這種狂妄的學生！」丟下這句話後，我就回家了。聽說學生們因為不用上課，所以高興得很！看來，比起學校，骨董還比較好應付呢！

我回家睡了一晚後，對天婦羅事件的怒氣便消了。我一到學校，學生們也照常來上學，還真是莫名其妙。之後只過了三天相安無事的日子，第四天晚上，我到一個叫做住田的地方吃糰子。住田這個地方是座有溫泉的城市，從城下搭火車的話約十分鐘可到，而步行的話要走三十分鐘。那裡有餐廳、溫泉旅館、公園，甚至還有青樓。我去的那家糰子店就位於那間青樓的入口處，因為聽說非常美味，所以泡完溫泉後我就進去吃吃看。我才想，這回沒有遇到學生，所以應該不會有人知道的，結果隔天到了學校後，當我走進第一堂課的教室時，黑板上竟然寫著「糰子兩盤七分錢」。我的確吃了兩盤，付了七分錢。真是一群麻煩的傢伙！我心想第二堂課也一定會耍什麼把戲，果然黑板上寫著「青樓的糰子美味呀美味」真是受不了他們！我以為糰子的事情就這樣結束了，結果這回換成我的紅毛巾被議論紛紛，還以為發生了什麼事，原來是有段無聊的來歷。自從我來這裡以後，就習慣每天

1 編按：以盆栽來暗喻教育框架窄小，作者認為接受這種框架下的教育，只會成為心靈扭曲的小人。

去住田泡溫泉。這裡無論什麼都比不上東京，就只有溫泉特別出色。我想既然都來到了這裡，不如每天去泡溫泉，於是我都在晚餐前出發，順便當運動。而我每次去的時候，手上一定會拎著一條大毛巾。這條毛巾泡過熱水後，紅色的條紋便會被暈開來，因此乍看之下像是條紅色的毛巾。無論是在來回的路上，或是搭火車、走路的時候，我都一直拎著這條毛巾。聽說因為這樣，所以學生們都管我叫「紅毛巾、紅毛巾」。只要住在這種小地方，人的嘴巴就是雜。還有呢！溫泉澡堂是一棟新蓋的三層樓建築，最高等的選項只要付八分錢，便可以借用浴衣，外加享受擦背的服務。而且女侍還會端來用天目茶碗[1]裝的茶。我每次都選高等的，結果有人就說：「領四十圓的月薪，卻每天泡高等的溫泉，真是奢侈。」多管閒事！另外，溫泉池是用花崗石堆建而成，約十五張榻榻米大小。平常大概都會有十三、四個人泡在裡面，不過偶爾會有沒人的時候。當我站在池裡時，溫泉的深度大約及胸，在溫泉池裡游泳是相當愉快的運動，我很喜歡趁著沒人的時候，在溫泉池裡游來游去。可是有一天，當我興致勃勃地從三樓走下，想從石榴口[2]窺看一下今天能否游泳時，卻看到牆上貼著一張大紙，上面黑墨醒目地寫著「禁止在溫泉裡游泳」很少有人會在溫泉裡游泳，所以這張告示八成是衝著我來的吧？於是我就死心了。雖然對游泳斷念了，可是到了學校後，黑板上又寫著「禁止在溫泉裡游泳」這讓我感到訝異，好像全體學生都在跟蹤我似的，真是鬱悶。雖然不管學生說什麼，我想做的事是不會就此而打住，但每當想到，為什麼要來這種狹窄得令人喘不過氣的地方時，就覺得洩氣。而回到家後，房東又一如往常地強迫推銷。

1 由中國浙江省天目山製造的茶碗，通常只有在招待貴賓時才會使用。

2 在江戶時代的大眾澡堂裡，為了防止水溫變低，會在浴池前用一片木板遮擋，需要低頭彎腰才能進去。

第四章

坊っちゃん

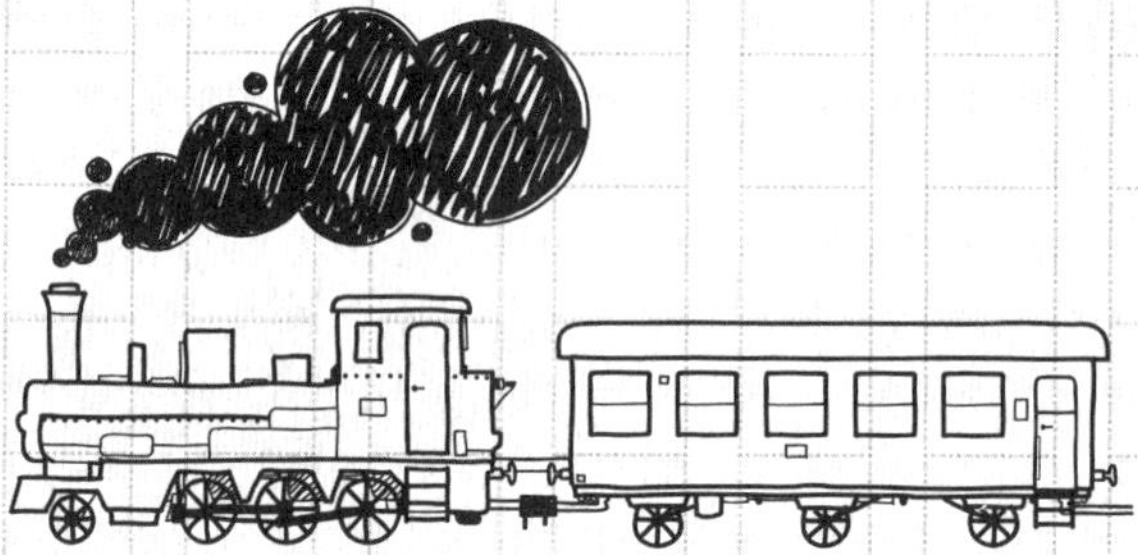

我呀！再怎麼惡作劇，也都是光明磊落的。如果想用說謊來逃避處罰，那麼一開始就別幹什麼惡作劇了。有惡作劇就一定會有處罰，就是因為有處罰，惡作劇起來才好玩。

おれなんぞは、いくら、いたずらをしたって潔白なものだ。嘘を吐いて罰を逃げるくらいなら、始めからいたずらなんかやるものか。いたずらと罰はつきもんだ。罰があるからいたずらも心持ちよく出来る。

學校有值班的規定，要由教職員輪流負責，不過狸貓和紅襯衫例外。我問：「為什麼這兩個人可以豁免呢？」據說那是奏任待遇[1]。真沒意思！薪水領得多、工作時間短、還可以逃過值班，哪有這種不公平的事啊！他們任意訂定規則，還一副理所當然的樣子。哼！竟然做得出那種厚顏無恥的事來！我對這件事深感不滿，但按照豪豬所言，就算我一個人喊著不公，也是無濟於事。可即使是一個人、兩個人，只要是對的事情，道理應該就講得通啊！豪豬舉了「might is right」這句英文補充說明，但我是有聽沒有懂，於是又問了他一次，才知道原來是「強權即是公理」的意思。這點道理我早就知道了，根本不須聽豪豬的講解，但強權即是公理和值班是兩回事。誰同意狸貓、紅襯衫是強者啊？爭論歸爭論，馬上就要輪到我值班了。我有點潔癖，如果不是用自己的寢具棉被舒服地睡上一覺的話，就好像沒睡一樣。我從小就幾乎不曾到朋友家過夜，連朋友家都不喜歡，更不用說是在學校值夜了。雖然討厭，但這份職責如果包含在四十圓月薪內的話也就沒辦法了，只好忍耐值班。

當老師和學生都回家後，就剩我一個人在學校發呆，實在有夠愚蠢。值班室位於教室後方的學生宿舍西邊盡頭的一個房間。我進去看了一下，整個房間因為太陽西曬而熱得令人受不了。果然是鄉下，即使已經入秋，暑氣仍然未消。我晚飯訂了學生們的伙食，可我卻被那些難吃的飯菜給嚇壞了。這些學生，吃那麼難吃的東西，竟然還有精力搗亂，而且才四點半就已匆匆解決掉晚飯，他們肯定是條硬漢。飯是吃完了，可是天還沒暗，總不能現在就去睡。我開始有點想去泡溫泉了。雖然不知道值班時能不能外出，但我可無法忍受像這樣無事可做，宛如被囚禁似的災難。記得第一次到學校時，我問工友值班的人在哪裡？他回答說：「去辦點事。」當時我還覺得納悶，可是一輪到自己值班就明白了，出去走走才是正確的。我告訴工友：「我要出去一下。」他問我：「有什麼事嗎？」「沒事，只是要去泡泡溫泉而已。」說完我便匆匆地走了。可惜我把紅毛巾忘在家裡，今天就借那裡的

1 即使非奏任官也能享有奏任官般待遇的舊制度。又奏任官為經由內閣總理大臣推薦任命的官吏。

毛巾用好了。

接著我相當愜意地一下泡溫泉，一下起身休息，直到天色轉暗我才搭火車回古町的車站。這裡距離學校還有四百公尺左右。我一走出來，就看到狸貓迎面而來，他應該是打算搭這班火車去泡溫泉的吧？他急急忙忙地走過來，擦身而過的時候看了我一眼，所以我就對他打了一個招呼。「今天不是你值班嗎？」狸貓一臉正經地問我。不是你值班嗎？問這什麼話！兩個小時前，他才對著我說：「今天是你第一次值班喔！辛苦囉！」人一當上校長，就會刻意用些拐彎抹角的字眼，我怒氣直衝「是的，是我值班，所以我現在要回去，我會老實地待在學校睡的。」丟下這句話後我就走了。走到豎町的十字路口時，這回卻碰上了豪豬。這地方真小，只要出來走走，就一定會碰到熟人。「喂！你不是值班嗎？」豪豬問。「嗯，我值班。」聽到我這麼說，他問我：「你值班還出來亂晃，這樣不太好吧？」我神氣地回說：「一點也不會不好，不出來走走的話那才不好呢！」「你這樣吊兒郎當的，真傷腦筋。要是遇到校長或是教務主任的話，那就麻煩囉！」豪豬說了不像他平常會說的話，於是我對他說：「我剛剛才遇到校長，他說：『這麼熱的天，不散散步的話值班會吃不消的吧！』還誇讚我出來散步呢！」覺得一來一往地很煩，於是我快速趕回學校。

接著天色很快就暗了下來。天黑後，我把工友找來值班室聊了兩個小時，聊倦了之後，我就想，即使睡不著，躺一躺也好。於是我換上睡衣，捲起蚊帳，掀起紅色的毯子，一屁股地摔上床後仰躺著。睡覺時，將整個屁股摔上床，是我從兒時就養成的習慣。當我住在小川町的時候，樓下念法律學校的書生曾跟我抱怨說這是個壞習慣。念法律學校的書生雖然生得一副弱不禁風的模樣，嘴巴倒是很厲害，微不足道的瑣事也能講得又臭又長。我反駁他：「睡覺時會發出咚咚咚的聲音，不是我的屁股不好，而是房子的構造粗糙，要抗議的話，去跟房東抗議啦！」幸虧這間值班室不在二樓，所以不管我怎麼使勁摔也無所謂。我要是沒有用力摔躺下去，就沒有睡過覺的感覺。啊——真舒服！當我一把雙腳伸直，突然覺得好像有什麼東西跳到腳上。有點扎扎刺刺的感覺，也不像跳蚤，是什麼？我嚇得把腳在毯子裡揮了兩三次，結果那些扎扎刺刺的東西突然變多了，小腿有五六處，大腿有兩三處，屁股底下還有一隻被壓爛的，就連肚臍上也有。我愈來愈驚慌了，於是趕緊起身，啪地把毯子往後一甩，結果有五六十隻的蚱蜢從裡面飛了出來。在還沒弄清其真面目時，心裡有點害怕，但現在知道是蚱蜢後，我馬上就惱火了。這些蚱蜢竟敢嚇我！看我怎麼收拾你！我急忙拿起枕頭，朝蚱蜢打了兩三下，可是對手的體形太小了，即使我使勁打也沒什麼效果。我沒辦法，只好又坐回床上，就像大掃除時捲起草蓆拍打榻榻米一樣，我抓著枕頭猛烈地拍打床鋪。蚱蜢一驚，隨著枕頭揮落時順勢彈飛起來，蚱蜢們一下往我這兒衝來，一會又巴在我的肩膀、頭上、鼻尖上。我沒法用枕頭揮打停在臉上的蚱蜢，所以就用手抓起來，奮力地將牠甩掉。但可恨的是，不管我怎麼用力揮舞，最後蚱蜢也只會被甩到蚊帳上，輕輕地晃動一下而已，一點效果也沒有。蚱蜢就這樣緊巴在蚊帳上，一動也不動。過了三十分鐘後，我終於把蚱蜢給制伏了。我拿了掃帚，將蚱蜢的屍體掃出去。工友過來問我怎麼回事，「什麼怎麼回事？哪有人把蚱蜢養在床裡的！混帳東西！」我怒罵完後，工友對我辯解：「我不知道。」「說不知道就算啦？」我把掃帚往簷廊一扔，工友便畢恭畢敬地扛起掃帚離開。

我馬上把三個住校生代表叫來，結果一共來了六個人。管他是六個還是十個，我才不怕！我穿著睡衣，捲起袖子，開始和他們談判。

「為什麼把蚱蜢放到我的被窩裡？」

「什麼是蚱蜢啊？」站在最前面的一人開口道。這小子還真鎮定，這所學校不只是校長，連學生說話都拐彎抹角的。

「不知道什麼是蚱蜢啊？不知道的話我拿給你看。」我雖然這樣說，但很不巧地我剛才把牠們全掃掉了，現在連一隻也沒有。我找來工友，「把剛剛的蚱蜢拿過來！」工友問我：「我已經把牠們丟到垃圾場去了，要去撿回來嗎？」「嗯，馬上去撿回來！」於是工友連忙跑了出去，老半天才把撿到的十隻蚱蜢放在半紙[1]上拿回來。「很抱歉，夜裡黑漆

1 為和紙的一種，大小約為34×25 公分，是由大張的和紙裁切一半而成。

漆的，我只找到這些而已，等明天天亮了，我再去撿。」連工友都是笨蛋。我拿起一隻蚱蜢給學生們看，「這個就是蚱蜢，虧你還長得這麼壯，連蚱蜢是什麼竟然不知道。這到底是怎麼一回事？」我說完後，站在最左邊的圓臉傢伙得意地反駁我說：「那個啊！是蝗蟲哪麼嘻！」「混帳！叫什麼還不是都一樣！再說，你跟老師說話還用『哪麼嘻』啊？只有在吃田樂料理[1]的時候才要配『菜飯[2]』的。」我胡亂地駁斥後他接著說：「『哪麼嘻』和『菜飯』又不一樣。哪麼嘻！」這傢伙老是愛講「哪麼嘻」。

「不管是蝗蟲還是蚱蜢，為什麼要把牠們放進我的被窩裡呢？我有拜託你們幫我放嗎？」

「又沒人放哎。」

「沒放的話，這東西怎麼會在裡頭？」

「蝗蟲喜歡溫暖的地方，所以應該是自己鑽進去的吧？」

「說什麼傻話！自己鑽進去？蚱蜢怎麼可能自己鑽到被窩裡去？說！為什麼做這種惡

作劇？」

「要我們說？沒做的事要怎麼說哎？」

這些卑劣的傢伙，若敢做不敢當，一開始就別幹這種事！看來，只要我沒舉出證據，他們就打算厚臉皮地裝蒜！我在念中學的時候也幹過一些惡作劇，可是一旦被追究，我從來就不會做出死不認錯的卑鄙行為。做了就是做了，沒做就是沒做。我呀！再怎麼惡作劇，也都是光明磊落的。若想用說謊來逃避處罰，那麼一開始就別幹什麼惡作劇了。有惡作劇就一定會有處罰，就是因為有處罰，惡作劇起來才好玩。有哪個地方會盛行這種光是惡作劇而不接受處罰的卑劣心態啊？那些借錢不還的人，一定全是這些傢伙畢業後變成的，他們到底是為了什麼而進中學？到學校撒謊、打混、在背地裡偷偷摸摸地幹些幼稚的惡作劇，然後厚臉皮地以為自己中學畢業了就等於受過教育。真是一群無法溝通的小嘍囉！

1 為日本的鄉土料理，將豆腐、芋頭、蒟蒻等食材塗上味噌後炭烤而成。
2 菜飯的日文發音與當地腔調「哪麼嘻」相近，作者拿來做諧音的玩笑；菜飯是將蔬菜切碎後與白米一起烹煮而成的料理。

和這些價值觀扭曲的傢伙談判，讓我覺得很不舒服，「如果你們不說，那我就不問了。都進了中學，卻還分不清高尚與低賤，真是可悲。」說完，我就放了這六個人。我的言談、長相雖然稱不上高尚，但是我的心可比這些傢伙高尚多了。六個人從從容容地離開了。他們只有外表是比我這個當老師的還威武。他們這般從容沉著，更顯得惡劣。我怎麼樣也沒有這種臉皮。

我又回到床上躺下。由於剛才的騷動，蚊帳內飛進了許多蚊子，嗡嗡地叫個不停。我沒有耐心點燃燭火把牠們一隻一隻地燒死，所以我把吊環取下，將蚊帳折成長形在屋裡上下左右揮舞，結果吊環好幾次都彈回來，不斷打到我的手背。當我第三次躺進被窩時，總算是平靜些了，可是卻一直睡不著。我看了一下時鐘，時間是十點半。想一想，我還真是來到了一個麻煩的地方。如果中學老師到哪都得面對這種學生，那還真的很可憐。老師這種職位竟然都不會有空缺，老師最後大概都會變成忍耐力超強的木頭人吧？我可是辦不到的。一想到這裡，我就覺得阿清是個值得尊敬的人。雖然她是個沒受過教育，也沒地位的老婆婆，但身為人，她卻相當崇高。以前受了她那麼多照顧，我卻不懂得珍惜，如今一個人來到遙遠的異鄉，才開始明白她的關懷。她若想吃越後的竹葉糖，就算要我特地跑去越後買也是值得的。阿清常稱讚我寡欲、率直，可是比起我這個受到讚美的人，讚美他人的阿清才偉大。想到這裡，我突然很想見見阿清。

我邊想著阿清，邊在床上翻來覆去時，我的頭上突然傳來大約三、四十個人齊聲踏步的聲音，碰、碰、碰地幾乎要從二樓直接跌落了下來似的，緊接而來的是比踏步聲更大的喧鬧聲。我以為發生了什麼事，嚇得飛跳而起。阿哈！當我起身的剎那間，我便明白這場胡鬧一定是學生們對剛才那件事的報復。只要你們不承認自己做過的壞事，罪名就不會消失的。而做了什麼壞事，你們應該心知肚明吧？照理說，睡一覺反省後，明天一早應該就要來道歉的。就算不來道歉，也該感到不好意思而安分睡覺的。可是這場騷動算什麼？蓋這棟宿舍又不是用來養豬的！要瘋也得要有分寸。看我怎麼對付你們！於是我一身睡衣就衝出值班室，三步併作兩步地爬上二樓。但奇怪的是，剛才我頭上的確喧鬧得很，可是現在卻突然靜了下來，別說是講話聲了，就連腳步聲也沒有。真奇怪。雖然已經熄了燈，暗得看不清哪邊有什麼東西，但還是能分辨有沒有人的。貫穿東西向的長廊上連一隻老鼠也沒有。月光自長廊的盡頭灑進，遙遠的那端分外明亮。說來奇怪，我從小就經常作夢，曾在睡夢中突然跳起身，說些莫名其妙的夢話，我常因此被人取笑。記得在十六、七歲時，有天晚上夢見我撿到一顆鑽石，我隨即站起來，相當激動地問身旁的哥哥：「剛才的鑽石呢？」在那之後整整三天，我成了家中的笑柄，實在是糗死了。照這樣看來，剛才的事情也許是場夢。可是的確有人吵鬧啊！我站在走廊的中央出神地想著，突然間月光映照的彼端，傳來了三、四十個人齊聲喊著：「一、二、三、哇！」接著馬上又跟剛才一樣，有節奏地在地板上踏起步來。看吧！果然不是夢，是現實！「安靜！現在是半夜耶！」我也不甘示弱地大聲喊道，並衝了過去。走廊上很暗，我只能以盡頭的月光為準，追過去。當我大約跑了三、四公尺時，我的脛骨突然撞上了一個堅硬且巨大的東西。當痛覺傳到大腦時，我整個人碰地向前飛了出去。我喊了聲可惡後爬起身來，但是卻跑不動了。我雖急，可是腳卻不聽使喚。我按耐不住，便用單腳飛跳過去，但這時踏步聲、人聲都戛然而止，又是一片靜悄悄的。人就算再卑鄙，也不至於到這種程度才對，簡直就是豬！事情都搞到這個地步了，在把幕後黑手揪出來逼他道歉之前，我是不會善罷甘休的。我鐵了心，想打開其中一間寢室檢查房內時，卻怎麼也打不開。不知道是上了鎖，還是有用桌子什麼的頂住，不管我怎麼推，就是推不開。這次我試著推開對面北側的寢室，結果還是一樣打不開。我焦急地想把門打開，抓出裡頭的傢伙，但就在此時，東側盡頭又開始傳出了起鬨聲和踏步聲。這群小鬼，串通好來整我？然而這時候我卻不知該拿他們如何是好。坦白說，我這個人就是有勇無謀。面臨這種情況，我完全想不出任何對策。即便如此，我也絕對不想輸給他們。就此罷休的話，我以後面子還要往哪兒擺？若被人說江戶男兒都是膽小鬼，可就懊悔莫及了！要是別人說我值班時，被一群乳臭未乾的小鬼捉弄到束手無策，只能躲在棉被裡哭的話，我的一世英名就毀了。好歹我的祖先可是旗本[1]，遠祖更是清和源氏[2]多田滿仲[3]的後裔，我和你們這些土老百姓的出身可不一樣。只可惜我不夠聰穎，不知該如何是好而苦惱罷了。儘管如此，我才不會輸咧！我只是太老實，所以才不懂該如何應變。想清楚！要是這個世界上，誠實不能致勝的話，還有什麼能致勝的？今晚贏不了，明天贏！明天贏不了，後天贏！後天贏不了，我就每天帶便當來，和你們耗到贏為止！下定決心後，便在走廊的正中央盤腿坐下，等待天色轉明。蚊子嗡嗡地飛來飛去，但沒什麼大不了的。我摸了摸剛才被撞到的脛骨，總覺得濕濕的。可能流血了吧，那就隨它流吧！這時我開始覺得累了，於是盹著盹著便睡著了。後來聽見一陣喧鬧聲，當我睜開眼時，心想啊！完了！接著立刻跳了起來。我坐著的右側那扇門半開著，兩名學生站在我面前。我回過神後，猛然抓住學生的腳，使力一拉，那傢伙便咚地摔了個四腳朝天。活該！接著趁另一個學生驚慌之際，我飛撲上去，按住他的肩膀拽了他兩三圈，把他嚇得一愣一愣不斷眨眼。「走！到我房裡來！」我揪住他們說完後，兩個人一副膽小鬼的模樣，一聲不吭地跟上來。而天也早就亮了。

我把他們帶回值班室開始盤問他們，但豬就是豬，無論怎麼打罵都還是頭豬，只會說不知道，一直堅持這個說法死不認罪。接著又一個人、兩個人陸陸續續地從二樓聚集到值班室來。每個人的眼睛都腫腫的，一臉睏意。這群混帳！也不過一個晚上沒睡，臉色就那麼差，這樣還算什麼男子漢！我告訴他們：「去洗把臉再過來講！」結果一個也沒去。

我對著五十多個人，質問了大約一小時後，狸貓突然來了。後來我才知道，是工友特地跑去報告校長說學校有騷動的。為了這點雞毛蒜皮的小事就跑去叫校長，真是太沒用了。難怪才會在中學裡當工友。

校長聽了我大概的說明後，也聽了些學生的辯解。「在做出處分前，和往常一樣來上

1 江戶時代石高未滿一萬石的武士，能在將軍出場的儀式上現身，為德川軍的直屬家臣。
2 由清和天皇賜姓的貴族，為源氏的氏族。
3 源滿仲（九一二～九九七）日本平安時代中期的知名將領，在管理攝津國期間在多田町多次定居，故被稱為多田滿仲。

課！再不去洗把臉、吃頓早飯就來不及上課了。動作快！」校長說完就放了所有的住校生。真是太放任他們了！要是我的話，就立刻把所有的住校生都退學。就是因為管教太隨便，學生才會欺負值班的老師。此外，校長還對我說：「操了這麼多心，你一定也累了吧！今天就不用去講課了。」「不，我一點也沒操心，就算每晚發生這種事情，只要我還活著就沒再怕的。我會去上課，才一個晚上沒睡就上不了課的話，那我可得把領到的薪水扣回給學校了。」我如此回道。校長不知道想起了什麼，盯著我的臉看了片刻後提醒我：「可是你的臉腫腫的喔！」難怪我覺得頭有點沉，而且整張臉都癢癢的，肯定是被蚊子盯得滿頭包。我手一邊往臉上抓，一邊回答：「不管臉有多腫，嘴巴確實還能說話，不會影響上課的。」校長一面笑，一面誇我：「你精神還真好呀！」但其實他並不是真的讚美我，應該是在挖苦我吧？

第四章

第五章

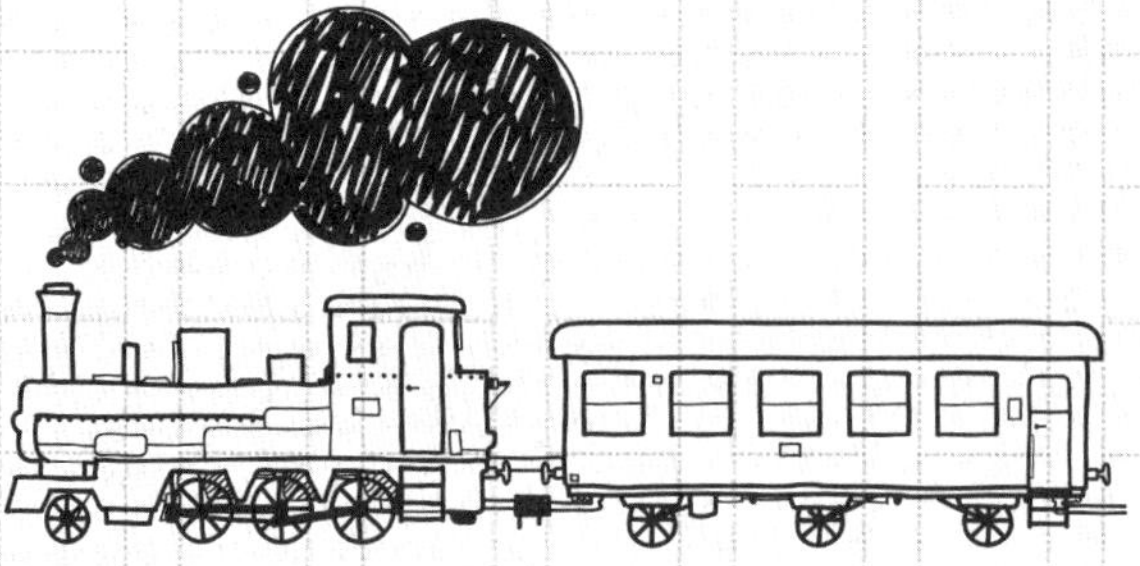

坊っちゃん

20×20

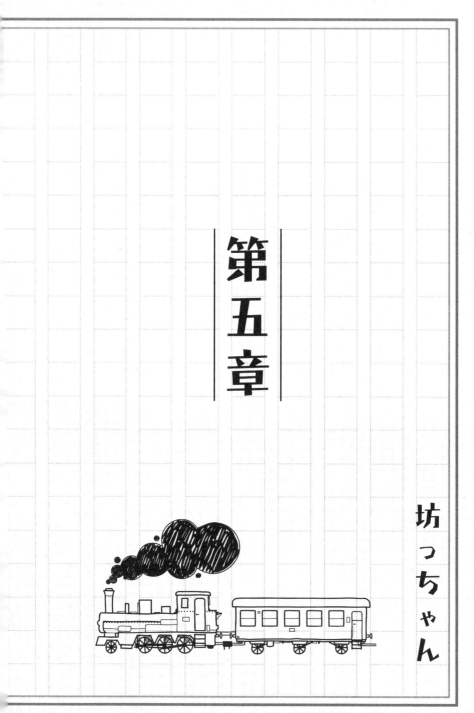

仔細想想，這世上大部分的人們，好像都在鼓勵人變壞。他們似乎相信人若不變壞，就無法在這個社會出人頭地。

考えてみると世間の大部分の人はわるくなる事を奨励しているように思う。わるくならなければ社会に成功はしないものと信じているらしい。

「你要不要去釣魚啊？」紅襯衫如此向我問道。紅襯衫是個聲音溫柔得令人作嘔的人，簡直讓人分不清他是男是女。是男人的話，說話就該像男子漢。何況他還是個大學畢業生，竟連我這個物理學校畢業的還不如，虧他是個堂堂的文學士呢！

「釣魚啊？」我冷淡地回應後，他又問了我很失禮的問題：「你有釣過魚嗎？」「是沒釣過幾次，不過，小時候曾經在小梅[1]的釣魚場釣過三條鯽魚，也曾在神樂坂的毘沙門[2]誕辰廟會裡釣到一條八寸大的鯉魚，但正當我興奮之時，牠卻撲通地溜掉了。現在回想起來還是覺得很可惜。」紅襯衫聽完後仰起下巴呵呵呵呵地笑了。根本沒必要笑得如此裝模作樣！他頗為得意地對我說：「也就是說，你還沒嘗過釣魚的樂趣囉？如果你願意，我可以傳授給你喔！」誰需要你教啊？說起來，會釣魚打獵的人們，全是冷酷無情的傢伙。若不冷酷無情的話，就不會以殺生為樂了。即使是魚、鳥，牠們一定也覺得活著總比被殺掉來得好。若說釣魚打獵是為了維持生計的話，那還另當別論，但那些生活不虞匱乏，卻還非殺生不可之輩，可就太奢侈了。我雖然這麼想，但對方是文學士，口才好，我肯定說不過他，所以我就閉口不提了。結果他卻誤以為把我說服了，便又接著說：「那我就趕緊傳授釣魚之道給你吧！如果有空，就約今天吧？一起去吧！只和吉川兩個人去，太乏味了。你也來嘛！」他一直慫恿我。吉川就是美術老師，也就是那個馬屁精。這個馬屁精也不知道是何居心，老是往紅襯衫家裡跑，人家無論到哪，他都如影隨形，簡直不像同事，倒像主僕。只要是紅襯衫要去的地方，馬屁精一定也在，這已是司空見慣之景，但既然有伴了，又何必找我這個意興闌珊的人去？一定是想拿他引以為傲的釣魚技術，在我面前炫耀一番，所以才會邀我一起去的。我才不會因為那樣就被唬住，就算他釣到兩三條鮪魚，我也不會感到驚訝。我也是個人，就算技術再差，只要放下釣線，應該也會有東西上鉤吧？現在要是我說不去，像紅襯衫那種人，他一定會胡亂猜疑，以為我是因為技術差而不去，並不是因為討厭才不去的。我這麼一想，便回答他：「走吧。」等學校放學後，我先回家稍

1 目前為東京市墨田區向島、押上周遭。
2 佛教的護法神，為北方的守護神、知識之神。

做準備，然後到車站和紅襯衫、馬屁精會合前往海邊。船是我在東京一帶從沒看過的細長形，隨船有一名船夫。我從剛才就盯著船裡看，可連一支釣竿也沒瞧見。我問馬屁精：「沒釣竿還能釣魚嗎？到底打的是什麼主意啊？」「海釣不需要釣竿，只需釣線即可。」他一副釣魚老手似地摸著下巴。早知道會被他取笑，我就不問了。

船夫看似慢慢地划，但不愧是技術熟練到家，我一回頭看，海岸已經遠得只能看到一丁點了。高柏寺的五重塔從一片森林中探出頭，就像根尖銳的針。而往另一頭瞧，則見青嶋浮現在海面，那好像是座無人島，仔細一看，島上盡是岩石和松樹。也對，只有岩石和松樹是沒辦法住人的。紅襯衫頻頻眺望著景色，讚嘆：「風景真美啊！」馬屁精則說：「真是絕色美景！」我雖不知道這是不是絕色美景，不過確實愜意。在廣闊的海面上，海風迎面吹拂而來，肯定有益健康。這時我的肚子有點餓了。「看看那棵松樹！樹幹筆直，枝葉如傘，彷彿會出現在透納[1]的畫裡呢！」紅襯衫和馬屁精這麼說後，馬屁精接腔道：「簡直就是透納嘛！看那彎曲的角度實在完美，根本和透納的畫一模一樣！」我不知道什麼是透納，反正不問也不會少塊肉，所以我就靜默不語了。船逆時針地繞了小島一圈。風平浪靜，靜得幾乎讓人難以相信這是在海上。託紅襯衫的福，我感到非常地愉快。如果可以的話，我想到那座島上看看。於是我問：「船能不能停在那塊岩石旁啊？」「也不是不行啦！可是要釣魚的話，太靠近岸邊不好。」既然紅襯衫提出異議，我也就不再多說了。不久，馬屁精對著紅襯衫說：「主任，您覺得怎麼樣？我們以後就管這島叫透納島好不好？」真是無聊的提議！而紅襯衫則是贊成地回應：「嗯！有意思，以後我們就這樣叫！」他所謂的「我們」如果也包括我，那我可困擾了，我只要叫它青嶋就夠了。馬屁精又說了：「那塊岩石上如何？要是把拉斐爾[2]的聖母像瑪丹娜[3]放上去的話，一定會是幅美麗的畫。」「我們不是說好不提瑪丹娜的嗎？呵呵呵呵。」紅襯衫笑得令人作嘔。「沒關係啊！又沒有人在。」馬屁精稍微瞧了我一眼，又刻意地撇過頭，嘻嘻地竊笑起來。我心裡很不是滋味。

1 Joseph M.W. Turner（一七七五～一八五一）為英國最早以自然光表現畫法的風景畫家，對日後印象派畫家有深遠的影響。
2 Santi Raffaello（一四八三～一五二〇）為義大利文藝復興時期的畫家，以聖母系列畫作聞名。
3 Madonna 在義大利文裡，泛指聖母瑪利亞，而在日文中亦有表示男性們心中憧憬的女性，在此有雙關之意。

瑪丹娜也好，瑪噹娜也罷，都和我無關，隨你們去講。可是仗著別人聽不懂，就擺出反正他不懂，所以無所謂的態度，實在是低級的行為！這種德性，還說自己也是江戶男兒咧！我想，那個叫做瑪丹娜的，一定是紅襯衫中意的藝妓的花名。若他要叫自己喜歡的藝妓站在無人島的松樹下，並欣賞這美景配佳人，我是管不著。乾脆叫馬屁精把這一景色畫成油畫拿去展覽算了。

「這一帶應該可以了吧？」船夫停下船後，放下錨鎚。接著紅襯衫問：「有多深呀？」船夫答道：「大概接近十一公尺深。」「接近十一公尺深，那應該很難釣到鯛魚囉！」紅襯衫說完便將釣線拋進海裡。看來他竟然還想釣鯛魚呢，真是位胸懷大志的仁兄！「憑主任的技術，一定釣得到。而且今天又風平浪靜。」馬屁精邊拍馬屁，邊將釣線拋出去。他們好像只在釣線前端吊著秤錘似的鉛塊而已，沒用浮標。釣魚不用浮標，就像量溫度不用溫度計一樣。我在一旁看著，心想我肯定是做不來，接著他問我：「來，你也來釣吧，有沒有釣線？」我說：「釣線多得是，但沒有浮標。」結果他竟說：「沒有浮標就不會釣魚的人是門外漢。像這樣，當釣線沉到水底的時候，把食指靠在船緣上測動靜。要是魚吃了餌，手指頭馬上會有感覺的。啊！有了！」教務主任突然收起線，我以為釣到什麼了，結果什麼也沒有，只見釣餌被魚吃掉了，真是大快人心！「主任，真可惜，剛才一定是條大魚，連主任那麼高明的技術都被牠溜走了，今天我們可不能大意喔！不過，怎麼說也比那些只會盯著浮標釣魚的人強。好比沒有煞車就不會騎腳踏車的人一樣。」馬屁精盡說些莫名其妙的話，我實在很想揍他一頓。我也是人，這片廣闊的大海又不是教務主任一個人包下的。海如此廣闊，於情於理，至少也會有一條鰹魚上鉤吧？我撲通地將鉛錘和釣線拋了出去，用指尖隨意地操弄著。

過了一會兒，好像有什麼東西觸動著釣線，我思索了一下，這肯定是魚，如果不是活生生的魚，是不可能如此晃動的。上鉤了！釣到了！我使勁地收起線。「唉呀！釣到啦？真是後生可畏喲！」正當馬屁精挖苦我的時候，釣線已收得差不多了，只剩五尺左右還沉在水裡。我從船緣俯看了一下，上鉤的是條長得像金魚，身上還有條紋的魚。牠一面左右擺盪著，一面隨著我的手勁游上來。真好玩！當我把魚從海面拉上來後，牠啪噠啪噠地彈跳著，濺了我一臉海水。好不容易捉住了牠，釣鉤卻遲遲取不下來，捉住魚的手整個滑溜溜的，真的非常噁心。實在太過費事，於是我把釣線往船身一甩，魚馬上就死了。紅襯衫和馬屁精吃驚地看著。我把手放到海裡搓一搓、洗一洗，再對著鼻子聞一聞，但還是很腥臭。真是受夠了，不管釣到什麼魚，我再也不想抓了。魚應該也不喜歡被抓吧？於是我匆匆地收起釣線。

「搶得頭香是不錯啦！但釣到的是哥魯基魚[1]，就有點……」馬屁精又說大話了，這時候紅襯衫講了句俏皮話：「講到哥魯基，聽起來好像俄羅斯文學家高爾基[2]喔！」「對呀！正是俄羅斯文學家呢！」馬屁精馬上表示贊同。高爾基是俄羅斯文學家，丸木[3]是芝區的攝影師，而產米的植物[4]是生存所需啊！這個紅襯衫根本就是有怪癖！不管提到什麼，就想扯上外國人的名字。每個人都各有專長，像我這個數學老師哪會知道什麼高爾基、拉貨車的工人[5]？好歹也稍微替別人著想一下，如果要說也說些連我也聽過的《富蘭克林自傳》、《偉大的勵志書》（Pushing to the Front）[6]之類的。紅襯衫常會帶一本叫做《帝國文學》的鮮紅色雜誌到學校，饒有興趣地讀。我問了豪豬才知道，紅襯衫嘴裡吐出來的那些外國名字，全是出自於那本雜誌。《帝國文學》還真是本罪惡的雜誌。

之後，紅襯衫和馬屁精拚命地釣，經過了一個小時左右，兩人共釣了十五、六條。最好笑的是，他們釣是釣到了，但全都是哥魯基魚，連一條鯛魚也沒有。紅襯衫向馬屁精說道：「今天是中了俄羅斯文學獎呢！」馬屁精回應：「連你的技術，都只能釣到哥魯基了，那我等之輩更不消說了，只釣得到哥魯基也是理所當然的。」我問了船夫，他說這種小魚，刺多又難吃，實在難以下嚥，只能拿去當肥料，原來紅襯衫和馬屁精剛剛都在拚命地釣著

1 學名為花鰭副海豬魚，又名紅點龍、花翅儒艮鯛。
2 Maksim Gor'kii（一八六八～一九三六）為俄羅斯文學家，著有《母親》、《在底層》；名字的日文念法與哥魯基魚相似。
3 丸木利陽（一八五四～一九二三）為日本首位開設照像館的攝影師，當時照像館位於東京芝區（現今的港區）；名字的日文念法與哥魯基魚相似。
4 「產米的植物」的日文念法與哥魯基魚相似。
5 「拉貨車的工人」的日文念法與哥魯基魚相似。
6 此兩本書皆有收錄於當時日本中學的教科書裡。

肥料呢！真慘！我釣一條就夠了，所以從剛才就一直躺在船上仰望著廣闊的天空。比起釣魚，我這樣還瀟灑多了。

接著他們兩人開始小聲地聊了起來。我聽不太清楚，也不想聽。我望著天空，一邊想著阿清。要是有錢能帶阿清到這麼漂亮的地方玩，那一定很棒吧！再美的景色，只要是跟馬屁精他們一起的話，就很無趣。阿清雖然是個滿臉皺紋的婆婆，可是不管帶她到哪裡，都不會讓我感到丟臉。但像馬屁精那種傢伙，不管是乘馬車、搭船或是登凌雲閣，都不想和他一道。如果今天我和主任角色互換，他一定會來拍我的馬屁，並對紅襯衫冷嘲熱諷。難怪人家說東京人輕佻，就是因為有像他這種在鄉下到處聲稱自己是東京人的人，所以鄉下人才會認為此輕佻之人出身東京，那麼東京人一定都很輕佻。正當我想得出神時，他們兩個突然嘻嘻地笑了起來。笑聲中，我聽到斷斷續續的片語，但卻聽不懂他們到底在說什麼。「咦？是嗎？……」「……就是說呀……畢竟他也不知道……真是罪過。」「不會吧？……」「把蚱蜢……是真的呢！」

我沒聽到其他的話，可是當我聽見馬屁精說到蚱蜢時，我不禁大驚。馬屁精不知道有何目的，特別只在蚱蜢兩字加強了語氣，好讓我能清楚聽見，但蚱蜢之後的話語卻又故意說得含糊不清。我不動聲色地繼續聽下去。

「又是那個堀田啊？……」「說不定喔……」「天婦羅……哈哈哈哈……」「……煽動……」「糰子也是？」

他們說的話就像這樣斷斷續續的，可是從天婦羅、糰子等字眼來推測，一定是在說些關於我的悄悄話。要講就大聲講，如果想講悄悄話，那就別找我一起來。真是令人厭惡的傢伙！蚱蜢也好，竹皮草鞋[1]也罷，錯不在我。是因為校長說暫不處分，所以我才看在狸貓的面子上忍到現在。這馬屁精還真好管閒事，隨意妄下評語，他乾脆回家去舔畫筆算了。我的事情，我自會處理好，這不打緊，倒是「又是那個堀田」、「煽動」這些話讓我相當

1　竹皮草鞋的日文念法與蚱蜢相似。

在意。難道是說，堀田煽動我，讓我把事情搞大？還是說，堀田煽動學生來欺負我？我不懂到底是哪個意思。我看著藍天，陽光漸漸轉弱，並吹起了微涼的風。縷縷線香炊煙似的雲，靜靜地延伸在清澈無垠的天際裡，不久又飄散開來，為天空蓋上一層薄薄的暮靄。

「回家吧！」紅襯衫像想起了什麼似地說道。於是馬屁精便接腔說：「嗯，時間剛好耶！今晚要去見瑪丹娜嗎？」「笨蛋，不能講啦！會被誤會的。」紅襯衫將倚在船緣的身子稍微坐正。「嘿嘿嘿嘿，沒關係的啦！就算被他聽見……」馬屁精一回頭，我瞪大雙眼狠狠地居高而下俯視著他，他彷彿覺得刺眼似地扭回了頭，接著說道：「唉，真服了這傢伙。」他縮縮脖子，搔了搔頭。好一個自以為是的傢伙。

船從平靜的海面滑回岸邊。紅襯衫問我：「你看起來好像不太喜歡釣魚喔？」我回答道：「嗯，我比較喜歡躺著仰望天空。」我把吸到一半的香菸丟進海裡，香菸發出滋滋的聲響，蕩漾在被船槳劃開的浪上。「自從你來了學校後，學生們真的很高興喔！你可要好好努力！」這回紅襯衫冒出和釣魚毫不相干的話。「他們並沒特別高興吧？」「不是我在恭維你，他們可開心的呢！對不對，吉川？」「何止是開心，他們簡直是興奮不已呢！」馬屁精笑瞇瞇地說。真奇怪，這傢伙說的每一句話都讓我感到不舒服。「不過，要是不注意的話，那可就危險了。」紅襯衫對我說了這一番話，我便回應：「既然危險，要是怎麼著了，做好覺悟便是。」我其實早已拿定主意，看是要把我開除，還是叫全體住宿生道歉，兩者擇一。「你這麼說真叫我不知如何是好，其實作為一介教務主任，我也是為你好才跟你說的，希望你別往壞處想。」「主任完全是為你好喔！雖然我遠不及於主任，但同為江戶男兒，我也希望你能盡量在這所學校待久些，這樣才互相有個照應，其實我也正在暗中默默地替你出力呢！」馬屁精開口說了句像樣的人話。不過如果要受馬屁精的照顧，我不如上吊死了算了！

「所以呢！學生們是很高興你來啦！可是因為種種原因，難免會有一些令你生氣的事情，請你就當作是考驗，忍下來吧！這絕對是為你好的。」

「種種原因？是什麼原因啊？」

「這個嘛！有點複雜，不過，你慢慢就會知道了。就算我不明講你自然也會明白的。對吧？吉川。」

「嗯，事情挺複雜的，不是一朝一夕就能說盡。不過，你會漸漸瞭解的。我不用說你自然也會明白。」馬屁精和紅襯衫說的話如出一轍。

「那麼複雜的事情我不問也罷，但是話是你提起的，所以我才問你的。」

「也對啦！我開了話頭，要是不說清楚的話就太不負責任了。好吧！那我就透露一些吧。恕我冒昧，你才剛從學校畢業，當老師是你的第一份工作。可是學校是一個很講情面的地方，沒辦法像書生般淡然。」

「不淡泊行事的話，那該怎麼做？」

「你看，你就是這麼率直，也可以說是還欠缺經驗……」

「我本來就缺乏經驗，履歷表上我也寫啦！我才二十三歲又四個月嘛！」

「所以，才會在料想不到之處遭人陷害。」

「我行得正坐得直，才不怕被陷害。」

「你當然可以不怕，但就算你不怕，還是會被陷害。而實際上，在你前一任的老師，就是被害走的。不可掉以輕心啊！」

我發覺馬屁精突然變安靜了，轉頭一看，才知道他正在船尾和船夫聊著釣魚的事。他不在旁邊，聊起天來輕鬆多了。

「我之前的那位老師是被誰陷害啊？」

「要是指名道姓可會影響那個人的名譽，所以我不便明講。再來，我也沒有確切的證據，如果說出來，就會變成是我的不對了。總之，你遠道而來，要是在這裡栽掉了，那我們請你來就沒意義了。還望你多留意。」

「要我留意，還能怎麼留意？我只要不做壞事就好了吧？」

紅襯衫呵呵呵地笑了。我並不覺得我說了什麼好笑的話。活到現在，我一直堅信只要不做壞事就好。仔細想想，這世上大部分的人們，好像都在鼓勵人變壞。他們似乎相信人若不變壞，就無法在這個社會出人頭地。偶爾遇到正直單純的人，就恥笑人家，給他取一些像「小少爺」啦、「小毛頭」之類的綽號。既然如此，小學、中學的生活與倫理老師也不必教學生不能說謊，為人要誠實了，不如乾脆傳授說謊法則、疑人之術，以及害人祕笈之類的，可能對這社會和學生們還比較有助益。紅襯衫之所以呵呵呵呵地笑，便是在笑我單純。現今這個單純率真之人會被嘲笑的世道，已經沒救了。阿清就絕對不會在這種時候笑我，她一定會心懷欽佩之情聽我說話，阿清遠比紅襯衫高尚多了。

「當然不做壞事是好啦！但即便你不做壞事，若不曉得別人的惡毒之處，可是會嚐到苦頭的呀。這個世界有些人雖然看來磊落、淡泊，還親切地幫你找住處，儘管如此你也不能太大意的……。天氣變冷了呢，看來已是秋天了！暮靄將海岸染成了深褐色，景致真好呀。喂，吉川！你覺得海邊的景色如何？」紅襯衫大聲地叫著馬屁精。「是啊！真是絕色美景。要是有時間的話真想寫生，可惜呀！枉費了這番美景。」馬屁精誇張地敲邊鼓。

港屋的二樓亮起了一盞燈。當火車的汽笛咻地響起時，我乘坐的船已滑向岸邊，船頭喀嚓地插進沙裡一動也不動。「回來得真早呀！」老闆娘站在海灘上向紅襯衫打招呼。我嘿咻一聲，從船頭往灘上跳了下來。

第六章

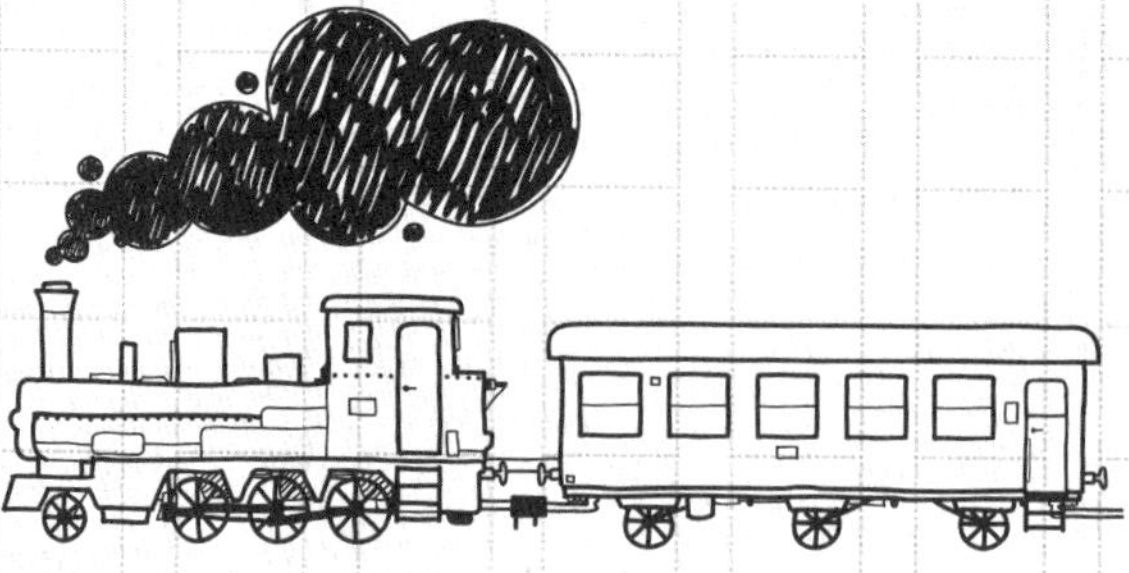

受人恩惠而不多言，是因為將對方視為可敬之人，向對方表示誠意的作為，只要把錢付清也就兩不相欠，但我就是特意要懷著感恩的心接受對方的恩惠，這可不是用錢就能買到的回禮。

他人から恵を受けて、だまっているのは向うをひとかどの人間と見立てて、その人間に対する厚意の所作だ。割前を出せばそれだけの事で済むところを、心のうちでありがたいと恩に着るのは銭金で買える返礼じゃない。

我最討厭馬屁精了，為了全日本著想，應該在他身上綁一塊醃醬菜用的石頭，然後丟進海裡。而紅襯衫的聲音我實在不敢領教，他肯定是刻意把自己原本的聲線裝得嗲聲嗲氣的，好讓人覺得他和藹可親。但不管他怎麼裝模作樣，他那張臉蛋呀，我想大概只有那個瑪丹娜才會喜歡吧？但他不愧是教務主任，說的話比馬屁精還要高深莫測。回家後，我想了想那傢伙說的話，姑且還覺得有理。但因為他沒有明講，所以我也不太清楚。不過，他好像是想對我說，豪豬不是個好人，要當心。既然是這樣的話，就該明明白白地告訴我嘛！一點都不像個男人。而且，豪豬若是這麼惡劣的教師，早點把他革職不是比較好嗎？教務主任堂堂一個文學士，卻沒有魄力，就連講別人的壞話都不敢指名道姓，肯定是個膽小鬼。而膽小鬼通常都待人親切，所以紅襯衫才會像女人一樣親切吧？但親切歸親切，聲音歸聲音，我雖討厭他的聲音，但並不否定他的親切。不過這個世界還真不可思議，我打心底厭惡的傢伙是親切的人，而氣味相投的朋友竟是個惡漢，上天真是捉弄人啊！可能是鄉下地方，所以才凡事都和東京背道而馳吧？真是個叫人無法安心的所在，搞不好哪天火災會結冰，豆腐會變石頭也說不定。可是，豪豬不像是會煽動學生惡作劇的人。他是學校裡最受學生景仰的老師，所以如果他想唆使學生惡作劇，似乎是可行的，但他大可不必如此拐彎抹角地整我，不如直接把我抓來大吵一架還比較省事。若嫌我礙事，也能大方告訴我哪裡礙到他，叫我離職便是。事情只要商量就會有辦法的，如果他有理，要我明天辭職也行。我又不是只有待在這才活得下去，無論身在何處，我也絕不會餓死街頭的。豪豬真是太不上道了。

初到此地時，第一個請我吃冰水的人是豪豬。被那種表裡不一的人請吃冰水，那可關係到我的顏面。我只吃了一碗，所以讓他出了一分五文錢，不過不管是一分還是五文，一旦接受了這個騙子的恩惠，我心裡一輩子都不會舒坦。明天一到學校，我就要把一分五文還給他。五年前我曾經從阿清那裡借了三圓，到現在我還尚未歸還。並不是還不起，而是不想還。阿清她從來不曾打量我的荷包，惦記著我要還錢了沒。而我如今也不會像外人似地要還她錢。如果我愈是在意這件事，就愈顯得我不珍重阿清的心意，那就像是在踐踏阿清那美麗善良的心。我不還錢並不是要欺負阿清，而是把她當作家人。雖然豪豬原本就不能和阿清相提並論，可是不管是冰水還是甜茶，受人恩惠而不多言，是因為將對方視為可敬之人，向對方表示誠意的作為，只要把錢付清也就兩不相欠，但我就是特意要懷著感恩的心接受對方的恩惠，這可不是用錢就能買到的回禮。我雖沒沒無聞，但也算是個頂天立地、獨立自主的人，而這種人願意向人低頭領情，肯定是比百萬兩還要珍貴。

我讓豪豬出一分五文請我，但卻給了他比百萬兩還要珍貴的回禮。豪豬理應要感謝我的，沒想到他竟在暗地裡做出卑劣的手段，真是個恬不知恥的傢伙。我明天就去他還一分五文，就此一筆勾銷，然後再跟他吵上一架。

思緒至此，我的睏意漸濃，於是呼呼大睡去了。到了隔日早晨，因為心頭擱著這事兒，所以比平常還要早到學校，等著豪豬的到來。然而，他卻遲遲不來。青南瓜來了，漢學的老師來了，馬屁精來了，最後連紅襯衫都來了，但豪豬的桌上仍然只有一根粉筆靜靜地躺著。我原想一進辦公室就把錢還了，所以出門時，我像拿著澡堂的入浴費一樣，先將一分五文放在手心，一路握著來到學校。我的手容易出汗，所以當我攤開掌心時，那一分五文早已被汗濕。要是把汗濕的錢還給豪豬的話，他可能會囉嗦些什麼，於是便把錢放到桌上呼呼地吹一吹再握回掌心。這時候紅襯衫走來：「昨天真是不好意思，令你很困擾吧？」「不會，託你的福，我的肚子餓扁了。」接著，紅襯衫將手肘靠在豪豬的桌上，把那張大餅臉湊到我的鼻子旁，我還以為他要幹嘛呢！卻只聽見他說：「請你把昨天回程時在船上說的話當作祕密喔！你應該還沒告訴任何人吧？」他那女人般的嗓音，更顯得他像個畏首畏尾的男人。我的確沒和任何人說，但我正打算要說了，而且連一分五文都準備好，放在手心裡了，但現在紅襯衫卻來堵我的口，真讓我有點傷腦筋。紅襯衫也真是的，儘管他不明說是豪豬，卻留下答案顯而易見的謎題，事到如今竟然要我別解開謎底，這種不負責任的態度，實在有失教務主任的顏面。照理說他應該在我和豪豬開戰時，為我挺身而出的。那樣才配稱得上是一校之教務主任，才有資格穿著紅襯衫。

我對教務主任說：「我雖還沒告訴別人，但正準備找豪豬談判。」紅襯衫聽了大驚失色。「你要是做出那種蠻橫的事，我可麻煩了。關於堀田的事，我可不記得我有對你明說些什麼喔！你要是在這裡動粗的話，我可是會非常困擾。你並不是為了惹麻煩而來這所學校的，對吧？」他突然問我這個很沒常識的問題，於是我回道：「那當然，我都領了薪水，要是引起騷動的話，學校也會很頭痛的。」「那麼昨天的事就當作是給你的參考，千萬別洩了口風喔！」紅襯衫流著汗如此央求我，我便答應他：「好吧！雖然我也很為難，但如果對你會造成那麼大的困擾，那就算了。」「你真的能保證？」紅襯衫再三向我確認。我不知道他要像女人像到什麼地步。要是每個文學士都像他那樣，簡直叫人絕望。竟能從容地提些前後矛盾、不合常理的要求，甚至還懷疑我會把事說出去。我就不避諱地說了，我這人可是個頂天立地的男子漢，既然已經答應了，難道還會在背地裡扯他後腿不成？

由於座位兩側的人全都到校了，紅襯衫便趕緊回到自己的座位上。紅襯衫從走路的樣子就很做作。即使是在室內走動，為了不發出腳步聲，他總是踏著輕柔的步伐。也就在這時，我才發現，原來他相當自豪自己走路不會發出任何聲響。又不是要練習當小偷，光明正大地走就好了嘛！這時上課的號聲終於響起，結果豪豬還是沒來。沒辦法，我只好將一分五文放在桌上，前往教室上課。

我因授課內容的關係，第一節課比較晚結束。一進到辦公室，其他的老師都已坐在桌前各自聊著天。豪豬也不知何時來了，我以為他請假，原來是遲到。他一見到我就立刻對我說：「今天是你害我遲到的，把罰金拿出來吧！」我拿起桌上那一分五文說：「這是之前在通町吃冰水的錢，拿去吧！」我把錢放到豪豬面前，他帶笑地對我說：「你在說什麼啊？」但看到我一臉正經，就叫我別開無聊的玩笑，並把錢撥回我的桌上。唉呀！好個豪豬，就那麼想請客呀！

「沒在跟你開玩笑，是真的。我沒有理由讓你請吃冰水，我要出錢。你怎麼能不收呢？」

「要是你那麼在意這一分五文的話，要我收下也行！但為什麼現在才突然想到要還我？」

「不管是現在，還是何時，我都要還給你。因為我不喜歡被請，所以要還你。」

豪豬冷冷地看著我，然後說了聲：「是嗎？」如果不是紅襯衫的要求，我一定會當場揭穿豪豬的卑劣行為，和他大吵一架。但我已經答應不說出去了，所以沒辦法這麼做。我都這麼激動了，他竟然還冷淡地說：「是嗎？」

「冰水的錢我收下，可是你得搬出現在住的地方。」

「你只要收下那一分五文就行了，搬不搬家是我的事。」

「這事可不由你！昨天你房東來找我，說要請你搬出去。我聽了房東的話後，覺得他所言有理。儘管如此，我還是想確認一下事情的經過，所以今天早上特意繞過去問清楚。」

我聽不懂豪豬說的話。

「我才不知道房東和你說了什麼，哪有人像你這樣擅自作主的？若有什麼理由，應該先說才是！劈頭就認定是房東說得有理，也太失禮了！」

「好，既然如此，那我就說了。你太蠻橫了，讓大家都很頭痛。房東太太怎麼說都不是女傭喔！你竟然伸出腳叫她幫你擦，你也太囂張了吧！」

「我什麼時候叫房東太太為我擦腳了？」

「有沒有擦我不知道，總之他們很困擾。人家還說啊！月租十圓十五圓的，賣一幅掛軸就有了。」

「這傢伙淨說些自以為是的廢話！既然這樣當初為什麼要讓我住下來呢？」

「為什麼租你，這我不知道，租是租給你了，但現在人家已經厭煩了，所以才叫你走人！你就搬出去吧！」

「那當然，就算他雙手合十拜託我留下來我也不待！說到頭來都是你，把我介紹到那種會找碴的地方，都是你的錯！」

「到底是我不好，還是你不夠老實啊？」

豪豬的火暴脾氣不輸我，他毫不讓步地大聲嚷嚷了起來。辦公室的同仁以為發生了什麼事，每個人都伸長脖子，出神地望著我和豪豬。我並不覺得做了什麼見不得人的事，於是我站起身子，眼神掃過整間辦公室。大家都被我嚇到了，但只有馬屁精一個人幸災樂禍地笑著。我瞪大了雙眼，一副「你也想吵架嗎？」的眼神射向他那張蘿蔔乾臉，馬屁精才頓時收斂下來，恢復正經，看起來有點害怕的樣子。這時上課號聲響，我和豪豬停止爭吵，進了教室。

下午有場會議，要討論如何懲處前些天夜裡對我做出無禮行為的住校生。這是我生平第一次開會，所以不清楚狀況。我想大概是職員們聚在一起，講講自己的意見，然後校長再隨意地作個結論吧？所謂的作結論應是把無法決定黑白的事說清的。而這次的事件，任誰看了都會覺得是學生行徑惡劣，竟還得開會討論，簡直就是浪費時間。不論誰怎麼解釋，應該都不會有異議才對。事情清楚地擺在眼前，校長當場下令處分不就得了，也太不懂得當機立斷了吧！如此一來，校長也不過就是優柔寡斷的代名詞罷了。

會議室是位於校長室旁的細長房間，平時用來作為餐廳。二十張黑色的皮椅，排在長形桌子的周圍，有點像神田西餐廳的格調。校長坐在長桌的一端，紅襯衫則坐在校長的旁邊。聽說接著就隨意入座即可，但只有體育老師每次都會客氣地坐在末座。我因為搞不清楚，便坐在博物學老師和漢學老師之間。往對面一瞧，就看見豪豬和馬屁精坐在一起。馬屁精的臉怎麼看都覺得其貌不揚。我雖然和豪豬吵了架，但相較之下他還算別有韻味。在舉辦父親的葬禮時，小日向養源寺的大廳裡掛著一幅畫，豪豬的臉孔就和畫中人物極為相似。當時我問了寺中的和尚，才知道那是一個叫做韋駄天[1]的怪物。他今天正在氣頭上，眼睛骨碌碌地轉，有時會瞧向我，他以為這樣就能嚇唬我嗎？我也不服輸，睜大眼睛瞪他。我的眼睛雖然不漂亮，但是要比大的話，我多半不會輸人的。就連阿清也常對我說：「你的眼睛很大，要是當演員一定很適合。」

「大致都到齊了吧？」校長說完後，名叫川村的書記便一個、兩個地數起人頭。少一

1 為佛教的護法神將，相傳腳速相當快。

個人。少了一個人？的確少一個，青南瓜沒來。我和青南瓜不知道是有什麼前世因緣，自從見過他後，就忘不了他那張臉。每次一進辦公室，就會馬上看見青南瓜；走在路上時，心中也會浮現他的模樣；去泡溫泉時，青南瓜經常是蒼白著一張臉在水面浮沉；平時向他打招呼時，他總會輕應一聲後就惶恐地低下頭來，那身影總叫人憐惜。自我來到這所學校以來，還沒見過比他溫順的人。他不常笑，但也不多說廢話。我在書本上學過君子這個詞，總認為那是只有在字典裡才會出現的詞，不存在這世上的，直到我遇見青南瓜後，才相信那果然是個有實體存在的詞。

正因為我和他的緣分匪淺，所以一進會議室，我就馬上留意他是否在場。其實，我心裡甚至偷偷地鎖定目標，想坐在他旁邊的。校長說：「他就快來了吧？」接著解開眼前的紫色綢巾包，讀起印刷物之類的東西。而紅襯衫開始用絲質手帕擦拭起琥珀菸斗，他以此為樂，這個嗜好和他對紅襯衫的喜愛恐怕不相上下吧？其他的人則是開始與鄰座的人低聲聊天。沒事做的人，就拿著鉛筆末端的橡皮擦不斷地在桌上畫來畫去的。馬屁精不時地對豪豬說些什麼，不過豪豬一概不予理睬。只是「嗯」、「啊」地應應聲，偶爾用恐怖的眼神瞪瞪我。我也不甘示弱地回瞪。

等了許久，青南瓜終於可憐兮兮地走進來：「因為有點事，所以遲到了。」他誠懇地向狸貓致歉。「那麼會議就開始吧！」狸貓首先叫擔任書記的川村將資料發下去。我一看，首先是關於處罰的事，接著是關於學生管理的，還有其他兩三條。狸貓像往常一樣，裝腔作勢地擺出「教育之神」的架勢闡述：「學校的職員或學生之所以會有過失，全是因為我的無能所致。每次一有事情發生，就慚愧地想著自己這樣也算是個校長嗎？很不幸的，這回又發生了騷動，我必須向諸位致上深深的歉意。但事情也已經發生，便無法挽回，我們一定要設法處分，事實真相就如同諸位所知，關於善後的對策，請大家不要藏私，踴躍提出意見以供參考。」

聽了這番話後，我深感欽佩，不愧是校長，不愧是狸貓，淨說些冠冕堂皇的高調！校長把所有的責任全攬下，說是自己的過錯，是自己無能，那乾脆不要處罰學生，自己先辭職算了。如此一來也不必召開這麼麻煩的會議了。就常理而言也知道，我安分守己地值班，但學生們卻在搗亂，錯的人既不是校長更不是我，而是學生。如果這件事是豪豬煽動學生引起的話，只要把學生和豪豬革除就夠了。撿了別人的爛攤子後四處宣稱：「這是我捅出來的婁子！是我做的！」哪有這種人啊？只有狸貓才會玩這套把戲。他高唱了這番不合道理的論調後，得意地環視四周。結果根本沒有人搭腔。博物學的老師眺望著停在第一教室的烏鴉；漢學老師把手上的資料折了又拆，拆了又折的，而豪豬還在瞪我。所謂的會議，要是這麼愚蠢的話，還不如缺席去睡午覺。

我開始不耐煩了，心想該好好地發表一番。才要起身，紅襯衫就發言了，於是我只好作罷。紅襯衫收起菸斗，拿起條紋絲質手帕邊擦汗邊開講。那條手帕一定是從瑪丹娜那兒弄來的。男人就該用白色麻質的手帕才是。「聽了住校生的惡行後，身為教務主任的我，對於自己的疏忽以及對學生的管教不周深感慚愧。這件事情是因為某些缺失而引發的，就整件事來看，好像純粹是學生的錯，但要是追究起真相，也許反倒是校方該負責才對。因此我認為，若只就事情的表面來嚴格制裁，對將來反而不好。少年們血氣方剛，精力過盛，還未能分辨善惡對錯，或許他們只是在半無意識的狀態下，才如此胡鬧惡作劇。照理說，處分應是由校長發落，不容我置喙，但我希望能針對這一點有所斟酌，盡量從輕發落。」

原來如此，狸貓說了一套，紅襯衫也自有一套！他竟宣稱學生會搗亂，並不是學生的不好，而是老師有錯！也就是說，瘋子要是打了人家的頭，是因為被打的人有錯，所以瘋子才會下手。那還真是謝天謝地，萬事美滿呢！要是精力過盛無處宣洩的話，不會到操場去比相撲啊？會有人半無意識地把蚱蜢丟進被窩裡的嗎？這麼說，要是在睡夢中被砍頭了，也會赦免加害人在「半無意識下」所犯的惡行囉？

一想到這，我心想應該起來說點話，不過既然要說，一定要一鳴驚人才有意思。我的缺點就是一生氣起來，說了兩三句話後就會結巴。就人品而言，無論是狸貓，還是紅襯衫，都比我差勁，但他們就是口才相當厲害，要是我說了不該說的話，被抓到話柄，那可就不好了。先打個草稿好了，於是我在心裡默想。這時，前面的馬屁精突然站起來，嚇了我一跳。馬屁精憑什麼講意見啊？真是狂妄自大。他一貫嘻皮笑臉地說道：「此次的蚱蜢事件和喧鬧事件，令我輩有心之教職員不禁對本校前途感到憂心忡忡，我們全體教職員必須藉此自我反省，並整肅全校風紀。方才校長與教務主任所言實是，鞭辟入裡，我完全贊同。望能予以從輕發落。」馬屁精所說的話，有口無心。他只不過是滔滔地講了一串文言文，賣弄罷了，我完全不懂他想表達什麼，聽懂的只有那句「我完全贊同」而已。

我雖然聽不懂馬屁精的話，但我就是覺得一股火衝了上來，連草稿都沒打好就站了起來。「我徹頭徹尾反對……」話才說到這，我就接不下去了。「……這種不合理的處分方式，我、我最痛恨了！」我說完後，引來全場哄堂大笑。「本來就是錯在學生，無論如何一定要他們道歉，否則他們會習以為常的。就算把他們退學也不過分。……如此無禮，以為我是新來的老師就好欺負嗎？」說完後我就坐了下來。結果，坐在我右邊的博物學老師說了句懦弱的話：「學生固然有錯，但懲處得太嚴重的話，說不定會引起反彈。我還是贊成教務主任說的，從寬處理比較好。」接著左鄰的漢學老師也贊成從寬處理的說法。歷史老師也表示和教務主任持相同意見。真是可恨！這群人幾乎都是紅襯衫派。學校裡有這些老師看來是前途無望了。反正我早已下定決心，不是叫學生來道歉，就是我辭職，二擇一！我已做好覺悟，要是紅襯衫贏了，我就馬上回家收拾行李走人！反正我也沒有辯贏這些傢伙的口才。縱使辯贏了，之後還得與這群人繼續共事，我才不要呢！如果我不在了，這間學校之後會變成什麼德性也不關我的事了！若再多說什麼，一定又會被大家笑。我就不說，行了吧！

這時候，一直靜默不語的豪豬奮然起身。是起來說你支持紅襯衫的吧？反正我都和你吵開了，隨你便。豪豬聲如洪鐘，一開口玻璃窗都要震了一聲。「我完全不同意教務主任及其他諸位的意見。無論從哪個角度來看這件事，都只能說是五十名住校生藐視某位新來的教師，並加以戲弄罷了。教務主任好像將原因歸咎於教師本身，但恕我直言，那樣的主張是失言了。輪到某人值班時，他才剛上任不久，和學生相處還不滿二十天，在這短短的二十天裡，學生們對他的學問、為人還無從評價起。如果因為他不值得尊敬而被欺負，那還可以考慮從寬量刑，但學校要是放縱這些無緣無故就愚弄新任教師的輕佻學生，恐怕會影響到學校的威信。教育的精神不只在於傳授學問，在鼓勵高尚、正直的武士精神的同時，也要掃蕩卑鄙、浮躁、傲慢的惡風。若是擔心學生反彈，怕騷動變大就姑息養奸的話，那還真不知何時才能矯正這種弊端。我們就是為了杜絕弊端才會在所學校任職，如果姑息這樣的過錯，不如一開始就別當老師了。基於以上的理由，我主張嚴處全體住校生，並且必須讓學生在該老師面前公開謝罪。」說完，他便一屁股地坐下。全體靜肅不語。紅襯衫又開始擦起菸斗了。而我則不知道為什麼，總覺得非常高興。我想說的話，豪豬好像全替我說了。我就是這麼單純的人，剛剛吵架的事我完全忘了，我充滿感謝地望向坐下去的豪豬，而他仍是一副不理不睬的表情。

過了一會兒，豪豬又再度站起來。「剛才我一閃神，忘記說了，現在補充一下。當晚值班的人好像在值班的時間去泡了溫泉，我想那是很不應該的行為。既然接下了值班的工作，就不能心存僥倖以為沒有人會責難就擅離職位，還偏偏跑去泡溫泉，實在是大錯特錯！

學生的懲處應另當別論，但關於這點，希望校長能警告該名負責人。」

真是個怪胎！才剛幫我說好話的，竟然馬上就揭發我的過失。當時我並沒有多想，只是恰巧知道之前的值班在外面蹓躂的事，以為那是慣例，所以才去泡溫泉的。不過被這麼一講，我也覺得是自己不對，遭受攻擊也是自然的。於是我又站起來說：「在值班時，我的確是去泡了溫泉，這是不對的，我道歉。」當我坐下時，大家又笑了。我只要一開口，他們就笑。真是一群無聊的傢伙！你們有膽在公開場合像我這樣承認自己的過錯嗎？量你們就是不敢所以才笑的吧？

接著校長說：「大致上已經沒有其他意見了，之後會幾經考量，再予以處分。」順帶一提，會議的結果是將住校生禁足一週，並向我當面道歉。我原本還在想，若學生們不道歉的話，我就當場離職的，但結果卻還是勉強順著我的話做了，然而又因此引起了更麻煩的風波，這事以後再提。而這時，校長說是延續剛才的會議內容，又開口說道：「學生的紀律必須由老師的感化來匡正，首先我希望，教師們都儘量不要出入餐飲店。當然像歡送會之類的就另當別論了，我希望各位不要單獨進出不太優良的場所，例如蕎麥麵店、糰子店等……」話才說到一半，大家又笑了。馬屁精看著豪豬，遞了一個眼色對他說：「天婦羅！」不過豪豬沒理他。活該！

我的腦袋不好，所以狸貓說的話我聽不太懂。但要是去蕎麥麵店和糰子店就不能擔任中學老師的話，那像我這種貪吃鬼肯定是無法勝任的。既然如此，一開始就該指名聘請那種討厭吃蕎麥麵、糰子等食物的人來啊！不事先說明，就把人聘請過來，之後才不准人家吃蕎麥麵、不准吃糰子，頒布這種禁令，對我這個沒有其他嗜好的人而言，是很大的打擊。接著紅襯衫又開口了：「本來中學教師在社會上就是處於上流的地位，因此，光是追求物質上的快樂是不行的。若是沉迷於物質的享受，對品行會有不良的影響。但畢竟是人，倘若沒有一點娛樂的話，便難以待在這種狹小的鄉下地方。所以一定要追求一些諸如釣魚、閱讀文學書籍，或是寫寫新詩、俳句[1]之類的高尚精神娛樂……」

大家只是靜靜地聽沒說話罷了，他竟還愈說愈起勁！如果去海邊釣肥料、高談哥魯基魚是俄羅斯文學家、叫心儀的藝妓站在松樹下，以及「青蛙一躍古池」[2]都算精神上的娛樂的話，那麼吃天婦羅、呑糰子也能算是精神上的娛樂。與其傳授那些無趣的娛樂，你倒不如回去洗洗紅襯衫算了。我實在氣不過，於是問他：「請問，和瑪丹娜見面也算是精神上的娛樂嗎？」結果這回誰也不笑了。大家臉色都沉了下來，面面相覷。而紅襯衫本人也很苦惱似地低下了頭。看吧！搔到痛處了吧！但卻可憐了青南瓜，我一說完這句話後，他原本就蒼白的臉蛋愈發慘白了。

1 由五、七、五共十七個日語音節，分三句組成的短詩。

2 此指詩人松尾芭蕉（一六四四年～一六九四年）的名句：「閑靜古池旁，青蛙一躍進水塘，傳來水花響。」

第七章

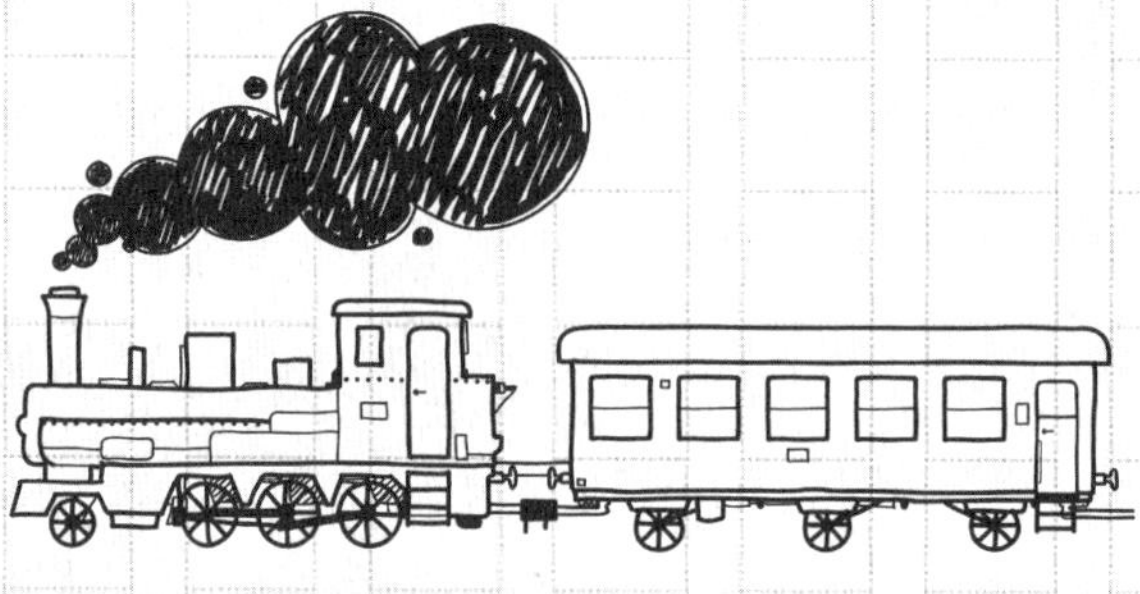

坊っちゃん

若不和扒手分贓，三餐就沒有著落的話，那就得好好思索該不該活下去。但要是活蹦亂跳，身體健全就跑去上吊，不但愧對祖先，還很沒面子。

巾着切の上前をはねなければ三度のご膳が戴けないと、事が極まればこうして、生きてるのも考え物だ。と言ってぴんぴんした達者なからだで、首を縊っちゃ先祖へすまない上に、外聞が悪い。

我當天晚上就搬走了。當我回家收拾行李的時候，房東太太還問我：「是不是有什麼地方讓您覺得不方便的？如果有什麼地方惹您生氣的話，請告訴我們，我們一定會改進的。」我實在太訝異了。為什麼這個世界上，淨是一些搞不清楚狀況的人？我真搞不懂，他們究竟是要我搬出去，還是要我留下來？簡直是瘋子！反正跟這種人吵，只會損及我江戶男兒的名節，所以我叫了車夫後，就匆匆地離開了。

搬是搬出來了，但我完全不知道該何去何從。車夫問我要去哪裡，我叫他閉嘴，照我說得走，一會兒就知道了，接著車夫便快步跟上。因為實在太麻煩了，我曾想過乾脆去山城屋算了，但之後又得再搬出來，實在太費事。像這樣走走繞繞也許會看到出租房屋之類的招牌吧。如果看到了，就當是天意安排給我的去處好了。就這樣，我們在閒靜、看起來適合居住的地方繞了又繞，最後繞到了鍛冶屋町來。這裡是士族[1]的住宅區，不是有房子出租的地帶，本想掉頭回到比較熱鬧的地方，但我突然想到了一個好點子。我所敬愛的青南瓜就住在這附近，他是本地人，又接手了祖先歷代傳下來的宅院，所以他一定很清楚這一帶的情況。如果問他的話，也許會介紹我不錯的宿舍。幸好我曾到他家拜訪過一次，要找他家並不困難。應該是這兒吧？大致確認後，我朝裡頭喊了兩次：「抱歉，打擾了。」接著，一位年約五十的長輩便手持古典紙燭走了出來。我不討厭年輕女子，但見到長輩時，總會有一股懷念之情。看來我一定是因為太喜歡阿清了，才會把那份情感轉移到每個婆婆身上吧？這位應該就是青南瓜的母親吧？是位留著一頭齊肩短髮，很有氣質的婦人，長得和青南瓜真像。「來，請進！」正當她邀我進門時，我表示想見古賀先生一面，於是請她叫青南瓜到玄關來，接著我向他說明來意，問他有沒有什麼推薦的地方。青南瓜對我說：「那你現在一定很傷腦筋囉？」他想了片刻後說：「這條後巷住著一對相依為命的老夫婦，姓萩野，由於房間一直空著覺得可惜，所以他們曾拜託我，如果有可靠的人想租，就幫忙介紹一下。我不知道他們現在還租不租，不過可以一起去問問看。」說完便親切地領著我

1 指日本明治維新之前的武士階級。在封建時代，為了區別身份等級，武士與一般人所居住的地區是分開的。

一起去。

從那天晚上起，我就成了萩野家的房客了。令我吃驚的是，我一搬出阿銀家之後，隔天馬屁精就若無其事地佔領了我住過的房間。這實在是把我嚇壞了。也許這世上全都是騙子，彼此相互欺瞞陷害也說不定。真叫人厭煩！

如果這個世界真是如此，那我也不認輸，要是不順應時勢，便無法生存下去。若不和扒手分贓，三餐就沒有著落的話，那就得好好思索該不該活下去。但要是活蹦亂跳，身體健全就跑去上吊，不但愧對祖先，還很沒面子。這樣一想，比起進物理學校學那沒用的數學，當初還不如拿那六百圓當資本，去賣牛奶還比較好。這樣一來，阿清也不必離開我身邊，而我也不用在這大老遠的地方擔心她了。和她在一起的時候並不覺得，現在來到這個鄉下，才深深體會到阿清果然是個好人。像她那樣性情好的女人，就算走遍全日本也找不到幾個。婆婆在我離開時有點感冒，現在身體不知道怎麼樣了？她看到我之前寄給她的信，一定很開心吧？是說，也該是時候收到她的回信了吧？為此我足足掛心了兩三天。

因為一直很在意，所以常常問房東婆婆有沒有收到東京寄來的信，而她總是一臉同情地說：「一封也沒有。」這對夫婦和阿銀他們不同，不愧是士族出身，兩人都很高尚。雖然房東爺爺一到晚上就會發出奇怪的聲音唱歌，令我不敢領教，但他不會像阿銀那樣，說要泡壺茶就胡亂進出我的房間，所以我很輕鬆自在。房東婆婆有時會來我房間和我聊東聊西的。她問我：「你為什麼沒帶老婆一起來哪麼嘻？」我回說：「我看起來像是有老婆的人嗎？真可憐，我才二十四歲耶！」「就算你二十四歲，有老婆也是理所當然的哪麼嘻！」她如此劈頭回道，接著又舉了大約半打的例子說，那裡的那個誰啊！二十歲就娶媳婦了；誰誰誰二十二歲就已經有兩個孩子了等等。我不好意思反駁她，於是學她的鄉下腔調對她說：「那我也二十四歲娶親好哩，能不能幫我介紹對象哎？」結果她正經八百地問我：「真的嘻？」

「當然是真的囉！我想娶老婆想瘋了。」

「是嗎？不過年輕的時候，大家都是這麼想的嘻！」我對她這句話感到很難為情，不知該如何回話。

「但老師，你早就有老婆了嘛！我可是都看在眼裡嘻！」

「哎呀，眼光真是銳利呢！妳是怎麼看出來的啊？」

「怎麼看哪？你不是每天都焦急地問：『有沒有從東京寄來的信，有沒有信？』嘻？」

「實在驚人！還真是好眼力呢！」

「被我說中了吧？」

「是啊！可能被你說中了喔！」

「不過現在的女孩子不比從前，你可不能大意喔！還是小心點的好嘻。」

「什麼？妳的意思是說，我的老婆在東京有情夫？」

「不，你的老婆很可靠……」

「那我就放心了。可是妳要我小心什麼呢？」

「你的老婆是很可靠，的確是很可靠啦！不過……」

「是有不可靠的人嗎？」

「這一帶不少呢，老師，你知道那個遠山家的姑娘嘻？」

「不，我不知道。」

「你大概還不知道嘻。她是這一帶最標緻的美人嘻，因為太漂亮了，所以學校的老師都叫她瑪丹娜、瑪丹娜的嘻。你也許還沒聽說吧？」

「喔，瑪丹娜啊？我還以為那是藝妓的名字呢！」

「不是，瑪丹娜是外國話，應該就是美人的意思嘻？」

「或許是吧？真是出乎我意料呀。」

「大概是美術老師取的嘻？」

「是馬屁精取的啊？」

「不，是吉川老師取的嘻。」

「那個瑪丹娜不可靠啊？」

「那個瑪丹娜小姐是個不守分的瑪丹娜小姐嘻！」

「真麻煩呢！自古被人取綽號的女人就沒一個正經的。也許就像妳說得那樣呢！」

「真的嘻！像鬼神阿松[1]、妲妃阿百[2]都是可怕的女人嘻。」

「瑪丹娜也是同類嗎？」

「那個瑪丹娜嘻！你知道嗎？就是那個介紹你來這裡的古賀老師嘻……她原本要嫁給古賀老師的嘻……。」

「咦？真是不可思議！我沒想到那個青南瓜是個豔福不淺的男人。人不可貌相啊！我以後要注意了。」

「不過，自從去年古賀家的父親去世後，生計就愈來愈不順，以前他們家不但有錢，還持有銀行的股權，萬事順利的……總歸就是古賀老師人太好了，被人欺騙嘻。就這樣，迎娶新娘的事也延遲了。結果那個教務主任來了之後，說什麼一定要娶她為妻嘻。」

「那個紅襯衫啊？可惡的傢伙！我就說他不是個省油的燈。結果呢？」

「他拜託人去提親，結果遠山家說，在情面上，還須顧慮古賀先生，所以無法馬上答覆。唉！我想他們應該只是想告訴他，會考慮看看嘻？結果紅襯衫就找門路開始出入遠山家，最後竟贏得了小姐的芳心嘻。紅襯衫雖過分，但小姐也真是的，大家說得可難聽囉！曾經答應要嫁到古賀家的，結果殺出一個文學士後就移情別戀。這麼做怎對得起老天嘻？你說是吧？」

「真的是對不起老天，不止是老天，什麼天都對不起。怎麼說也說不過去嘛！」

「所以呢，古賀先生的朋友堀田先生看他可憐，於是就跑去找教務主任談，結果紅襯衫先生說他並沒有打算要橫刀奪愛，但如果他們兩人的婚約取消了，他應該就會娶她。而且，現在和遠山家只有普通的交際往來罷了，又沒有對不起古賀先生的地方。聽說堀田先

1 為江戶時代末期的女賊，傳說居住在越後的笠松峠。其事蹟被寫進了小說和戲曲裡，其中以歌舞妓狂言的《新版越白波》最為知名。

2 為江戶時代中期的毒婦，原為京都祇園的妓女，後由一位富豪納為妾，之後輾轉與多名男人相好，最後成為久保田藩（現為秋田縣）的藩士那河忠左衛門之妾，但之後因引發久保田藩內亂而遭斬首。因中國的妲己被視為毒婦的代名詞，對照其傾國的美貌與惡毒的行徑，後人便以「妲妃阿百」稱之，並以此綽號創作了許多小說和戲曲。

生拿他沒轍，只好回去了。自從那次以後，紅襯衫先生和堀田先生好像就交惡了嘻。」

「妳知道的事情還真多！妳怎麼會知道得那麼詳細啊？真佩服妳。」

「這裡地方小，我什麼事都知道嘻。」

但她知道的也太多了，真叫人頭痛。照這樣看來，說不定連我那天婦羅和糰子的事她都知道吧？真是個麻煩的地方。不過多虧了她，我才知道瑪丹娜的意思，也弄清豪豬和紅襯衫的關係，這些對我日後太有幫助了。只是令我困擾的是，我搞不清楚到底誰是壞蛋。像我這種單純的人，若不弄清誰黑誰白，就不曉得該站在哪一邊才好。

「那紅襯衫和豪豬，誰才是好人呢？」

「豪豬是誰嘻？」

「豪豬就是堀田嘛！」

「要說強壯的話，好像是堀田先生比較壯。可是紅襯衫先生是學士，比較有為。而且要論溫柔的話，是紅襯衫先生比較溫柔。不過，聽說學生比較喜歡堀田老師嘻。」

「那到底是哪一個好？」

「當然是薪水多的人比較好嘛！」

她這樣答，我再問下去也沒用，於是我就作罷了。兩三天後，當我從學校回來時，房東婆婆笑嘻嘻地對我說：「讓您久等了，總算寄來了。」她拿給我一封信，叫我慢慢看，說完便走遠了。我拿起來一看，是阿清寄來的信。上面黏著兩三張便條紙，仔細一讀，才發現這封信是從山城屋轉到阿銀那兒，再從阿銀那邊轉來萩野家的。而且這封信還在山城屋逗留了一個星期，不愧是旅館，就連信也要在那住上幾天嗎？我拆開一看，是封非常長的信。「我接到少爺的信後，本來想馬上回信的，但是很不巧，我因為感冒，在床上躺了整整一個禮拜，所以信回晚了，很抱歉。而且我不像現在的姑娘那樣讀寫流利，所以即使是這麼難看的字，也費了我好一番工夫才寫成的。本來是想請我的外甥代筆，可是既然要寄給您，如果我沒親手寫，就太對不起少爺您了，於是我特地打了一次草稿，再謄寫過來，兩天就謄好了，可是打草稿卻花了我四天的時間。也許寫得很差，不過這是我努力寫完的，所以希望您能從頭把信讀完。」信的開頭拉拉雜雜地寫了約有四尺長。果然很不好讀。不僅字跡潦草，由於她多半使用平假名[1]，所以句子要在哪裡斷、從哪裡起，要標上句逗號都很費勁。我的個性急躁，像這麼冗長又難懂的信，就算給我五圓叫我讀，我也不要。但此刻的我卻認真地把信從頭到尾讀完了。讀是讀完了，但光認字就很費勁了，所以無法理解字面上的意思，又得從頭讀起。因為房裡的光線漸暗，變得更難看信了，於是我就出來坐在簷廊的前側，仔細地讀。這時，初秋的風吹動了芭蕉葉，拂過我的肌膚，讀到一半的信紙也隨著風，往院子處飄揚了起來，吹得信紙沙沙作響，彷彿只要手一鬆，信紙就會全往籬笆那兒飛去似的。但我管不了那麼多，繼續看下去。「少爺的個性就像竹子一樣正直，只是您的脾氣過於火爆，這令我很擔心。要是胡亂給人取綽號，是會招怨的，所以不要隨便亂喊。如果給誰取了綽號的話，就寫封信只跟阿清說好了。我聽說鄉下人心眼很壞，所以您要留意，別被暗算。氣候肯定也沒有東京來得宜人，睡覺時別著涼了。少爺的信實在太短了，我無法得知您的情形，下次寫信時，至少要寫到像我這封信的一半長。您給旅館五圓小費是沒關係，可是後來錢夠用嗎？在鄉下，只有錢才靠得住，要儘量節省，以備不時之需。我想，也許您沒有零用錢會不方便，因此寄給您十圓匯票。我把之前少爺給我的五十圓寄放在郵局，以便少爺您回東京成家時可以用。扣掉這十圓，還有四十圓可以用，所以別擔心。」原來如此，女人的心思還真細。

我坐在簷廊上，任由風吹動著阿清的信，陷入沉思。不久，萩野婆婆拉開隔間的紙門，送來晚餐。「你還在看信嘻？好長的一封信嘻！」她這麼問了我，我答道：「嗯，因為是很寶貴的信，所以我吹著風看……吹著風看。」連我自己都不知道我回答的這句話是什麼

1 由漢字草體為基礎所創造的日文拼音字形。

意思。說完，我便開始吃飯。一看，今天又是煮地瓜。這裡的房東，雖比阿銀更親切有禮而且還要高尚，但美中不足的是，伙食難吃。昨天是地瓜，前天也是地瓜，今天晚上又是地瓜。我的確講過我喜歡吃地瓜沒錯，可是像這樣接連不斷地要我吃地瓜，還真是要命。別笑青南瓜了，再過不了多久，我可能就要變成面黃肌瘦的地瓜老師了。要是阿清的話，這個時候她一定會弄些我愛吃的鮪魚生魚片，或是烤魚板給我吃的。可是遇到這種吝嗇的貧窮士族，也沒辦法了。我想來想去，不和阿清在一起就是不行。如果我會在這所學校久留的話，就把阿清從東京叫來好了。不能吃天婦羅麵，也不能吃糰子，只能在這裡淨吃地瓜，搞得面黃肌瘦的，所謂的教育者真是命苦。說不定連禪宗的和尚都吃得都比我好吧？我吃完一盤地瓜後，從抽屜取出兩顆生蛋，在碗邊敲開，吃完後總算是撐住了。要是不靠生蛋攝取一些營養的話，一星期二十一堂的課，我哪應付得了？

今天因為看阿清的信，所以耽擱到泡溫泉的時間了。每日必去的地方，若一日沒去，心裡就會覺得很不舒服。我拎著那條紅毛巾，來到車站準備搭火車時，才發現兩三分鐘前火車剛走，還得再等一會兒。我坐上長椅，吸了一根敷島香菸，巧了，青南瓜也來了。我因為聽了婆婆那一番話，現在覺得青南瓜更可憐了。他平常行事總是謙卑，一副寄居於天地之間的房客似的，看起來十分可憐，但今晚可不能光覺得他可憐。如果可以，真想把他的薪水調高一倍，讓他明天就和遠山小姐完婚，並且去東京玩上一整個月。想到這，我便很有朝氣地讓了座：「去泡溫泉嗎？來，過來這邊坐吧！」青南瓜誠惶誠恐地說：「不，不用客氣。」不知道他是出於客氣還是怎麼著，他依舊站著，我再次勸他：「還得再等一會兒，火車才會來。站著可會累壞的，請坐。」我實在太過同情他，所以不管怎麼樣都希望他能坐在我身旁。「那我就不客氣了。」他總算領情了。這個世界上，有像馬屁精那種明明不需要他露臉，卻一定要湊熱鬧的自大傢伙，也有像豪豬那種一副「沒有我，日本就完了」的高傲傢伙。對了！也有像紅襯衫那種以摩登美男子自居的人。另外，還有自以為是教育的化身的狸貓。每個人都自命不凡驕傲自大，然而，我從沒遇過像青南瓜老師這樣低調而不張揚的人，宛如一尊被剝奪自由的人偶。雖然青南瓜的臉是腫了點，可是捨棄這種好男人，而去依附紅襯衫，瑪丹娜也真是個令人費解的姑娘。即使有數打的紅襯衫，他也不能成為這麼棒的丈夫吧！

「你是不是哪裡不舒服啊？我看你好像很疲倦的樣子。」

「不，也沒有什麼毛病啦……」

「那就好。身體如果不好的話，人就提不起勁。」

「你看起來好像很健康。」

「是呀！我雖然瘦，但很少生病。畢竟我最討厭生病了。」

青南瓜聽了我的話後，嘻嘻地笑了。

這時候，入口傳來了年輕女子的笑聲，我不經意地回頭一看，來了個不得了的人呢！是個肌膚白皙，髮型時髦，身材高挑的美女，和一位年約四十五、六歲的婦人，相偕站在賣票的窗口前。我是一個不懂得形容美女的男人，所以不知該如何誇讚，但她是位不折不扣的美女。她給人一種，把香水泡暖的水晶球，捧在手掌心似的感覺。年紀較長的那位個子小，不過因為長相相似，所以應該是母女吧？「啊，來了！」正當我心裡這麼想時，已完全忘了青南瓜的存在，一直盯著年輕女子的方向看。結果青南瓜突然從我身邊站起來，朝女方走去。我嚇了一跳。那該不會是瑪丹娜吧？他們三人在售票處聊了片刻，因為距離太遠了，我聽不到他們說了些什麼。

我看了車站的時鐘，還要再等五分鐘火車才開。火車要是能快點來就好了，因為沒人陪我聊天，所以我等得很不耐煩。就在這時候，又有一個人匆忙地跑了進來。一看，正是紅襯衫。他穿著輕飄飄的和服，還胡亂地繫著一條縐綢質地的腰帶，並一如往常地垂掛著一條金鍊子。那條金鍊子是假的，紅襯衫還以為沒有人知道，拿著到處炫耀，不過我可是識貨的。紅襯衫跑進來之後，便東張西望，必恭必敬地向站在賣票口的那三個人鞠躬行禮，接著又說了兩三句話後，就急忙地向我走來。他用他那一貫不出半點聲響的走法。「喲，你也去泡溫泉啊？我擔心趕不上火車，所以急急忙忙地跑來。沒想到還有三、四分鐘。不知道那個時鐘準不準？」說著，他便拿起自己的金鍊錶看：「差了大概兩分鐘。」說完便在我身旁坐了下來。他一眼也沒回頭瞧女人，只是把下巴靠在手杖上，凝視著前方。年老的婦女不時地瞧著紅襯衫，而年輕的那位則依然看著旁邊。我愈來愈確定那個人就是瑪丹娜了。

汽笛終於咻地響起，火車來了。等待火車的乘客們爭先恐後地上了車。紅襯衫第一個衝進頭等車廂。坐頭等車廂也沒什麼好神氣的。到住田的頭等車票是五分錢，次等是三分錢，只差了兩分就有上下之分，就連我都捨得花錢，手裡正握著頭等的白色車票[1]。鄉下人多半小氣，即使只差兩分錢也很難下手，因此大多乘坐次等車廂。瑪丹娜和她母親，也跟在紅襯衫之後上了頭等車廂。而青南瓜卻像蓋活版章似地，總是一成不變地只坐次等車廂，他站在次等車廂的入口，好像在猶豫些什麼，他瞧了我一眼後，便毅然決然地上了車。這時，我對他倍感同情，於是便跟著他，進了相同的車廂。買頭等票坐次等車廂應該沒問題吧？

到了溫泉澡堂，我穿著浴衣自三樓下來後，又在溫泉池遇到青南瓜了。雖然在會議等重要場合時，我的喉嚨就會哽住、啞口無言，可是平常還挺健談的。於是我便試著在澡池裡和青南瓜聊一聊。他那可憐的模樣，真讓人於心不忍。我自認在這個時候安慰他個一言半語，是身為江戶男兒的義務。但不幸的，青南瓜並不太領情。不管我說什麼，他只是一味地應：「嗯」、「不」，而且那幾聲「嗯」、「不」都顯得很不耐煩。所以後來我就識趣不說了。

我在澡堂裡沒遇到紅襯衫。本來澡池的數量就多，所以即使坐同一班火車來，也不一定會在同一個澡池碰面，因此我並不特別訝異。洗完澡出來後，一輪明月高掛天邊。街道兩側種著柳樹，團團的樹影落在街道上。去散散步好了。我往北走，走到街的盡頭時，左邊有座大門，門的盡頭處是一座寺院，而寺院的左右是青樓。寺院的大門裡竟然有青樓，真是前所未聞的景觀。我有點想進去看看，但搞不好在開會時又會被狸貓說嘴，所以就不

1 當時頭等的火車票為白色，次等的火車票為紅色。

進去了。門旁有間掛著黑色布簾，裝有格子窗的平房，這就是我曾經因吃糰子而惹上麻煩的地方。懸掛著一盞寫上紅豆湯圓、年糕湯的紙燈籠，燈籠的火光照著屋簷旁的一棵柳樹幹。我雖然很想吃，不過還是忍住，過門而不入了。

想吃糰子卻不能吃，是很可悲的事。不過，自己的未婚妻移情別戀，更是悲慘。我一想到青南瓜的事，不要說是糰子了，就算是絕食三天也不抱怨。沒有什麼是比人更靠不住的。那張美麗的容顏，怎麼看都不像會做出那種殘忍的事啊！貌美之人是冷酷無情的，而像冬瓜一樣水腫的古賀先生則是正人君子，還真不能大意。外表看似淡泊的豪豬，竟被說是煽動學生搗亂的人，正認定就是他煽動學生之時，他卻又逼校長處罰學生。我厭惡至極的紅襯衫對我分外親切，從旁提醒我要小心注意，可是卻誘騙瑪丹娜，以為他誘騙瑪丹娜，他卻聲明除非她與古賀的婚約作廢，否則他是不會發動攻勢的。阿銀胡亂編理由把我趕出來，可是又馬上讓馬屁精住進去。怎麼想我都覺得人不可靠。如果我把這些事情寫給阿清看，她肯定會大吃一驚，也許她會說：「因為那是在箱根的彼方，所以才會聚集了怪物。」

我本來就是隨遇而安的個性，活到至今，不管遇到什麼事，都不曾覺得有多苦。可是來到這裡還不到一個月，我突然覺得這個世間真是動盪不安。雖然稱不上歷盡滄桑，但總覺得好像已經老了五、六歲一樣。還是趕緊作個了斷，回東京去才是上策吧？在我左思右想之際，不知不覺已經走過了石橋，來到野芹川的河堤了。有個川字聽起來很壯闊，但其實只是條不到兩公尺寬的小河，流水潺潺，只要沿著河堤走約一千三百公尺，就可到相生村，那座村裡供著觀音菩薩。

回頭望向溫泉町，那紅色的燈火在月光下閃閃發亮。敲打著太鼓的一定是青樓。川河的水流雖淺，但因流速很快，所以水有些神經質似地，過分地閃爍著波光。我沿著河堤走了大概三百公尺後，看見前面有人影。透過月光一看，才發現是兩個人影。可能是泡完溫泉，正要返回村子的年輕人吧？但他們連一首小曲也沒哼，顯得異常地安靜。

可能是我腳程比較快，我漸漸往前走後，只見那兩人的身影愈來愈大。其中一個好像是女人。在聽到我的腳步聲，大約相距二十公尺的時候，男人忽然回過頭來。月光是從我後頭照射下來的。看見那男人的模樣後，我頓時心頭一驚。此時男人和女人又開始往前走了。我心裡有點打算，於是立刻全速追上前去。對方一點也沒察覺，和剛才一樣緩緩地走著。現在我已經能夠清楚地聽見他們說話的聲音了。河堤不到兩公尺寬，三個人並走的話有些勉強。我毫不費力地急起直追，錯身擦過男人的衣袖時，我向前走了兩步，踩著腳後跟往後一轉，仔細瞧了瞧男人的臉。這時迎面而來的月光，自我的小平頭開始，一路毫不保留地照到下巴附近。男人「啊！」地輕呼了一聲後慌張地撇過頭去，向女人催促道：「我們回去吧！」便立刻返回溫泉町。

紅襯衫這個厚臉皮，還想裝蒜？懦弱得不敢報上名來啊？因鄉下地方小而感到不便的人，看來不是只有我而已。

第七章

第八章

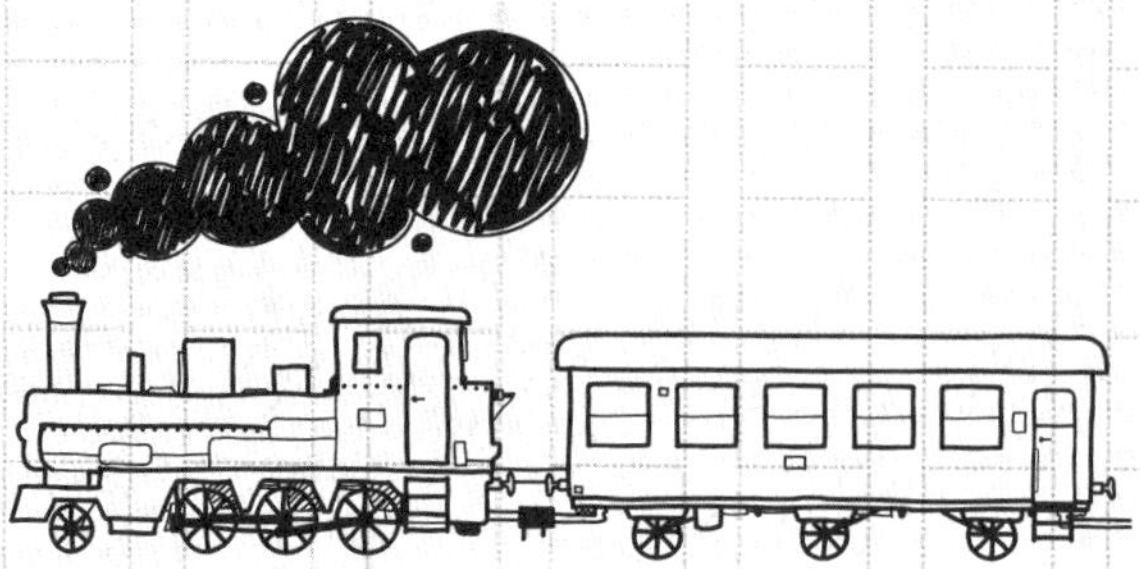

坊っちゃん

人是照自己的好惡而行動的，不是依道理推論行事的！

人間は好き嫌いで働くものだ。論法で働くものじゃない。

自從紅襯衫邀我去釣魚後，我就開始懷疑起豪豬。尤其是當他用莫須有的理由叫我搬家時，我更認定他是個可惡的傢伙。然而在會議的時候，他又出乎我意料地滔滔講述嚴懲學生論，弄得我一頭霧水。後來聽到萩野婆婆說，豪豬為了青南瓜跑去找紅襯衫理論時，我感動得拍手叫好。照這樣看來，豪豬並不是壞蛋，而是紅襯衫有問題。正當我懷疑紅襯衫是不是把自己的幻想說得煞有其事、拐彎抹角，好似要將這幻想深植於我的大腦之時，就看見他和瑪丹娜在野芹川的河堤散步，從此我就認定紅襯衫是狡猾的老奸了。我雖不清楚他到底是老奸還是什麼，反正他不是善類，是個表裡不一的男人。人如果不像竹子一樣正直，就不可靠。只要為人正直，就算與之吵架心情也快活。像紅襯衫那樣看似溫柔體貼、親切和藹、品性高尚，並到處炫耀琥珀菸斗的人，是不能掉以輕心的，也不太能和他吵起來吧。就算和他吵架，也沒辦法吵得像回向院[1]的相撲那般痛快。這麼說來，為了收不收一分五文而在辦公室和我吵架的豪豬，可遠比紅襯衫還要像個人。開會的時候，豪豬睜著一雙牛眼瞪著我，我當時真的覺得他十分可恨，可是後來想想，比起紅襯衫那黏糊糊的嗲聲嗲氣是好多了。其實那場會議結束後，我就很想和豪豬和好。我試著對他說了幾句話，可是他非但不理我，還給我白眼瞧。所以我也一肚子火，就這樣一直捱到現在。

從此，豪豬就不和我說話了。我還給他的一分五文仍擱在桌上，早已蒙上一層灰。我當然不會去動它，而豪豬也絕不會帶回家。這一分五文成了我們兩人之間的隔閡，我即使想開口也開不了口，豪豬頑固地保持沉默。我和豪豬之間，全是那一分五文在作祟。每次到學校看見那一分五文，就覺得很苦悶。

不同於我和豪豬絕交的情況，紅襯衫和我仍然維持原來的互動。在野芹川相遇的隔天，我一到學校，他就馬上來到我身邊問我：「你現在住的地方怎麼樣？」、「有空再一起去釣俄羅斯文學吧？」之類的，和我攀談了許多。我覺得他很可惡，於是就對他說：「我們昨天相遇了兩次呢！」他便說：「嗯！在車站。你每天都在那時間出門啊？不會太晚

1 為一座位東京本所（現墨田區）的淨土宗寺院。自江戶時期起，以籌募寺院修建的名義，常常在寺院境內舉辦相撲比賽，更於一九〇九年時，在寺院境內建造了相撲比賽專用的國技館（現已為舊國技館遺址）。

嗎？」「後來在野芹川的河堤也遇見您了唷！」我捅了他一刀，但他卻說：「不，我沒去那裡，泡完溫泉我就回家了。」何必這樣隱瞞？明明就是遇到了嘛！真是個愛說謊的男人。要是這副德性也配當中學的教務主任，那我就能當大學校長！從這時候開始，我就再也不信任紅襯衫了。我和不能信任的紅襯衫說話，卻沒和令我佩服的豪豬說話。這個世界還真是妙不可言。

有一天，紅襯衫說有話要對我說，叫我去他家一趟。我雖然覺得因此而不能去泡溫泉很可惜，但還是在四點出發去他家。紅襯衫雖然是單身漢，但不愧是教務主任，早就從房東家搬出來，自己租了一棟門廳氣派的房子住。據說一個月房租是九圓五十分。在鄉下只要付九圓五十分，就能租到門廳如此氣派的房子的話，令我也想豁出去租間房，把阿清請來這裡，讓她開心開心。「有人在嗎？」我叫門道，他弟弟便出來開門。他的弟弟在學校時，是由我教他代數和算數，是個成績很糟的孩子。再加上他是從外地遷來的人，所以他的品行比本地鄉下人還差。

見到紅襯衫後，我問他有什麼事。他老兄拿起那支琥珀菸斗，邊吐著焦氣逼人的菸邊說道：「自從你來了以後，學生的成績比上一任老師在的時候進步了很多，校長很高興我們請到了好老師。學校方面可說是相當地信賴你，所以希望你能多多精進努力。」

「咦，是嗎？努力？我可沒辦法比現在更努力了……」

「現在這樣就夠了。只是我之前跟你提過的事情，希望你沒有忘記才好。」

「你是說，介紹房子給我的人不是個好東西的事嗎？」

「講得這麼露骨的話就沒意思了。也好啦！就當作你我心有靈犀吧！如果你能和目前一樣努力以赴的話，學校這邊也會留意到，一有機會，我想你的待遇多少應該會有所調整的。」

「咦？薪水嗎？雖然我不在乎薪水如何，不過能調漲的話當然是好事。」

「這回剛好有一個人要調動，當然這件事如果沒和校長談妥是不能向你擔保的，但也許你的薪水可以從那裡周轉一些過來，所以我打算找時間，跟校長談談這件事。」

「謝謝。是誰要調職呢？」

「反正也要公開了，說出來應該不要緊了。是古賀。」

「古賀老師不是本地人嗎？」

「他是本地人沒錯，但是因為出了點狀況……有一半是出自他本人的期望。」

「他要調到哪裡去？」

「日向的延岡。因為那裡較為偏僻，所以調去那裡能加一級薪俸。」

「那誰調來替代他呢？」

「替補他的人大致上已經決定了。相對的，你的待遇也會跟著調整。」

「是，好的！不過不用勉強調薪也無所謂的。」

「總之，我都準備去跟校長談。校長好像也跟我持相同意見，但說不定到時候你得做更多事，我希望你從現在開始要有心理準備。」

「是比現在上更多課嗎？」

「不，課堂數也許會減少……。」

「課堂減少，卻做更多事？也太古怪了！」

「乍聽之下是很奇怪，不過，現在我不方便明講，呃……也就是說，可能會交付你更重大的責任的意思。」

我完全聽不懂。如果說是比現在更重大的責任，那就是當數學主任吧？數學主任是豪豬，但那傢伙並沒有要辭職的跡象，而且他很受學生歡迎，學校不可能將他調職或開除的。紅襯衫說的話，我每次都聽得一頭霧水。即便聽不懂，今天的正經事也就這樣說完了。之後我們閒聊了一會兒，說是要幫青南瓜舉行歡送會，順便問我喝不喝酒，還說青南瓜是個君子，值得人敬愛……紅襯衫滔滔不絕地說了許多。最後，他話鋒一轉，問我寫不寫俳句。我一聽，心想：「完了！」於是便回答他：「我不寫俳句，再見！」說完，我便急忙地走了。俳句是芭蕉或理髮店的老闆在搞的玩意兒，我一個數學老師怎麼受得了去談什麼「牽牛花兒纏水桶」[1]的！

回家後，我沉思了許久。這世間竟有如此令人捉摸不透的男人。甭說房子了，就連任職的學校也沒有其他不便之處，他卻厭倦了這座故鄉，特意到陌生的他鄉吃苦。如果是去有電車通行的繁榮城市那還好，竟跑去日向的延岡是怎麼回事？我連來到這種船運便利的地方，還不滿一個月就已經想回家了。而延岡可是深山中的深山，是非常偏遠的地方呀。照紅襯衫說的，下了船得先乘一天的馬車到宮崎，從宮崎還得再搭一天的車才到得了。光聽那個地名，就很難想像那處會是個開化之地。總覺得那是一個住著猿猴跟人各半的地方。即使是聖人般的青南瓜，應該也不會樂意與猿猴相作伴吧？真是個怪人。

這時候婆婆又像往常一樣，端晚飯來了。我問她今天還是地瓜嗎？她說：「不，今天是豆腐。」但似乎也沒比較好。

「婆婆，古賀老師好像要去日向耶！」

「真可憐嘻。」

「可憐？但是他自願去的話，那我們也沒辦法啦！」

「願意去？誰嘻？」

「還有誰嘻？他本人呀！古賀老師不是自己願意去的嗎？」

「那你可是大錯特錯了嘻。」

「我搞錯了嗎？可是剛才紅襯衫是這麼說的。若是我不說得不對，那紅襯衫就是個大騙子。」

「教務主任說得沒錯，不過古賀不想去也是事實嘻。」

「那兩方都沒錯，婆婆妳可真公平。這到底是怎麼一回事呢？」

「今天早上我遇到古賀的媽媽，她把理由說給我聽了嘻。」

「她說了些什麼啊？」

1 文中主人翁舉加賀千代女之詩句：「嬌美牽牛花，藤蔓纏上吊水桶，取水問人家」

「他們那裡自從父親過世了之後，生活就過得沒有我們所想的那麼富裕，於是他母親就去拜託校長，說他已經教了四年書，希望每個月的薪水能夠多加一點。」

「原來如此。」

「校長是說他會好好考慮看看，於是他母親便放心了。她引頸期盼這個月會加薪，下個月會加薪，等來等去，結果校長把古賀找去，對他說：『很抱歉，學校的經費不足，沒辦法加薪。不過延岡那裡有一個缺，薪水每個月比這裡多五圓，我想正合你意，手續已經辦妥，你可以調過去了。』」

「那根本不是商量，是命令嘛！」

「對呀！古賀老師與其調到他鄉加薪，他寧可維持原狀，留在這裡。他拜託校長說老家在這，母親也住在這，所以想待在這。但校長說事情已定，也找了代替古賀老師的人，所以他也沒辦法。」

「哼！把人當傻瓜，真過分！這麼說，古賀老師根本就不想去吧！我就說奇怪嘛！為了加那五圓的薪水，有哪個呆木頭會跑去那種山裡和猿猴作伴啊？」

「呆木頭？老師，那是什麼意思嘻？」

「唉，隨便啦！這些全是紅襯衫的計謀吧！太惡劣了，簡直就是暗算人嘛！還說要調高我的薪水，哪有這種不合邏輯的事？說什麼要給我加薪，誰要他加薪！」

「老師要加薪哪嘻？」

「他跟我說要加薪，我打算拒絕。」

「為什麼要拒絕啊？」

「無論如何都要拒絕。婆婆，那個紅襯衫是個混帳，很卑鄙！」

「就算他卑鄙，他要加你薪，你乖乖接受就好了嘻。雖然年輕的時候容易動氣，但等到老了以後就會覺得可惜，想著當初能忍下來就好了。若因為一時氣憤而造成損失，以後肯定會後悔。聽婆婆的話，要是紅襯衫要給你加薪，你就欣然接受吧！」

「你都一把年紀了別管閒事，我的薪水要升或降，那是我的事。」

婆婆閉上嘴離開了。房東爺爺發出了悠哉的嗓音唱著歌。歌這種東西，大概就是將原本讀了就能懂的東西，刻意加上複雜的節拍，把它變成讓人聽不懂的東西吧？我不懂房東爺爺每天晚上都不厭煩地哼哼唱唱的心情，我現在可沒那種閒情逸致。紅襯衫說要調高我的薪水，我並沒有特別想要，只覺得把那些錢擱著也是可惜，所以才接受的。但青南瓜明明不想調職，卻被強迫調職，我怎麼能不近情義地從他那份薪水中抽頭呢？他本人都說保持現狀就好了，為什麼還要把他調到延岡去？就連太宰權師[1]也不過是被調到博多一帶，而河合又五郎[2]也不過被下放到相良而已。總之，我必須去紅襯衫那裡拒絕他，不然嚥不下這口氣。

我穿上小倉織的和服褲裙，再次出門。我站在巨大的玄關前問：「有人在嗎？」結果又是剛剛那個弟弟出來應門。他看看我，一副「你又來啦」的眼神。如果有事的話，我不管兩次、三次我都會來。就算是半夜，我也會來敲門叫人的。你以為我是來給教務主任請安的啊？我可是來跟他說我不要加薪的。他弟弟說：「現在裡頭正好有客人來訪。」我說道：「我在玄關就好，我想見他一面。」說完他便進門。我看到腳邊有雙鋪著草墊的斜面低齒木屐，裡頭傳來「哦！這樣一來就萬萬歲啦！」的聲音。原來那個客人正是馬屁精。除了他，沒有人會發出這種婦孺般尖細的聲音，也不會穿這種江湖藝人才穿的木屐。

過了一會兒，紅襯衫手持油燈來到玄關，「來，請進！裡頭不是外人，是吉川呢。」我應道：「不，站在這裡就夠了。我只要講一下就好。」紅襯衫的臉紅得像紅豆一樣，看來他和馬屁精正在喝酒。

「剛剛你說要把我的薪水調高的事，我改變心意了，於是前來拒絕。」

紅襯衫將油燈拿向前，從屋子裡盯著我的臉看，他一時不知怎麼回應，一臉茫然。不知他是不懂這世上怎麼會有人跑來拒絕加薪，還是在詫異就算要拒絕，也用不著才剛結束會面就又馬上過來，抑或兩者皆是，他不可思議地張開嘴，呆立在原處。

1 指醍醐天皇時代，菅原道真因藤原時平之讒言，被貶官至九州一事。

2 因殺害同袍渡邊數馬之弟，被數馬及其姐夫荒木又右衛門討伐。

「我那時候之所以會答應，是因為你說古賀是自願調職的……」

「古賀要調職有一半是出於自願。」

「才不是，他想留在這裡。即便薪水照舊，他也想留在家鄉。」

「你是從古賀那兒聽來的嗎？」

「呃……我不是從他本人那兒聽來的。」

「那你是聽誰說的？」

「我的房東婆婆聽古賀他母親說的，然後她今天告訴我的。」

「那麼是房東婆婆說的囉？」

「嗯，是啊！」

「恕我失禮，你這樣不對吧。如果照你所說，那就意味著，你寧可相信房東婆婆說的話，而不相信教務主任說的話。我這麼解釋沒錯吧？」

這下令我有點頭疼。文學士果然厲害，刻意揪人語病找碴，接著不疾不徐地逼近我。

我父親常說我輕率冒失，不成大器。原來如此，我好像真有那麼一點冒失。我一聽完婆婆的話，就憤怒地飛奔而來，根本沒去見青南瓜或他母親，把事情問清楚。所以像這樣被文學士砍上一刀，令我有些招架不住。

表面上雖然有些招架不住，不過在我的內心裡，已表明不信任紅襯衫了。房東婆婆雖然是個小氣的貪心鬼，但她至少不會說謊，不像紅襯衫表裡不一。我束手無策，於是這樣回答他：

「也許你所言不假，但我還是謝絕加薪。」

「那就更奇怪了。你特地跑這一趟，是因為你發現了不能接受的理由，才前來拒絕加薪，但儘管那個理由經過我說明後就不成立了，你卻依然拒絕加薪。實在令我難以理解。」

「或許你沒辦法理解，總之我拒絕就是了。」

「如果你那麼不想加薪的話，我當然不會勉強你，但就在這兩三個小時之內，明明沒什麼特別的理由，你卻突然一改態度，這可會影響到你將來的信用。」

「就算會影響也無所謂。」

「那可不喔！做一個人，沒有比信用更重要的東西了。縱使現在退一步，你的房東先生……」

「不是房東先生，是婆婆。」

「隨便啦！縱使房東婆婆對你說的話是事實，調給你的加薪也不是從古賀的所得扣掉的。古賀要去延岡，替補的人會來。可是他的薪水是比古賀的少。我們是把那份多出來的錢撥到你這邊，所以你根本不必為誰感到歉疚的。古賀調到延岡是榮升，而新來的是依照最初的約定，以低薪調來。所以，我才想這是把你升上來的大好時機。如果你不願意也沒關係，再回去考慮看看好嗎？」

因為我腦袋不夠機靈，要是平常對方如此巧妙地大展口才的話，我一定會客氣地退一步想：「喔，對啊！那麼是我錯了。」可是今天晚上可不一樣。我剛來到這裡的時候，就不喜歡紅襯衫，之後，我雖然曾經改變想法，覺得他只是個像女人般親切的人，但現在才知道那根本就不是什麼親切，結果我現在反而更加厭惡他了。因此，不管他多麼會雄辯，想用那堂堂教務主任式的辯功來反駁我，我都不在乎。會辯論的人不一定就是好人，而被辯倒的人也不一定就是壞人。表面上看來，紅襯衫所言甚是，然而，他表面上再怎麼堂堂正正，也無法叫人由衷信服。如果金錢、威勢、歪理能收買人心的話，那麼放高利貸的人、警察、大學教授一定是最受歡迎的人。光憑一個中學教務主任的論調，就想改變我的心啊？人是照自己的好惡而行動的，不是依道理推論行事的！

「也許你說得對，但我就是不想加薪，所以在此拒絕你。再怎麼考慮也會是一樣的結果。再見。」我丟下這段話便走了。此刻，一道銀河高懸天際。

第九章

坊っちゃん

大家會替我舉辦歡送會，並不是因為惋惜我的離去，而是為了飲酒作樂。

自分のために送別会を開いてくれたのは、自分の転任を惜んでくれるんじゃない。みんなが酒を呑んで遊ぶためだ。

為青南瓜舉行歡送會的那天早上，我一到學校，豪豬就突然跑來對我說：「前些日子，阿銀來找我，說你行為不檢點，所以來拜託我叫你搬出去。我信以為真，所以才接受他的請託，叫你搬出去的，可是後來我才知道他是個壞蛋，他經常在偽造的書畫上蓋假章，然後強迫推銷賣給別人，所以你那件事也絕對是他憑空捏造的。因為他想把掛軸、古董硬賣給你，賺你的錢，可是你不理睬，他賺不到錢，於是就編了那個謊來騙人。我之前不明白他的為人，對你做了許多失禮的事，請你原諒我。」他說了這麼長的一段話來向我道歉。

我什麼話也沒說，將擱在豪豬桌上的一分五文拿起，放回我的夾口錢包裡。豪豬疑惑地問我：「你要把它收回去嗎？」我向他說明：「嗯！我本來不喜歡讓你請，所以決定非還你錢不可。但我後來想了想，好像還是接受你的請客比較好，所以就拿回來了。」豪豬哈哈哈地大笑，問我：「那你為什麼不早一點拿回去呢？」我說：「其實我一直想拿回來的，可是總覺得有點尷尬，所以就一直擱在那裡了。最近我來學校，每當看到那一分五文，心裡就覺得很苦悶。」他聽完後，說：「你還真是個不服輸的固執男人！」於是我也回他一句：「你還真是個脾氣又臭又硬的倔強男人！」接著我們倆之間就開始一搭一唱地聊起來。

「你到底是哪裡人啊？」

「我是東京人。」

「喔，東京人啊？怪不得你很不服輸。」

「那你是哪裡人？」

「我是會津人。」

「會津啊！難怪你很倔強。今天的歡送會你去不去？」

「去啊！那你呢？」

「我當然會去。我還打算等古賀老師出發的時候，去海邊送他呢！」

「歡送會可有意思囉！你去了就知道。我今天可要痛快地喝一頓。」

「隨便你怎麼喝。我吃完飯就要馬上回家，喝酒的人是混帳。」

「你真是個動不動就和人吵開的男人。原來如此，東京人的輕狂，在你身上表露無遺。」

「隨你說。去歡送會之前，先來我家一趟，我有話要對你說。」

豪豬依約先到我家。自從那天起，我只要看到青南瓜的臉，就覺得非常同情他。如今，歡送會的日子到了，更叫人覺得萬分憐惜，可以的話，我甚至想代替他去那偏僻之地。所以，我準備在歡送會上，好好地演說一番以壯行色，但我那嘴快又好捲舌的東京腔，根本搬不上台面，所以我想請聲音洪亮的豪豬挫挫紅襯衫的銳氣，因此才特地把豪豬請過來。

我首先拿瑪丹娜事件當開頭，說給豪豬聽。而瑪丹娜事件，豪豬當然知道得比我還詳細。我把在野芹川河堤的事說出來，並罵了句混帳東西，結果豪豬主張：「你不管是誰都罵混帳。今天在學校，你不也罵我是混帳嗎？如果我是混帳的話，紅襯衫就不是混帳。我和紅襯衫可不是同一路人。」接著我說：「那紅襯衫是沒膽的窩囊廢。」「也許喔！」豪豬很贊同地回應我。豪豬強歸強，不過說到耍嘴皮子，我就厲害多了。會津人哪！大概都是如此吧？

接著我把加薪事件，以及紅襯衫說將來要重用我的事告訴豪豬，豪豬一聽便嗤之以鼻地說：「所以他打算要開除我了？」我問他：「就算他打算要開除你，你願意嗎？」他強勢地說：「誰願意啊！要是我被開除，我也會讓紅襯衫一起被開除的。」我反問他要怎麼讓紅襯衫一起被開除，他卻說他還沒想好。豪豬雖看來強悍，卻似乎沒有什麼智慧。我告訴他我拒絕加薪的事後，他非常高興地大讚：「不愧是江戶男兒，了不起！」

我問豪豬：「既然青南瓜不想調職，你怎麼沒替他爭取留任呢？」然後豪豬說：「當青南瓜告訴我的時候，大局早已底定了。我曾去找校長談過兩次，也找紅襯衫談過一次，但還是束手無策。」接著又說：「就因為古賀人太好了才麻煩。紅襯衫當初找他談的時候，他要是能立即拒絕，或是說要考慮看看，避開話題就好了，偏偏他被那張伶牙俐齒的嘴巴給騙了，當下即應允下來。之後，就算他母親去哭訴求情，我再去爭論什麼也都無濟於事了。」他一副懊悔不已的樣子。

我說：「這次的事，根本就是紅襯衫想把青南瓜支開，好奪取瑪丹娜的策略嘛！」「準是這樣沒錯！那傢伙一臉正經，卻盡做些壞事，就算有人要說他不是，他也早就準備好了退路，是個非常奸詐的東西。要對付那種傢伙，非得用鐵拳來制裁不可。」說著，豪豬捲起袖子，對我展示他那滿是肌肉的手臂。我順口問他：「你的手臂看起來很壯呢！你有在練柔道之類的嗎？」結果他老兄就使力隆起上臂的肌肉，叫我抓來試試。我用手指頭捏了一下，果然像澡堂裡的搓腳石一樣硬。

我對他佩服得五體投地，於是說：「你的手臂那麼壯，就算有五六個紅襯衫，你也能一次將他們打得落花流水吧？」「那當然！」他邊說邊把彎曲的手臂伸直、收縮，只見肌肉便在皮膚下動來動去，非常有趣。據他所言，如果把兩條紙繩纏在一起，綁在臂肌上，然後用力彎起手臂的話，紙繩就會喀拉一聲地斷裂。「如果是紙繩的話，我似乎也行。」我一這麼說，他隨即應道：「你能啊？如果你行的話，弄給我看！」我心想萬一弄不斷，那可沒面子，所以就閉嘴了。

「你覺得如何？今晚歡送會痛喝一頓之後，要不要去修理紅襯衫和馬屁精啊？」我半開玩笑地邀豪豬。他想了片刻後說：「今晚就算了吧。」問他為什麼，他思慮周全地說：「今晚會對古賀不好意思，而且既然要揍的話，一定要在發現他們幹壞事的當下揍下去，否則錯便在我們了。」豪豬顯然比我還會盤算事情。

「那你上去演講，好好地讚美古賀一番。要是我去說的話，又會變成東京腔的快嘴快舌，一點力道也沒有，上不了台面。而且，我一到那種正式的場合，胃酸就直衝喉嚨，好像有顆球衝上來似地說不出話，所以還是讓你上去好些。」結果豪豬問我：「真是怪病！那你在人群當中無法發言囉？很困擾吧？」我回他：「也沒有那麼困擾。」

說著說著，時間已經到了，於是我和豪豬便一同前往會場。會場在花晨亭，聽說是當地最高級的餐廳，不過我從來沒進去過。據說這家餐廳是買下從前家老[1]的房子後直接營

1 日本江戶時代「家臣」的頭目。

業的，難怪外觀的構造威嚴氣派。將家老的房子改為餐廳，就像是把打仗時外穿於鎧甲上的掛衣，重新縫製成內搭的襯衣一樣。

當我們兩人抵達的時候，人數已經大致到齊了。五十帖大的和室裡，兩三群人聚在一起。不愧是五十帖大，凹間又大又出色。我在山城屋住的十五帖大和室裡的凹間，簡直無法與之相比。我略為測量一下，大約有四公尺寬。右側放著一只紅色圖案的瀨戶燒[1]花瓶，裡頭插著一根粗大的松樹枝。我不知道插松枝有什麼意義，大概是因松枝不管經過幾個月都不會凋零，比較省錢吧？我問博物學老師：「那個瀨戶燒是哪裡做的呀？」他告訴我：「那個不是瀨戶燒，是伊萬里燒[2]。」「伊萬里燒不也是瀨戶燒的一種嗎？」博物學老師聽了，嘿嘿嘿地笑了。後來一問之下我才知道，原來在瀨戶做成的陶器才稱為瀨戶燒。我這個東京人以為所有的陶器都叫做瀨戶燒。凹間的正中央掛著一大幅掛軸，上面寫了二十八個和我的臉一般大的字，寫得很差。我覺得十分難看，便問漢學老師：「為什麼把那麼難看的字冠冕堂皇地掛在這裡啊？」結果老師告訴我：「那可是一位叫做海屋[3]的知名書法家寫的喔！」管他什麼海屋不海屋的，我到現在還是覺得那字醜。

不久後，負責書記的川村請大家就座，於是我選了一個有柱子可靠背的好位置坐下。狸貓身著外掛與和式禮服，坐定在海屋的掛軸前。紅襯衫也同樣穿著外掛禮服，在其左側坐了下來。右側則是今天的主角——青南瓜老師，他也是一身和服裝扮。我穿的是西服，不方便端正跪坐，所以沒多久就盤起腿來。鄰座的體育老師穿著黑色的長褲，正經八百地跪坐著。不愧是體育老師，平時有鍛鍊。不一會兒，菜餚就上桌了，酒壺也一字排開。負責歡送會的籌備者站起身，致了幾句開場白。接著狸貓站起來，紅襯衫站起來。都講了一些餞別話，不過他們三人彷彿有事先照會過似的，不停地宣揚青南瓜是個好老師、好青年。說什麼，這次要離開大家，實在很令人惋惜，不僅對學校，就我個人而言，也都感到非常扼腕。但基於其個人因素，他懇切地希望能轉任他校，所以我們也是無可奈何。撒這種謊，

1 以陶瓷器聞名的愛知縣瀨戶市所產的陶藝品。
2 為長崎的佐賀縣產出之陶器——有田、波佐見、唐津燒的總稱。
3 貫名海屋（一七八八～一八六三），為江戶時代後期之儒學家、書畫家。

來舉辦歡送會，卻絲毫不覺羞恥。三個人之中，尤以紅襯衫最為稱讚青南瓜。他甚至還說：「失去這位益友，對我而言真是莫大的不幸。」他一副煞有介事的口氣，嗓子也比平時更加溫柔，若是初聞此言之人，無論是誰，肯定都會被他所騙。瑪丹娜大概也是被他這招騙走的吧？正當紅襯衫振振有辭地致歡送感言時，坐在我對面的豪豬向我使了一個眼色，我用食指扯了下眼皮，扮了個鬼臉當作回應。

等不及紅襯衫入座，豪豬便突然站了起來。我因為太興奮，情不自禁地拍起手。結果以狸貓為首，大家全朝我這兒看過來，害我有點難為情。他如此說道：「剛才從校長到教務主任，都對古賀老師的調職感到相當不捨，但我不太贊同大家的想法，我反而希望古賀老師能早點離開此地。延岡屬於偏遠地區，和這裡相比，物質方面也許不方便，可是就我所知，那裡是個民風頗為淳樸的地方，教職員和學生們，全都承襲了古代的樸實氣質。在那邊，像那種巧言令色、批著羊皮陷君子於不義的時髦傢伙，我相信一個也不會有。像你這樣溫良篤厚的人，一定會受到當地居民歡迎的。由衷地祝福古賀老師調任後，事事一帆風順。最後，願你調到延岡之後，能夠遇到一位稱得上君子好逑的淑女，早日建立一個圓滿的家庭，好讓那個不貞的野丫頭慚愧而死。」說完，他喀、喀，大聲地咳了兩聲後，才坐下來。本來這回我也想拍手的，可是怕大家又往看我這兒瞧，於是作罷。豪豬坐下後，換青南瓜老師站了起來。他很謙虛地從自己的座位走到房間尾端的末座，禮貌地向全體敬了禮，然後說：「由於我個人的因素，將調職到九州，今晚各位老師為小弟舉行這麼盛大的歡送會，實令我銘感至極。尤其感謝剛才校長、教務主任，以及其他諸君的臨別致詞，我將銘記在心。從此我雖然要遠赴他鄉，但希望各位還是能像從前一樣，給予指教和關愛。」說完，他就趴地行了大禮後回座。我實在不曉得這個人到底好到什麼程度，還對那些把自己當成傻子耍的校長、教務主任恭恭敬敬地行禮致謝。那或許是基於形式上的禮貌，不過從他的模樣、說話的態度，以及那副神情看來，他好像是打從內心感謝的樣子。被這個聖人由衷地感謝，理應羞愧得滿臉通紅才是，然而狸貓和紅襯衫只是很認真地聆聽而已。

致詞結束後，到處都是傳來「滋啾、滋啾」的聲響。我也模仿他們的樣子，喝了口湯，但還真是難喝！前菜裡頭雖然放了魚板，卻黑不溜丟的，像是做失敗的竹輪。而生魚片切得太厚，簡直就像在吃生鮪魚切塊一樣。即使如此，我周圍的人們還是津津有味地享用著。他們一定沒吃過東京料理吧？

接著大家開始交錯觥籌，整個會場便突然熱鬧了起來。馬屁精他老兄畢恭畢敬地來到校長面前，請校長替他斟酒，討人厭的傢伙！青南瓜則是逐一向大家敬酒，看來他打算敬大家一回，實在是辛苦。當青南瓜來到我面前時，他理一理和服褲裙，坐正後對我說道：「讓我敬你一杯。」穿著合身西裝褲的我也正襟危坐，為他倒了一杯酒，說：「我才來這裡沒多久就要和你分別，真可惜啊！你什麼時候出發呢？務必讓我到海邊送你一程。」青南瓜回答：「不，您諸事繁忙，不須如此。」但不管青南瓜怎麼說，我都會請假去送他的。

約莫過了一個小時，整個宴會開始混亂了起來。「來！喝一杯！」「咦？明明是我叫你喝的呀……」有一兩個人已經開始醉得語無倫次了。我覺得有點無聊，於是去了趟廁所。當我藉著星光眺望古式庭園時，豪豬走了過來。他相當得意地說道：「怎麼樣？剛才的演講很棒吧？」我告訴他：「我是非常讚賞沒錯，不過有一點我不太認同。」他接著問我是哪裡不同意。

「在延岡，沒有批著羊皮陷君子於不義的時髦傢伙……你是這麼說的，對吧？」

「嗯。」

「光說時髦的傢伙那可不夠喔！」

「那要怎麼說啊？」

「你應該說，時髦的傢伙啦、騙子啦、出老千的啦、偽君子啦、奸商啦、鼠輩啦、抓耙子啦、說話像狗吠一樣的傢伙。」

「我的舌頭才轉不過來咧！你真會說。至少你懂很多詞。真不敢相信你不能演講。」

「我是為了吵架時能派上用場，以防萬一才準備的。要是變成演講的話，我可沒辦法如此流利。」

「是嗎？可是你說得很流暢，你再說一次。」

「要我說幾遍都行。我要說囉！時髦的傢伙、騙子、出老千……」正當我說到一半的時候，簷廊傳來啪躂啪躂的腳步聲，有兩個人搖搖晃晃地衝了出來。

「你們倆真過分！……怎麼跑掉了呢？只要我還在，就不會讓你們逃走，來，來喝啊！……什麼出老千？有趣，老千真有趣呢！……走，喝啦！」

說完，便把我和豪豬硬拉了回去。其實這兩個人本來好像是要去上廁所的，卻因為喝醉，而忘了進廁所，反倒來把我們拉回去了。醉漢大概都只知道處理眼前的事情，而把原本該做的事立刻忘得一乾二淨吧？

「嘿，各位！我把出老千的抓回來了！我們來灌他們酒喔！直到出老千的求饒為止！別逃！」

我明明沒打算逃，他卻把我壓在牆邊。我環視會場，發現大家桌上的豐富菜餚皆空空如也。還有人把自己的那份吃乾淨後，再跑去吃別人的。不知道校長是什麼時候離開的，沒見到他人影。

這時傳來一聲：「是這一間嗎？」接著來了三四名藝妓。我雖然有些訝異，不過因為我被壓在牆上動彈不得，所以只能呆站著看。這時候，一直靠坐在柱子上，神氣地叼著琥珀菸斗的紅襯衫忽然起身準備離開。迎面而來的一名藝妓和他擦身而過時，她露出笑臉向他打了一個招呼。那名藝妓是其中最年輕漂亮的。我因距離太遠，只聽見她好像說了：「唉呀，你好！」而紅襯衫卻視若無睹地離開，之後就再也出現了。大概是跟在校長後頭回家去了吧？

藝妓來了之後，整個會場突然精神一振，一起扯開嗓子熱情地歡迎藝妓們，吵得幾乎令人誤以為這是場歡迎會。接著，有人玩起猜數兒的遊戲[1]。他們發出的聲音之大，簡直就像在練習居合刀法[2]似的。而這邊的人則是沉迷於划拳之中，「喲，哈！」地喊著，他們變換手勢的模樣，比達克劇團[3]操縱木偶的技術還高明。對面的角落，則有人叫著：「來

1 為抓一把石子（或豆子）互猜對方數目的遊戲。
2 在跪坐的姿態下，拔刀揮砍的刀術。
3 於一八九四年赴日公演西洋偶劇之英國劇團。

倒酒！」他搖搖酒壺後，又改口說：「拿酒來！拿酒來！」吵得讓人受不了。這熱鬧的會場裡，只有青南瓜一個人無趣地低頭沉思——大家會替我舉辦歡送會，並不是因為惋惜我的離去，而是為了飲酒作樂，為了讓我一人感到無趣、痛苦罷了！早知道是這樣的歡送會，還不如不辦。

過了一會兒，有人開始扯著破鑼嗓子唱起歌來。一位藝妓抱著三味線來到我面前：「小哥、你也來唱嘛！」我回答她：「我不唱，妳唱。」「敲敲鑼打打鼓，迷路的迷路的三太郎！咚咚、咚隆鏘！若是敲敲打打繞了一圈就能與君見，小女便敲敲鑼打打鼓，咚咚、咚隆鏘！敲敲打打繞了一圈，心有思慕之人哎！」她如此唱了兩段後嚷道：「唉呀！累死我了！」既然那麼累，不會選輕鬆一點的歌唱啊？

這時候，不知道什麼時候坐到我旁邊的馬屁精開口了：「小鈴才剛見到了思慕之人，沒想到他掉頭就走，她的樣兒可難過囉！」他依舊用了單口相聲家似的口氣。藝妓冷淡地說：「你說什麼呀！」但馬屁精毫不在意，還發出令人厭惡的聲音，模仿義太夫[1]的腔調唱道：「恰巧遇郎君，卻……」藝妓用手打了打馬屁精的膝，說：「你別說了！」於是馬屁精高興地笑了。這個藝妓就是向紅襯衫打招呼的那位。被藝妓打了還笑得出來，馬屁精還真是個好好先生呢！「小鈴，我要跳《紀伊國》，妳幫我彈一首吧！」他甚至還想跳舞咧！

另一頭，漢學爺爺歪著那張沒有牙齒的嘴唱著：「我可沒聽見呀，傳兵衛呦！在你我之間……」準確地唱到這裡後，他卻停下來問藝妓：「接下來怎麼唱啊？」這個爺爺的記性真差。其中一個藝妓纏著博物學老師說：「最近有一首新曲，我彈給你聽好不好？你仔細聽好喔！──花月髮髻、白色緞帶的時髦髮型，騎的是自行車，拉的是小提琴。半調子的英語呱呱叫，I am glad to see you。」她唱完後，博物學老師佩服地說：「喔，原來如此，真有趣！加了英語進去呢！」

1 竹本義太夫（一六五一～一七一四）為淨琉璃創始者；淨琉璃為配合說唱的木偶戲，用三味線伴奏。

豪豬發出震耳如雷的聲音叫道：「藝妓！藝妓！」並下了一道號令：「我要舞劍，幫我彈三味線！」藝妓被他兇暴的聲音嚇傻了，而沒有回應。豪豬也不以為意，兀自拿起手杖，走到中央，吟道：「踏破千山萬岳煙」開始一個人表演起平時不為人知的才藝。這時候，馬屁精已經跳完《紀伊國》，也跳了《活忽小調》，現在他全身僅剩下一條越中兜襠布，腋下夾著一支棕櫚掃帚，嘴裡叫著：「中日談判破裂……」一面在會場裡遊行，簡直就是瘋子。

我從剛才就很同情青南瓜，他始終身著正裝，看似苦悶拘謹地待在一旁。就算是他的送別會，他也沒必要穿著大禮服，勉強自己觀賞丁字褲裸舞，於是我走到他身邊，試著勸他說：「古賀老師，我們回去吧！」結果青南瓜不為所動地回道：「今天是我的歡送會，我要是先回去，那就太失禮了。你不用客氣，可以先走。」「你到底在顧慮什麼！是歡送會的話，就要弄得像樣一點啊！瞧瞧那副德性，根本就是瘋人會！走吧！我們回去吧！」我硬是勸他，正當我們要踏出會場時，馬屁精揮著掃帚逼近，「咦！主角先走，太過分了！

要中日談判了！我不准你回去！」他橫舉掃帚擋住我們的去路。我從剛才就一肚子火，「如果要中日談判的話，你就是中國！」我說完，便舉起拳頭，使勁地揮向馬屁精的頭。馬屁精嚇得動也不動，呆滯兩三秒後，「唉呀，真過分！竟然打人真不像話，你竟敢打我這個吉川。我一定要中日談判！」就在他滿口胡言亂語的時候，後頭的豪豬看這邊好像要起什麼騷動，於是停下劍舞，衝了過來。看到這個不成體統的傢伙，豪豬冷不防地一把揪起他的脖子，將他拖了回去。「中日……好痛喲！好痛喲！你這可是在動粗啊！」當他在掙扎的時候，豪豬將他往地上一摔，馬屁精便應聲倒地。我不知道後來事情演變成什麼地步。

我在中途便和青南瓜道別，回到家時已經過了十一點了。

第十章

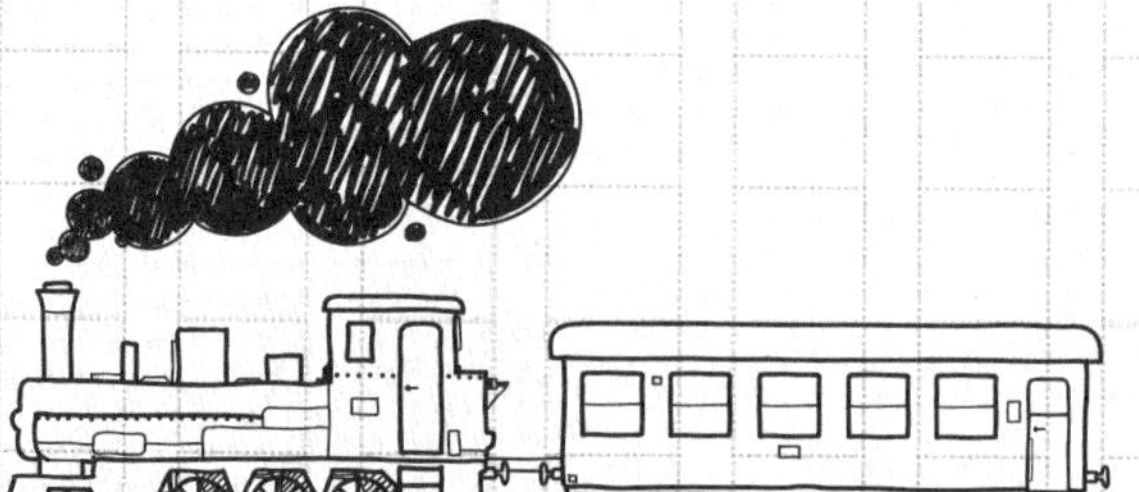

坊っちゃん

把那些草呀、竹子拿去彎彎折折，便能心滿意足的話，怎麼不去找個傴僂情夫、跛腳老公來炫耀呢？

あんなに草や竹を曲げて嬉しがるなら、背虫の色男や、跛の亭主を持って自慢するがよかろう。

因為舉辦戰勝慶典的關係，學校停課。在練兵場有慶祝儀式，所以狸貓得率領學生列隊參加，我也以教職員的身分一同列隊出席。一走到街上，到處都是太陽旗，顯得相當耀眼。學校的學生多達八百人，體育老師將隊伍整理好，在每一小隊之間稍為做了點間隔，然後各安排一至兩位的教職員穿插在間隔中，以監督學生。這樣的安排看似巧妙，但其實一點也不高明。這些學生不僅是群小毛頭，態度又囂張，是一群好像不破壞紀律就覺得有失顏面的傢伙，所以就算有幾名教職員跟在一旁，又有什麼用？明明沒下命令，卻逕自唱起軍歌，軍歌一停，便嘩地發出莫名其妙的叫聲，簡直像流浪武士在大街上遊行一樣。不唱軍歌也不起鬨的時候，他們就吱吱喳喳地說話。人即使不講話也能走路！但日本人在娘胎時，似乎都先長嘴，特別長舌，不管怎麼罵他們，就是不聽。他們也不是單純閒話家常，而是在講老師的壞話，實在低級。因為值班事件而讓學生們道歉時，我本來打算事情就此罷休，可是我錯了。套句房東婆婆的話，我簡直是大錯特錯。學生們之所以道歉，並不是發自內心覺得懊悔而道歉的。只是因為校長下達了命令，所以才形式上的道了歉。商人成天低頭作揖，卻不斷做些奸詐的勾當，或許學生也是如此，只會道歉而已，惡作劇是絕對不會終止的。仔細想一想，這個世界也許就是由那些學生之類的人所構成的吧？真心地接受別人的道歉懺悔，並且加以原諒，說不定會被人笑說太過老實。既然道歉是假的，那原諒也不必真心——這樣想應該無妨。假如真的要對方道歉，不打到他真心悔改是沒用的。

我一走進隊伍間，天婦羅、糰子的話語聲便不絕於耳。而且因為人太多了，我根本不知道是誰說的。好，就算我知道是誰說的，對方一定會辯稱沒有叫我天婦羅，也沒有叫我糰子，是老師自己神經太敏感、多心了，才會聽錯的。這種劣根性是從封建時代就養成的，已經成了這片土地慣有的習性了，所以不論我怎麼說，怎麼教，他們終究是改不過來的。要是在這種地方待上一年，一身清白如我，可能也難免同流合汙！我可不是笨蛋，才不會默默地任人以巧言令色，推諉卸責的手段來抹黑我。他們是人，我也是人。就算他們只是學生，只是孩子，但體格都比我魁梧，因此不給他們一些處罰，道理上實在說不過去。但要是我用一般手段報復的話，對方一定會加以反擊。我如果說他們不對，早已備好後路的他們，就會開始滔滔不絕地狡辯。他們透過狡辯，把自己說得冠冕堂皇，接著攻擊我的不是之處。既然已決定要報復他們，我在辯護時，就必須列舉他們的過錯，不然就無法為自己辯護。也就是說，就算是他們胡鬧在先，但在大眾的眼裡，也會變成是我刻意挑釁，這樣對我太不利了。但如果讓他們為所欲為，對其行為置若罔聞的話，他們會更加坐大。說得嚴重一點，對這個社會也會有負面影響。沒辦法，只好以其人之道還治其人之身，報復於無形之間。不過這樣一來，我這個江戶男兒也算是淪陷了。雖然不好，但我也是個人，要是被這樣整上一年，縱使淪陷也不得不這麼做，否則就無法做個了斷。我只想快點回到東京，和阿清團聚。搞得我好像是為了墮落，才待在這種鄉下似的。即使去送報紙，也比墮落成這副德性還好。

正當我一邊思索，不情願地跟上隊伍時，前方突然吱吱喳喳地騷動了起來，而隊伍也跟著停了下來。我覺得奇怪，於是從右方脫離了隊伍往前方一瞧，才看見隊伍正堵在大手町和藥師町的轉角處，雙方人馬擋在那裡，互不相讓地推來推去。體育老師在前方聲嘶力竭地喊著：「安靜！安靜！」我問他發生了什麼事，才知道原來是中學生和師範生在轉角起了衝突。

據說，不管是在哪座縣，中學和師範之間總是水火不容。也不知道是什麼原因，兩校間風氣就是合不來，一有什麼事就打架。可能是住在鄉下無聊，藉此消磨時間吧？我因為挺喜歡打架的，因此一聽到起衝突，就帶著湊熱鬧的心態跑了過去。前方的傢伙們不斷地斥喝著：「搞什麼！不過就是靠地方稅[1]！閃邊去！」後頭則大聲地叫道：「向前推！向前推！」當我穿過礙事的人群，快來到轉角時，赫然聽到一聲高亢的口號：「前進！」只見師範生們開始肅穆整齊地前進了。爭道的衝突，看來已經調停好了，也就是說，中學這方讓步了。聽說論等級而言，師範是佔上風的。

慶典的儀式相當簡單。先是軍隊的旅長致詞，接著是縣長，全體高呼萬歲後，就這樣

1 師範學校是受地方稅的補助而運作的，故被中學的學生蔑視。

結束了。我聽說餘興節目安排在下午開始，於是先回住處一趟。打算提筆回信給阿清，把這陣子一直掛念的事給了結。她要求我下回要寫詳細一點，所以我得儘量認真寫才行。可是一旦拿出信紙，雖有千言萬語，卻不知道該從何寫起，想寫那個，又覺得麻煩；想寫這個，好像又很無趣。我在想有沒有什麼可以不費周章，便能輕鬆寫完，而且阿清又會感興趣的事情。結果，好像沒有一件事是符合這個標準的。我磨了墨、潤了筆，瞪著成卷的信紙，又瞪著信紙、潤筆、磨墨，一再重複著相同的步驟。我發現自己根本不是寫信的料，索性將硯臺闔上，放棄不寫了。寫信還真麻煩！我看乾脆跑一趟東京，當面說給她聽比較省事。我不是不瞭解阿清的擔憂，但要按照她的要求寫信的話，比叫我斷食三七二十一天[1]還痛苦。

我丟開筆和信紙，枕著手躺下，眺望庭院，但我果然還是掛念阿清。這時我心想，雖然來到這麼遠的地方，但只要心裡掛念著阿清，我的心意一定就能傳達給她的。既然心靈能夠相通，就沒有必要寫什麼信了。就算我沒寫信，她也應該知道我過得很好吧？信只要在生老病死，或是發生大事時寫就好了。

庭院是座約莫十坪大的平坦園子，沒種什麼特別的樹，只種了一棵橘子樹，樹高得從圍牆外都看得到。我每次回到家，總是盯著這棵橘子樹看。對我這個沒離開過東京的人而言，長在樹上的橘子可是很新奇的。那青綠的果實會漸漸成熟、轉黃吧？一定會很美吧？現在顏色已經轉黃一半了。我問婆婆才得知，那是水分充足、很美味的橘子。她還說：「如果成熟了，請多多捧場喔！」我就每天吃一些好了。再過三個禮拜，應該就可以吃了吧。我應該不會在這三個禮拜內就離開這裡吧？

就在我想著橘子的事情時，豪豬突然來找我聊天。「今天是慶祝日，我想和你一起吃點好吃的東西，所以就買了牛肉過來。」說著，他便從袖口取出竹葉包，將它丟到房間裡。我在這裡成天都是地瓜、豆腐的，加上被禁止出入蕎麥麵店、糰子店，這包牛肉來得正好！

1 親友過世時的斷食習俗。

於是我立刻向婆婆借來鍋子和砂糖，開始著手料理。

豪豬用他塞滿牛肉的嘴問我：「你知道那個紅襯衫和藝妓有染嗎？」我回道：「我知道啊！就是上回來青南瓜歡送會的其中一個，不是嗎？」「是啊！我最近才發覺的，你還挺敏銳的嘛！」他大大地讚賞我。

「那傢伙啊！開口閉口地說什麼品行啦、精神娛樂啦！結果和藝妓暗通款曲，簡直是不檢點的東西！如果他容許別人玩樂也就算了，偏偏連你去蕎麥麵店、糰子店他也要管，說什麼有礙於學校管理，還透過校長之口來警告你。」

「嗯，照那傢伙的想法，買藝妓享樂應該算精神上的娛樂，而吃天婦羅、糰子是物質上的娛樂吧？但若是精神上的娛樂，應該更光明正大地玩嘛！那什麼德性？相好的藝妓一進來，他就離席逃跑。就是因為他見人說人話，所以我才討厭他。要是一攻擊他，他就光會說我不知道啦、俄羅斯文學啦、俳句是新體詩的兄弟之類，說得叫人陷入五里霧中摸不著頭緒。那種膽小鬼根本不是男人，簡直就是宮女轉世而來的。搞不好他老爸是湯島的相公[1]呢！」

「什麼是湯島的相公？」

「就是不像男子漢的東西嘛！你那塊還沒煮熟，吃了可會生蟲喔！」

「是嗎？應該差不多了吧？我聽說紅襯衫是暗地裡到溫泉町的角屋會藝妓的。」

「角屋？你是說那間旅館啊？」

「旅館兼餐館啦！所以要狠狠教訓他的最好辦法，就是看準他帶藝妓進去的時候，當面逮他個正著。」

「看準他？你是說要守夜戒備啊？」

「嗯。角屋的對面不是有一家叫做枡屋的旅館嗎？只要住進鄰街的二樓房，在紙門上挖洞監視就行了。」

1 日本江戶時期，位於東京市內的湯島聚集了許多賣身的美少年們（相公）。

「他會在監視的時候來嗎？」

「應該會吧？反正只有一晚是不行的，我打算要監視兩個星期。」

「那很累人耶！我爸死前，我曾徹夜照顧他一個禮拜，後來我幾乎神志不清，身體很吃不消。」

「不過就是受點累，不算什麼。要是放任那種老奸逍遙，可是會危害日本的，我要代天來誅罰他。」

「爽快！如果事情確定了，我也來幫一把。那今天晚上就要開始守夜了嗎？」

「我還沒去枡屋商量，所以今晚還不行。」

「那你打算什麼時候開始呢？」

「就這幾天了。反正我會通知你，到時候你可要支援我喔！」

「好啊！不管何時我都會支援的。我雖不懂謀略，但要吵要打的話，我可在行呢！」

我和豪豬不斷商量對付紅襯衫的計謀，此時房東婆婆過來，她說：「有一個學生來這裡找堀田老師哪麼嘻。他剛剛跑到你家去，結果找不到人，猜想你大概會在這裡，所以才到這裡找看看的嘻。」婆婆跪在拉門外，等待豪豬的回話。「是嗎？」豪豬說完便走到玄關去。好一會兒，他回來說道：「喂，學生是來問我要不要去看慶典的餘興表演，他說今天有一群人遠從高知過來，說是來表演什麼舞的，一定要去看，聽說很難得一見喔！你也一起去看吧！」豪豬興致勃勃地邀我。舞蹈啊！我在東京看的可多了，每年八幡大神的祭典，都會來我們鎮上築舞台，所以像是《挑海水女》之類的舞蹈，我早就看過了。高知土佐鄉下的蠢舞，我才不想看咧！但豪豬難得邀我，我便起了興致出門。還在納悶是誰來邀豪豬看表演時，才發現是紅襯衫的弟弟，真是來了個怪傢伙！

一進到會場，到處就跟回向院的相撲場地，或是本門寺的法會場地一樣，都插著長長的旗幟，彷彿把世界各國的國旗全借來了似的，繩索交錯，廣闊的天空熱鬧非凡。東側有一座臨時舞臺，聽說所謂的高知的什麼舞就是要在那上面跳。舞臺右側約莫五十公尺處，有用蘆葦簾圍住的地方，正展示著花藝作品。大家一面欣賞，一面讚歎著，但我卻覺得很無趣。把那些草呀、竹子拿去彎彎折折，便能心滿意足的話，怎麼不去找個傴僂情夫、跛腳老公來炫耀呢？

舞臺的另一端，不斷地施放著煙火，從煙火中冒出了氣球，上頭寫著「帝國萬歲」。氣球輕飄飄地飛到天守閣的松樹上方，最後落到兵營中。接著轟的一聲，黑色的丸子咻地射向秋天的晴空，在我的頭上啪地裂開，青色的煙像傘骨似地張開，緩緩地在空中流洩。氣球再度升起，這次是用紅底白字寫著「陸海軍萬歲」，氣球隨著風從溫泉町飄搖到相生村的方向。大概會落在觀音菩薩的境內吧？

慶典儀式時人還不多，現在卻人山人海，吵雜得讓人訝異，原來鄉下也住著這麼多的人呀！雖然沒見到看似聰明出眾的人，不過就數量而言，也不容小覷。此時，傳言中的高知的什麼舞開始了。說是舞蹈，我本來以為是藤間[1]之類的舞蹈，結果大錯特錯。

頭上繫著威武的頭巾，身穿上寬下窄式袴褲的男人們，在舞臺上排成三排，每排各十人。我被那三十位全都手持出鞘長刀的人嚇了一跳。前列與後列大概只相隔五十公分，而左右間隔尚不及其長。其中，一名男子離開了隊伍，站在舞臺邊緣，這名男子雖然也身穿上寬下窄式袴褲，但他沒繫頭巾，也沒拿刀，胸前則是背著太鼓。那口太鼓和表演太神樂[2]的太鼓相同。這個男人緊接著「呀——哈——」地發出徐緩悠長的聲音，邊唱著奇怪的歌謠，邊砰砰砰地敲著鼓。曲調是我前所未聞的怪調。把它想成是三河萬歲[3]與普陀洛[4]合併而成的曲調，大約就八九不離十吧？

歌曲頗為悠長，像夏季的麥芽糖似的，雖拖泥帶水，但為了斷句，放進了太鼓聲，因此看似綿延不斷的歌曲也就有了節奏。應和著拍子，舞臺上的三十個男人迅速俐落地舞動著閃閃發亮的刀。看得我不禁為他們捏了一把冷汗。身旁、身後五十公分之內的地方，都站著活生生的人，而那些人又和自己一樣揮舞著長刀，如果拍子沒抓齊的話，是會造成隊

1 日本傳統舞蹈的流派之一。
2 原指伊勢神宮奉納神明時所演奏的神樂，本書指舞獅、耍盤子等雜耍時的伴奏曲。
3 愛知縣的舊三河國地區（安城市、西尾市等地）流傳的傳統歌舞。原為慶祝新年時的表演，但目前每逢喜慶之時也會表演以表祝福。
4 為觀世音出現的印度靈山之名稱。本書指讚僧歌中的詞句。

友相擊而受傷的。如果身體不動，光是拿刀前後或上下揮動的話，還不致危險，但這三十個人一下同時踏步側身，一下又轉圈又屈膝的。隔壁的動作如果早了一秒或是晚了一秒，說不定自己的鼻子就會被砍下來，也說不定會削掉鄰人的頭。長刀的舞動看似自由自在，但受限於五十公分的柱形範圍，其動作和速度，必須和前後左右的人毫無二致才行。這真是大開眼界，《挑海水女》、《關之戶》的舞蹈實在不能相提並論！一問之下，才知道這需要相當熟練的技巧，要做到如此整齊劃一的動作並不簡單。據說尤為困難的活，就落在這位砰砰地敲著萬歲調的大師身上。三十個人的腳步、手的舞動、腰的彎度，全由這個砰砰的拍子決定。表面上，這位大師看似從容地輕鬆唱著「呀——哈——」，但其實他的責任最重、最辛苦，真是太不可思議了。

我和豪豬兩人都嘆為觀止，看得目不轉睛。此時，五十公尺外的地方忽然哇地響起一陣喧鬧聲，本來還從容地各自巡賞的人們，突然開始如浪濤般左右地晃了起來。耳邊有人喊道：「打架了！打架了！」只見紅襯衫的弟弟穿過別人的袖口說道：「老師，又有人打架了，是中學這邊要報早上的仇，所以又開始和師範生決戰了。快來啊！」他邊說著，又鑽進人潮走了。

豪豬嘴裡唸道：「這些令人操心的小鬼！怎麼又來了！也不收斂一點！」他一面避開逃跑的人群，一溜煙地趕上前去。他可能是無法坐視不管，打算前去平息紛爭的吧？我當然也沒想逃，便跟在豪豬後頭趕往現場。此刻正打得如火如荼，師範那邊大約有五、六十人，而中學這邊的人數多了三成左右。師範生們穿著制服，而中學這邊在典禮結束之後大多換上了和服，所以敵我分明。但因這場架打得混亂，實在不知從何勸阻。豪豬傷腦筋地看了這場亂鬥片刻。「再這樣下去也不是辦法，要是警察來就麻煩了。衝進去把他們拉開好了？」豪豬看看我說道。我不由分說地跳進打得最激烈的人群之中。「停！停！你們這樣打鬥，可關係到學校的面子！還不快停啊！」我儘量扯開嗓子，想穿過敵我分界調停，然而實在沒辦法。我才闖進兩三公尺而已，便進退兩難。眼前，個頭明顯高大的師範生，和十五、六個中學生正扭打在一起。我叫他們停下，而當我抓住師範生的肩膀，準備強行拉開雙方的時候，突然有人從下方絆住我的腳。我被這突如其來的一擊，鬆開了抓住肩膀的手，應聲倒下了。有個傢伙用他堅硬的鞋子踩在我的背上。我頂起雙手和膝蓋，一躍而起，結果那傢伙便往右邊摔了一跤。我起身一看，前方五、六公尺處，豪豬那高大的身體正夾在學生之間，他著急地喊著：「住手！住手！別打了！」我試著對他說：「喂！說了也沒用。」他可能沒聽見而沒有回答我。

突然，一顆石頭咻地飛來，打中我的顴骨，接著又有一個傢伙，從後方拿棍棒打我的背。有人喊：「臭老師來湊什麼熱鬧！打啊！打！」也有人大叫：「有兩個老師，大個兒的和小個兒的，拿石頭丟他們！」「少胡扯！你們這群土包子！」我倏地一把抓住身旁師範生的頭，揍了一拳。石頭又咻地丟了過來，這回石頭擦過我的平頭，飛向後方。我看不到豪豬那邊的情形，但這麼一來我可沒轍了。原本是來勸架的，卻被擊倒、丟石頭、哪有就這樣退縮逃跑的傻子！當我是誰呀！我個頭雖小，卻是練就一身打架本領的老哥呢！我胡亂地和對方打來打去，不一會兒傳來：「警察，警察！快逃快逃！」的聲音。剛才整個人還像游在葛粉糕裡動彈不得，現在卻突然一身輕鬆。原來不管是敵方我方，全都一起撤退了。即便是鄉下土包子，這逃跑的身手還真是不容小覷，簡直比蘇俄的庫羅帕特金總司令還厲害。

我看了看豪豬，他那繡有家徽的禮服被扯得七零八落，正站在那邊擦著鼻子。聽他說是鼻梁挨了揍，流了許多血。他的鼻子腫得紅通通的，看起來相當痛苦的樣子。我身穿碎白道花紋的夾衣，所以雖然打得一身泥，但衣物的損傷不及他嚴重。不過我的臉頰刺痛得受不了。豪豬告訴我：「你流了很多血喔！」

雖然來了十五、六位警察，不過由於學生們朝相反方向逃走了，所以只抓到我和豪豬兩人。我們報上名字，把事情從頭到尾地說了一遍，接著警察說：「總之，先到警局一趟。」於是我們去了警察局，在署長面前說清事情的始末才回家。

第十一章

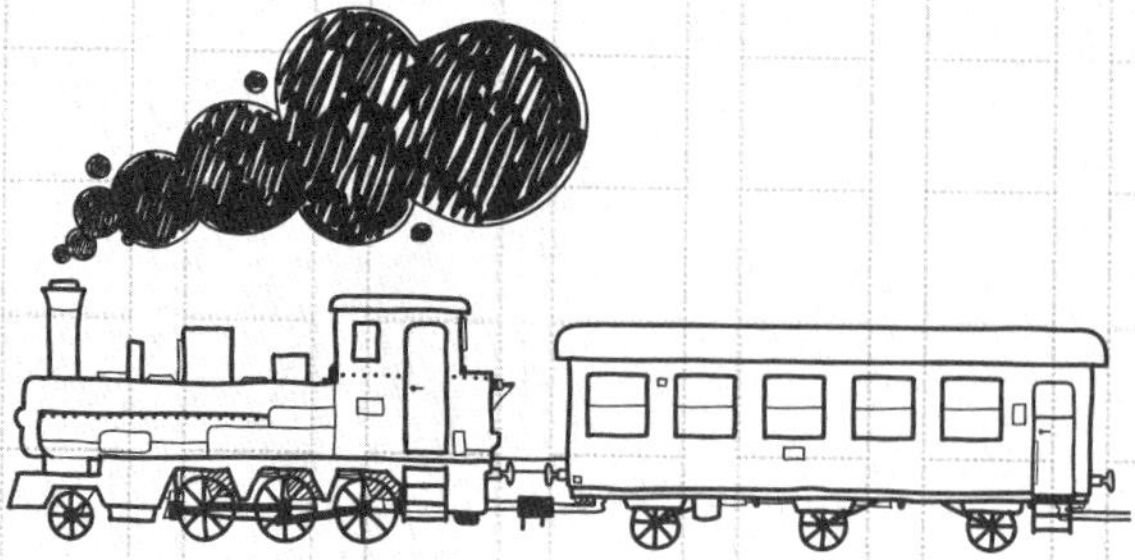

20×20

「我才不管什麼履歷咧！道義比履歷重要！」

「履歴なんか構うもんですか、履歴より義理が大切です」

隔天我睡醒後，全身痛得受不了。難道是太久沒打架，所以才這麼痛嗎？我看，我再也不能得意自己會打架了。躺在床上如此思考之際，婆婆把四國新聞拿到我的枕邊來。其實我連看報紙都有點吃力，可是堂堂男子漢怎能因這點小傷就認輸呢？於是我勉強地趴在床上，趴睡著讀。當我打開第二頁一看，我不禁大吃一驚，昨天打架的事，竟清清楚楚地刊登在上面。我雖不訝異打架的事被刊登出來，但報上寫著：「中學教師堀田某與近日自東京調任之傲慢某氏，唆使溫順善良的學生引爆騷動，並親臨現場指揮，胡亂對師範生施以暴行。」以下還附記了這條意見：「本縣中學素以善良溫順之風氣受全國所仰慕，卻因這兩名輕率的惡徒，使吾校之權益受損，既然全市因此蒙羞，吾人必須奮起興問其責。相信吾人在付諸行動之前，有關當局應會對此二無賴漢加以處分，並禁止他倆再涉入教育界。」就這樣，每個字旁都加上了黑點以示警懲。我躺在被窩裡，罵道：「去你的！」接著立刻爬起。奇怪的是，剛才我整身的關節還疼得很，但就在我一躍而起的同時，身體竟輕快得感覺不到疼痛。

我把報紙揉成一團，丟到院子去，但心中的怒氣還是無法消除，於是我又特地把它拿到茅坑丟掉。什麼新聞，簡直是鬼扯！要說這世界上什麼東西最會瞎掰，絕對沒有什麼比新聞更會掰的。本該由我罵的話，都被他們搶先來誣告我。還有，什麼叫做「近日自東京調任之傲慢某氏」？天底下有誰的名字叫做某氏的？想也知道，我可是有名有姓的！想看族譜嗎？讓你們好好膜拜一下我那從多田滿仲以來的歷代祖先！我洗完臉後，臉頰突然痛了起來。我向婆婆借了一面鏡子，她問我：「今天早上的報紙看了嘻？」「看完就丟到茅坑了。妳要的話，自己去撿回來！」我說完後，她便嚇得退了出去。我照照鏡子，臉上帶著和昨天一樣的傷。儘管我樣貌普通，但好歹也是我的寶貝臉蛋！臉被傷成這樣，還要被說成傲慢的某氏，真是受夠了。

要是被人家說，我因為今天的報紙而不敢去學校的話，那我的一世英名就毀了。所以吃完飯後，我便第一個來到學校。接著每個來校的人，一看到我的臉就噗哧地笑。有什麼好笑的！我這張臉又不是你們的傑作。不久，馬屁精也來了。「唉呀，昨天真是立下功動——光榮負傷呢！」他大概是想報歡送會時被我揍的仇，淨說些冷嘲熱諷的話。於是我也狠狠地回了他一句：「廢話少說！去舔畫筆！」他又搭腔：「真抱歉呀！不過您一定很痛吧？」我怒斥道：「痛不痛是我家的事，誰要你管啊？」這時，他才回到對面自己的座位上，但他仍盯著我的臉，並和鄰座的歷史老師說了些悄悄話，笑個不停。

接著豪豬來了。他整個鼻子都腫成了紫色，好像往裡面一挖，便能挖出膿似的。不知道是不是豪豬昨天太過逞強，他的傷比我臉上的傷還嚴重。我和豪豬的位子並列，既是鄰座，交情又好，再加上我們的位子就座落在門口的正對面，運氣真差，兩張奇怪的臉正好湊在一起，其他人一覺得無聊，就老往這邊看。雖然他們嘴上說這是無妄之災，不過心理一定覺得我倆是笨蛋，若非如此，就不會在那裡竊竊私語，吃吃地笑了。我一進教室，學生們便拍手歡迎。還有兩、三個人高喊：「老師萬歲！」我不知道這是歡迎還是嘲諷。當我和豪豬成了所有人注目的焦點時，只有紅襯衫一如往常地走到我身邊，說了些道歉的話：「真是天外飛來的橫禍，我對你們倆的遭遇深感同情。至於報上的新聞，我已經和校長商討，並提了更正的手續，所以不需要擔心。都是因為我弟弟去邀堀田老師才會出事，為此我深感抱歉。這件事情我會盡力處理好，請你們不要見怪。」第三堂課的時候，校長從校長室走了出來，「實在是叫人頭痛，竟然上了報，希望不會愈演愈烈才好。」他一臉擔憂的樣子。我才不擔心咧！如果要開除我，我大不了在那之前遞出辭呈，但這事錯不在我，若我退讓，豈不是姑息了報導不實的報社？我必須糾正報社，咬牙堅守崗位才合情理。本來打算在回家的路上去報社理論的，不過既然學校已經提出註銷的手續，我就打消念頭了。

我和豪豬找了校長和教務主任都有空的時間，老老實實地說明了整件事的來龍去脈。校長和紅襯衫兩人斷言道：「就是說嘛！一定是報社對學校懷恨，才會故意寫出那種報導的。」紅襯衫一面在辦公室內踱步，一面為我們的行為辯解。甚至還把他弟弟邀豪豬的事情到處宣揚，說成是自己的過錯似的。接著每個人都說：「是報社不對，豈有此理！兩位真是倒楣。」

回家的路上，豪豬提醒我：「紅襯衫很可疑喔！如果不小心一點，可是會栽在他手上的！」我說：「他本來就可疑，也不是今天才變成這樣的嘛！」於是豪豬告訴我：「難道你還沒察覺到嗎？那是他昨天故意把我們邀出去，讓我們捲入群架中的計謀。」「原來如此，我倒是沒想到那麼多。」我很佩服豪豬，他看似粗獷，卻是個比我有智慧的男人。

「他先設計我們去打架，接著馬上安排報社寫下那篇報導的。實在是個老奸。」

「連報紙也是紅襯衫搞的把戲啊？實在是出乎意料。可是報社會那麼輕易地相信他說的話嗎？」

「怎麼會不相信。他不可能沒朋友待在報社！」

「他有朋友在報社啊？」

「就算沒有，也很容易，只要撒個謊，告訴報社事實是如何如何，他們馬上就會寫了。」

「太過分了！如果那真是紅襯衫的陰謀，我們兩個可能會因此被開除呢！」

「搞不好會栽在他手裡也說不定。」

「那我明天就提出辭呈，回東京去。就算求我，我也不想待在這種爛地方。」

「就算你提辭呈，紅襯衫也不痛不癢的。」

「說得也是。那要怎麼做他才會傷腦筋呢？」

「那種老奸一旦使壞，總會想盡辦法不留下任何證據，所以要反駁他的話很難。」

「真麻煩。那我們不就得揹黑鍋了。氣死人！儻所謂天道，是耶？非耶？[1]」

「反正再等兩三天看看吧！要是事情愈演愈烈的話，我們只好到溫泉町揪出他的弱點了。」

「你是說，打架事件歸打架事件？」

1　出自《史記》的〈伯夷列傳〉，表示假如有所謂的天道，那麼這是天道呢？還是非為天道呢？在本書則為天理何在之意。

「是啊！我們呢，就去揪出他的要害！」

「這樣也好。我不太會使計謀，萬事就麻煩你了。若有什麼萬一，我什麼活都幹。」

我和豪豬說到這裡，便道別了。紅襯衫如果真的如豪豬推斷，設下了那些詭計，那他實在是太過分了。要跟他比腦袋，是絕對贏不過他的，無論如何，不用暴力是行不通的。難怪這世上戰爭不斷，即使是個人問題，到最後還是得訴諸暴力。

隔天一早，我迫不及待地想看報紙。可是當我打開一看，別說是更正了，連註銷啟事也沒有。我到學校催促狸貓，他對我說：「明天應該就會登了吧？」而隔天的報紙上，雖刊載了一則用六號活字印刷出的小小註銷啟事，但報社卻沒有更正錯誤的報導。我又跑去找校長理論，結果他說：「這麼做已經是極限了。」這個校長頂著一張狸貓臉，平時衣冠楚楚，卻毫無勢力可言，甚至沒辦法叫一間報導不實的鄉下小報社道歉！我實在太生氣了，便對他說：「那我自己去找主編理論！」「那可不行啊！如果你去理論的話，只會再被他們大做文章。總之，報社寫的東西，不管是真是假，我們都拿他們沒辦法。只好就這樣算了。」狸貓像在跟學生說教似地對我曉以大義。要是報紙總胡說八道，為了全民的利益著想，應該早日摧毀它才對呀！聽校長這麼一說，我才領會到，原來上了報就如同被鱉咬到，想甩也甩不掉。

三天後的某日下午，豪豬憤憤然地跑來找我。「時機終於到了，我堅決打算實行上回說的計畫。」「是嗎？那我也加入。」我當下便和他結為盟友，然而豪豬卻歪著頭對我說：「你還是別加入吧！」我問他為什麼，他反問我：「校長有把你叫去，要求你提交辭呈嗎？」「沒有，你呢？」我也反問他，接著他答道：「今天校長在校長室裡對我說：『我真的很同情你，但出於無奈，必須請你自決。』」

「哪有這種道理啊？狸貓大概是肚子敲過頭[1]，把胃給弄反了！我和你是一起參加慶典，一起看高知的揮刀舞，一起去勸架的呀！若要人提辭呈的話，就該公平地叫雙方都提

1 相傳狸貓會在月圓之夜將肚皮當鼓敲。作者於文中引用此一傳說，藉以諷刺狸貓校長。

嘛！為什麼鄉下學校這麼不講道理啊？真是叫人受不了！」

「那是紅襯衫唆使的。反正我和紅襯衫，一直以來都是互相對立的，但你不同，你和以前一樣待在這裡，也不會對他造成威脅。」

「我才不會和紅襯衫共存呢！如果他以為我的存在不會對他造成威脅，那他就太自以為是了。」

「因為他覺得你太過單純，所以你即使待著，他也能想辦法敷衍你。」

「那更糟糕，誰要和他共存啊！」

「可是，自從古賀走了以後，新任的老師又因事故而尚未抵達。要是同時把你和我都趕走了，學生們的課便會開天窗，上不了課的。」

「那他是想留我下來頂一個位置了？可惡！誰要聽他的！」

隔天我到學校後，便去校長室開始談判。

「你為什麼不叫我提辭呈？」

「咦？」狸貓目瞪口呆。

「你叫堀田提辭呈，而我卻不用，有這種道理嗎？」

「那關係到學校方面的考量……」

「那個考量是錯的。如果我能不提辭呈的話，那麼堀田也沒有必要提呀！」

「關於這點，我無法說明，不過堀田離開這裡也是無可奈何的事。我不認為你有必要提交辭呈。」

果然是狸貓，竟然還一派從容地光說些避重就輕的話來應付我。我沒辦法，於是對他說：

「那我也要提辭呈。也許您認為就算把堀田開除了，我還是能一派輕鬆地留在這裡，但是呢，那種冷酷薄情的事情，我做不到！」

「那可傷腦筋了。堀田走，你也走，那學校的數學課就全都上不成了……」

「上不成也不關我的事！」

「你不能那麼自私，你要是不稍微替學校著想的話，我會很頭痛的。而且你才來不到一個月就要辭職，這會對你將來的履歷造成影響。你應該再多加考慮才是。」

「我才不管什麼履歷咧！道義比履歷重要！」

「沒錯，你說的一字一句都很對，不過我說的話，還請你再三思。如果你堅決要辭職的話也沒關係，但是希望你能等到替代的人來為止。總之，請你回家再重新考慮。」

重新考慮？理由如此清楚明白，已無需再考慮，不過看到狸貓的臉一陣蒼白，又一陣漲紅的，覺得他有點可憐，因此我說會再考慮看看就先離開了。我沒和紅襯衫交談，反正要教訓他的話，乾脆把帳算在一起，好好地一次解決掉比較好。

我把和狸貓談判的過程說給豪豬聽，他早料到事情會那樣發展。他告訴我：「辭呈的事，還沒到關鍵時刻就先按兵不動，應該無妨的。」因此，我決定照豪豬說的做。豪豬終究是比我精明，所以凡事我都聽從他的忠告行動。

豪豬終於把辭呈交出去了。向所有的教職員道別後，他移居到海邊的港屋，但又神不知鬼不覺地折返，潛身在溫泉町枡屋鄰街的二樓房，他在紙門上挖了個洞，開始展開監視。知道這件事的人，大概只有我一個吧？紅襯衫若要偷偷過來，一定會是晚上的事。況且傍晚時分，還有學生和其他人在路上走動，耳目眾多，所以至少要等到九點過後才會行動。起初的兩晚，我也一同看守到十一點左右，但卻連紅襯衫的影子也沒看見。第三天我從九點守到了十點半，但結果還是失敗。沒什麼事是比徒勞無功，獨自夜半返回住處還蠢的了。過了四、五天後，房東婆婆開始擔心了，「你都已經有太太了，還是別去夜遊的好嘻。」她如此忠告我。但我這個夜遊，可不是一般的夜遊，我可是去替天行道的！話雖如此，要是一個禮拜下來都毫無收穫，那可會叫人感到厭倦。我是急驚風的個性，一旦熱衷起來，就算徹夜不睡去工作都行。但相對的，我怎樣都沒辦法持之以恆，就算成了天誅黨[1]也一

1　一八六三年，藤本鐵石、吉村寅太郎，為攘夷倒幕而組成「天誅派」。作者於文中係引用此一組織之名。

樣會厭倦的。第六天，我稍微感到厭煩了，到了第七天，我已經想休息了。到了旅館後，豪豬還是堅持不懈。他從傍晚到十二點過後，都一直把眼睛湊在紙門上，盯著角屋的圓罩瓦斯燈下看。我一去，他就會告訴我今天來個幾位客人、有幾位留宿的、有幾位女客人等等的統計，著實令我吃驚。我說：「我看，他說不定不會來了。」「嗯……他應該會來的呀。」他時而交抱著雙臂，嘆著氣。真可憐，要是紅襯衫都不來的話，那豪豬這一生就無法誅罰他了。

第八天晚上七點，我離開住處後，先悠閒地去泡了趟溫泉，接著在街上買了八顆雞蛋，那是為了因應房東婆婆每天逼我吃地瓜的對策。我把雞蛋各分四顆，放進了兩邊的袖子裡。我將那條紅毛巾披在肩上，兩手揣在懷裡，爬上枡屋的樓梯。當我拉開豪豬房間的紙門時，豪豬便說：「喂！今天有機會！有機會！」豪豬他那與韋馱天相似的臉，頓時充滿了活力和希望。到昨夜為止，他還一臉愁眉不展的，連一旁的我都覺得死氣沉沉，可是現在看到他的神色，我不禁也高興了起來。我還沒開口問，就先跟著直呼愉快。

「今晚七點半左右，那個叫小鈴的藝妓進角屋去了。」

「和紅襯衫一起嗎？」

「不。」

「那就不行啦！」

「是兩個藝妓一起進去的，不過好像很有希望喔！」

「為什麼？」

「為什麼？像他那麼狡猾的人，也許是先派藝妓進去，然後自己再悄悄過去啊！」

「搞不好喔！已經九點了吧？」

「現在九點十二分。」豪豬從腰帶間取出鎳製錶，邊看邊說道。「喂！把油燈熄掉，紙門上映著兩顆光頭很奇怪，狐狸馬上就會起疑的。」

我呼地一聲，將紙胎漆桌上的油燈吹熄。紙門因星光而顯得微亮。月娘尚未露臉。我和豪豬拚命地將臉貼在紙門上，屏息以待。接著噹地一聲，掛鐘敲響了九點半的鐘聲。

「喂，他到底會不會來啊？他今天再不來的話，我可是受夠了。」
「只要我還有錢，就會繼續。」
「錢，你有多少錢啊？」
「到今天為止八天，我一共付了五圓六十分。為了能隨時離開，我每天晚上都會把費用付清。」
「這安排真周到。旅館的人一定很訝異吧？」
「那無所謂，倒是心情不能鬆懈，很傷腦筋。」
「那你應該有睡午覺吧？」
「午覺是睡了，可是不能外出，無聊得很。」
「想替天行道也是很累人的呢！要是天網恢恢，疏而漏掉的話，那可就不妙了！」
「他今晚一定會來的……。喂！你看你看！」見他壓低了聲音，我不禁心頭一震。一個頭戴黑帽的男人，抬頭看了瓦斯燈後，往黑暗的那頭走去。搞錯人了。正當我唉聲嘆氣的時候，櫃檯的鐘，豪不留情地敲響了十點的鐘聲。我看今晚大概也沒指望了。

整條街變得鴉雀無聲，耳邊還能清楚地聽見青樓的太鼓聲。月娘從溫泉町的山後探出頭來，街道顯得明亮。這時候，下方傳來了人聲。我們沒辦法把頭伸出窗外探，雖無法查明是誰，但能感受到對方漸漸走近了。我們聽見咖啷咖啷地，拖著木屐走的腳步聲。我斜眼一瞧，已經接近到可以看見兩個人影了。

「已經不要緊了吧！畢竟都把礙事的傢伙趕走了。」正是馬屁精的聲音。「有勇無謀，莫可奈何囉！」這個是紅襯衫。「那個男的還真是蠢蛋！說到那個蠢蛋，他還是個俠義少爺呢！真可愛。」「說什麼不要加薪、要提辭呈的，我怎麼想都覺得他神經有問題。」我真想打開窗戶，從二樓一躍而下，痛打他們一頓，不過總算是忍住了。他們倆哈哈哈地邊笑邊穿過瓦斯燈下，走進角屋。

「喂！」

「喂！」

「來了吧！」

「終於來了。」

「總算可以安心了。」

「馬屁精那個畜生！竟然說我是俠義少爺！」

「他所謂的『礙事的傢伙』，指的是我。真是大不敬！」

我和豪豬一定要在他們倆回去的時候，當面痛擊不可。但卻抓不準他們什麼時候會出來。豪豬到樓下去拜託櫃檯的人，說今晚可能有要事得出門，請他讓我們隨時能出去。現在回想起來，旅館的人竟還答應我們，一般這種情形會被誤認為是小偷的。

之前等待紅襯衫出現時雖然辛苦，不過，現在屏息等他出來卻更辛苦。既不能去睡，又要一直從縫隙盯梢，相當累人，不管怎麼做都不踏實。我還不曾有過如此痛苦的經驗。我提議乾脆闖進角屋，在現場制伏他們。但豪豬一口回絕了我的話。「要是我們兩個現在闖進去，人家會以為我們是去鬧事，然後把我們攔下來的。如果說明來意，要求見面的話，人家一定會說不在，再請他們逃走，或是把我們帶到別的房間。假設我們能出其不意地闖進去，共幾十間的房，我們怎麼知道是在哪一間？乾等雖然很無聊，可是除此之外，別無他法了。」終於，我們熬到清晨五點了。

一見到那兩個人影從角屋走出來後，我和豪豬隨即跟在後頭。由於早班火車尚未行駛，因此他們必須步行回城下。離開溫泉町後，有條約一百公尺長的路，杉木夾道，左右兩側都是田地。穿過這條道路後，隨處可見稻草屋，沿著田地一直走，便來到通往城下的河堤。雖然只要離開大街，不管跟到哪兒都無所謂了，但還是儘量選在沒有人家的杉木道上擒拿他們比較好，就這樣，我們一路躲躲藏藏地跟在後頭。離開大街後，我們開始用跑的，像疾風似地追上前。就在那傢伙覺得身後有人，想回頭查看時，豪豬便喊了聲「站住」並一把抓住他的肩膀。由於馬屁精一臉狼狽地想逃，我便繞到他前面擋住了他的去路。

「身為一名教務主任，你為什麼跑到角屋過夜呢？」豪豬立刻逼問道。

「有規定教務主任不能去角屋過夜嗎？」紅襯衫依然客氣地說，臉色略顯蒼白。

「你曾說過為了便於學校管理，就連蕎麥麵店、糰子店都不得出入，如此嚴謹行事的人為什麼還和藝妓一起在旅館過夜呢？」這時候馬屁精想趁機逃跑，我立刻擋在他面前，怒斥：「什麼蠢蛋少爺？」「不，我不是說你，真的不是。」他還厚著臉皮狡辯。我這時候才發現，我雙手正抓著自己的袖子。因為跟蹤的時候，袖子裡的雞蛋一直甩來甩去的很不方便，所以我是一路抓著袖子跑來的。我立刻把手伸進袖子裡，拿出兩顆雞蛋，「呀！」地一喊，朝馬屁精臉上擲去。雞蛋破得碎爛，蛋黃從他的鼻子滴滴答答地流了下來。馬屁精似乎非常驚慌，哇地跌坐在地上喊救命。我買蛋是拿來吃的，並不是為了拿來丟人才放進袖子裡的，只是因為過於氣憤，才會拿來打人。但當我看到馬屁精一屁股跌坐在地上時，我才意識到「我贏了」。於是我邊喊：「你這個畜生！這個畜生！」接著把剩下的六顆雞蛋胡亂地全朝他丟，結果馬屁精整張臉都變成黃色的了。

當我在丟擲雞蛋的時候，豪豬和紅襯衫的談判還如火如荼地進行著。

「你有證據證明我帶藝妓到角屋過夜嗎？」

「傍晚的時候，我看到你心愛的藝妓走進角屋裡。你還想裝蒜？」

「我沒必要裝蒜。我是和吉川一起去過夜的。我可不知道藝妓傍晚時到底有沒有進去。」

「閉嘴！」豪豬給他一記拳頭。站不穩的紅襯衫說：「這是暴力！野蠻啊！不分青紅皂白就訴諸武力，簡直是蠻橫無理！」

「對付你這種人！蠻橫無理就夠了！」豪豬又砰地一拳打下去。「像你這種老奸，不揍你是學不乖的！」拳頭劈哩啪啦地落下。同時，我也將馬屁精打得落花流水的。最後，他們倆都蜷縮在杉木根旁，不知是動彈不得，還是眼冒金星，竟然連逃都不想逃了。

「夠了沒？不夠的話，我繼續打！」豪豬又砰砰地打了他們兩個，接著紅襯衫說：「夠了。」他問馬屁精：「你也夠了嗎？」他答道：「當然夠了。」

「因為你們是老奸，所以我們才會這樣替天行道。受過懲罰後，可要收斂才好。如果再巧言辯解，正義是不會原諒你們的。」豪豬如此說道，而他們倆皆靜默不語。也許是因為連說都不想說了吧？

「我不會逃也不會躲。今天傍晚五點前我會待在海邊的港屋。有事的話，要叫警察什麼的，就叫！」豪豬這麼說，於是我也說：「我也不逃不躲，我會和堀田待在同一個地方等的，要去報警就隨你們去吧！」說完，我們兩個就急急忙忙地走了。

回到住宿處時尚未七點。一進房間我便開始打包行李。婆婆看了嚇一跳，問我發生了什麼事嘻。「婆婆，我是要回東京去把老婆帶過來的啦！」付完房租後，我立刻搭上火車前往海邊。一到港屋，就發現豪豬在二樓睡覺，而我則馬上著手寫辭呈，可是卻不知該如何下筆，於是寫道：「由於個人因素使然，必須辭職返回東京，希請允准。此上。」接著郵寄給校長。

汽船六點啟航。豪豬和我都累得睡著了，醒來時已是下午兩點。我問女侍有沒有警察來過，她回答我說沒有。「紅襯衫和馬屁精都沒去報警呢！」我們倆笑翻了。

那一夜，我和豪豬離開了這個不淨之地。隨著船逐漸駛離岸邊，我的心情愈來愈好。

從神戶上岸後，搭上了往東京的直達車，當我抵達新橋時，總算才覺得回到了人間。我和豪豬道別後，從此就沒有機會再見面了。

差點忘記交代阿清的事了。我回到東京後，還沒去找下榻的租屋，就拎著行李一路衝去找她：「阿清！我回來囉！」她潸潸淚下地對我說：「唉呀！少爺，您怎麼這麼快就回來呀！」我因為太開心了，所以對她說：「我再也不去鄉下了，我要在東京和阿清一起生活。」

後來，我在某人的介紹下，成了路面電車的技師。月薪二十五圓，房租六圓。雖然沒能住進有氣派玄關的房子，不過阿清還是非常地滿足。可憐的是，今年二月時，她罹患肺炎過世了。她過世的前一天，把我喚過去，請求我說：「少爺，求求您，我死後請把我埋到少爺家的佛寺裡，阿清會在墓裡盼著您的。」因此，阿清的墓便安置在小日向的養源寺裡。

（明治三十九年四月）

No.

坊っちゃん

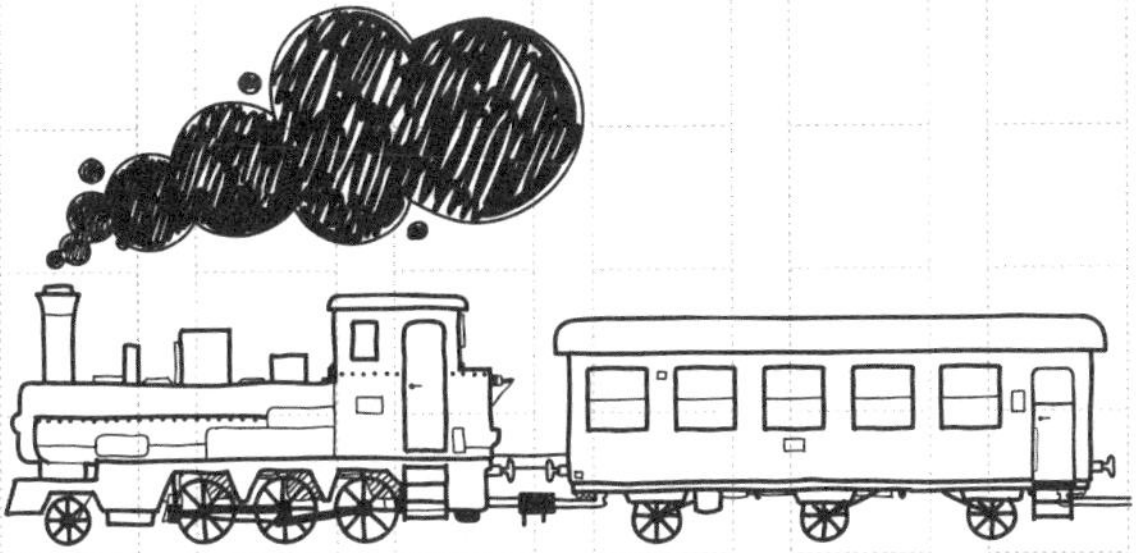

20×20

一、

親譲りの無鉄砲で子供の時から損ばかりしている。小学校に居る時分学校の二階から飛び降りて一週間ほど腰を抜かした事がある。なぜそんな無暗をしたと聞く人があるかも知れぬ。別段深い理由でもない。新築の二階から首を出していたら、同級生の一人が冗談に、いくら威張っても、そこから飛び降りる事は出来まい。弱虫やーい。と囃《はや》したからである。小使に負ぶさって帰って来た時、おやじが大きな目をして二階ぐらいから飛び降りて腰を抜かす奴があるかと言ったから、この次は抜かさずに飛んで見せますと答えた。

親類のものから西洋製のナイフを貰って奇麗な刃を日に翳《かざ》して、友達に見せていたら、一人が光る事は光るが切れそうもないと言った。切れぬ事があるか、何でも切ってみせると受け合った。そんなら君の指を切ってみろと注文したから、何だ指ぐらいこの通りだと右の手の親指の甲をはすに切り込んだ。幸いナイフが小さいのと、親指の骨が堅かったので、今だに親指は手に付いている。しかし創《きず》痕《あと》は死ぬまで消えぬ。

庭を東へ二十歩に行き尽すと、南上がりにいささかばかりの菜園があって、真中に栗の木が一本立っている。これは命より大事な栗だ。実の熟する時分は起き抜けに背戸を出て落ちた奴を拾ってきて、学校で食う。菜園の西側が山城屋《やましろや》という質屋の庭続きで、この質屋に勘太郎《かんたろう》という十三四の倅《せかれ》が居た。勘太郎は無論弱虫である。弱虫のくせに四つ目垣を乗りこえて、栗を盗みにくる。ある日の夕方折戸の蔭に隠れて、とうとう勘太郎を捕まえてやった。その時勘太郎は逃げ路《みち》を失って、一生懸命に飛びかかってきた。向うは二つばかり年上である。弱虫だが力は強い。鉢の開いた頭を、こっちの胸へ宛ててぐいぐい押した拍子に、勘太郎の頭がすべって、おれの袷《あわせ》の袖の中にはいった。邪魔になって手が使えぬから、無暗に手を振ったら、袖の中にある勘太郎の頭が、右左へぐらぐら靡いた。しまいに苦しがって袖の中から、おれの二の腕へ食い付いた。痛かったから勘太郎を垣根へ押しつけておいて、足搦《あしがら》をかけて向うへ倒してやった。山城屋《やましろや》の地面は菜園より六尺がた低い。勘太郎は四つ目垣を半分崩して、自分の領分へ真逆様に落ちて、ぐうと言った。勘太郎が落ちるときに、おれの袷の片袖がもげて、急に手が自由になった。その晩母が山城屋《やましろや》に詫びに行ったついでに袷の片袖も取り返して来た。

このほかいたずらは大分やった。大工《だいく》の兼公《かねこう》と肴屋《さかなや》の角《かく》をつれて、茂作《もうさく》の人参畠《にんじんばたけ》をあらした事がある。人参の芽が出揃わぬ処へ藁《わら》が一面に敷いてあったから、その上で三人が半日相撲をとりつづけに取ったら、人参がみんな踏みつぶされてしまった。古川《ふるかわ》の持っている田圃《たんぼ》の井戸を埋めて尻を持ち込まれた事もある。太い孟宗《もうそう》の節を抜いて、深く埋めた中から水が湧き出て、そこいらの稲に水がかかる仕掛であった。その時分はどんな仕掛か知らぬから、石や棒ちぎれをぎゅうぎゅう井戸の中へ挿し込んで、水が出なくなったのを見届けて、うちへ帰って飯を食っていたら、古川が真赤になって怒鳴り込んで来た。たしか罰金を出して済んだようである。

おやじはちっともおれを可愛がってくれなかった。母は兄ばかり贔屓《ひいき》にしていた。この兄はやに色が白くって、芝居の真似をして女形《おんながた》になるのが好きだった。おれを見る度にこいつはどうせ碌なものにはならないと、おやじが言った。乱暴で乱暴で行く先が案じられると母が言った。なるほど碌なものにはならない。ご覧の通りの始末である。行く先が案じられたのも無理はない。ただ懲役に行かないで生きているばかりである。

母が病気で死ぬ二三日《にさんち》前台所で宙返りをしてへっついの角で肋骨《あばらぼね》をうって大いに痛かった。母が大層怒って、お前のようなものの顔は見たくないと言うから、親類へ泊りに行っていた。するととうとう死んだという報知《しらせ》が来た。そう早く死ぬとは思わなかった。そんな大病なら、もう少し大人しくすればよかったと思って帰って来た。そうしたら例の兄がおれを親不孝だ、おれのために、おっかさんが早く死んだんだと言った。くやしかったから、兄の横っ面《つら》を張って大変叱られた。

母が死んでからは、おやじと兄と三人で暮していた。おやじは何にもせぬ男で、人の顔さえ見れば貴様は駄目だ駄目だと口癖のように言っていた。何が駄目なんだか今に分らない。妙なおやじがあったもんだ。兄は実業家になるとか言ってしきりに英語を勉強していた。元来女のような性分で、ずるいから、仲がよくなかった。十日に一遍ぐらいの割で喧嘩をしていた。ある時将棋をさしたら卑怯な待駒《まちごま》をして、人が困ると嬉しそうに冷やかした。あんまり腹が立ったから、手にあった飛車《ひしゃ》を眉間《みかん》へたたきつけてやった。眉間《みかん》が割れて少々血が出た。兄がおやじに言付けた。おやじがおれを勘当すると言い出した。

その時はもう仕方がないと観念して先方の言う通り勘当されるつもりでいたら、十年来召し使っている清という下女が、泣きながらおやじにあやまって、ようやくおやじの怒りが解けた。それにもかかわらずあまりおやじを怖いとは思わなかった。かえってこの清という下女に気の毒であった。この下女はもと由緒《ゆいしょ》のあるものだったそうだが、瓦解《がかい》のときに零落《れいらく》して、つい奉公までするようになったのだと聞いている。だから婆さんである。この婆さんがどういう因縁か、おれを非常に可愛がってくれた。不思議なものである。母も死ぬ三日前に愛想をつかした――おやじも年中持て余している――町内では乱暴者の悪太郎と爪弾《つまはじ》きをする――このおれを無暗に珍重してくれた。おれは到底人に好かれる性《たち》でないとあきらめていたから、他人から木の端のように取り扱われるのは何とも思わない、かえってこの清のようにちやほやしてくれるのを不審に考えた。清は時々台所で人の居ない時に「あなたは真っ直でよいご気性だ」と賞める事が時々あった。しかしおれには清の言う意味が分からなかった。いい気性なら清以外のものも、もう少しよくしてくれるだろうと思った。清がこんな事を言う度におれはお世辞は嫌いだと答えるのが常であった。すると婆さんはそれだからいいご気性ですと言っては、嬉しそうにおれの顔を眺めている。自分の力でおれを製造して誇ってるように見える。少々気味がわるかった。

母が死んでから清はいよいよおれを可愛がった。時々は子供心になぜあんなに可愛がるのかと不審に思った。つまらない、よせばいいのにと思った。気の毒だと思った。それでも清は可愛がる。折々は自分の小遣いで金鍔《きんつば》や紅梅焼《こうばいやき》を買ってくれる。寒い夜などはひそかに蕎麦粉を仕入れておいて、いつの間にか寝ている枕元へ蕎麦湯を持って来てくれる。時には鍋焼《なべやき》饂飩《うどん》さえ買ってくれた。ただ食い物ばかりではない。靴足袋《くつたび》も貰った。鉛筆も貰った、帳面も貰った。これはずっと後の事であるが金を三円ばかり貸してくれた事さえある。何も貸せと言った訳ではない。向うで部屋へ持って来てお小遣いがなくてお困りでしょう、お使いなさいと言ってくれたんだ。おれは無論いらないと言ったが、是非使えと言うから、借りておいた。実は大変嬉しかった。その三円をがま口へ入れて、懐へ入れたなり便所へ行ったら、すぽりと後架《こうか》の中へ落してしまった。仕方がないから、のそのそ出てきて実はこれこれだと清に話したところが、清は早速竹の棒を捜して来て、取って上げますと言った。しばらくすると井戸端でざあざあ音がするから、出てみたら竹の先へがま口の紐を引きかけたのを水で洗っていた。それから口をあけて壱円札を改めたら茶色になって模様が消えかかっていた。清は火鉢で乾かして、これでいいでしょうと出した。ちょっとかいでみて臭いやと言ったら、それじゃお出しなさい、取り換えて来て上げますからと、どこでどう胡魔化したか札の代りに銀貨を三円持って来た。この三円は何に使ったか忘れてしまった。今に返すよと言ったぎり、返さない。今となっては十倍にして返してやりたくても返せない。

清が物をくれる時には必ずおやじも兄も居ない時に限る。おれは何が嫌いだと言って人に隠れて自分だけ得をするほど嫌いな事はない。兄とは無論仲がよくないけれども、兄に隠して清から菓子や色鉛筆を貰いたくはない。なぜ、おれ一人にくれて、兄さんにはやらないのかと清に聞く事がある。すると清は澄したものでお兄様はお父様が買ってお上げなさるから構いませんと言う。これは不公平である。おやじは頑固だけれども、そんな依怙贔屓《えこひいき》はせぬ男だ。しかし清の目から見るとそう見えるのだろう。全く愛に溺れていたに違いない。元は身分のあるものでも教育のない婆さんだから仕方がない。単にこればかりではない。贔屓《ひいき》目は恐ろしいものだ。清はおれをもって将来立身出世して立派なものになると思い込んでいた。そのくせ勉強をする兄は色ばかり白くって、とても役には立たないと一人できめてしまった。こんな婆さんにあってはかなわない。自分の好きなものは必ずえらい人物になって、嫌いなひとはきっと落ち振れるものと信じている。おれはその時から別段何になるという了見もなかった。しかし清がなるなると言うものだから、やっぱり何かになれるんだろうと思っていた。今から考えると馬鹿馬鹿しい。ある時などは清にどんなものになるだろうと聞いてみた事がある。ところが清にも別段の考えもなかったようだ。ただ手車《てぐるま》へ乗って、立派な玄関のある家をこしらえるに相違ないと言った。

それから清はおれがうちでも持って独立したら、いっしょになる気でいた。どうか置いて下さいと何遍も繰り返して頼んだ。おれも何だかうちが持てるような気がして、うん置いてやると返事だけはしておいた。ところがこの女はなかなか想像の強い女で、あなたはどこがお好き、麹町《こうじまち》ですか麻布《あざぶ》ですか、お庭へぶらんこをおこしらえ遊ばせ、西洋間は一つでたくさんですなどと勝手な計画を独りで並べていた。その時は家なんか欲しくも何ともなかった。西洋館も日本建も全く不用であったから、そんなものは欲しくないと、いつでも清に答えた。すると、あなたは欲がすくなくって、心が奇麗だと言ってまた賞めた。清は何と言っても賞めてくれる。

母が死んでから五六年の間はこの状態で暮していた。おやじには叱られる。兄とは喧嘩をする。清には菓子を貰う、時々賞められる。別に望みもない。これでたくさんだと思っていた。ほかの子供も一概にこんなものだろうと思っていた。ただ清が何かにつけて、あなたはお可哀想だ、ふしあわせだと無暗に言うものだから、それじゃ可哀想でふしあわせなんだろうと思った。そのほかに苦になる事は少しもなかった。ただおやじが小遣いをくれないには閉口した。

母が死んでから六年目の正月におやじも卒中で亡くなった。その年の四月におれはある私立の中学校を卒業する。六月に兄は商業学校を卒業した。兄は何とか会社の九州の支店に口があって行かなければならん。おれは東京でまだ学問をしなければならない。兄は家を売って財産を片付けて任地へ出立すると言い出した。おれはどうでもするがよかろうと返事をした。どうせ兄の厄介になる気はない。世話をしてくれるにしたところで、喧嘩をするから、向《む》うでも何とか言い出すにきまっている。なまじい保護を受ければこそ、こんな兄に頭を下げなければならない。牛乳配達をしても食ってられると覚悟をした。兄はそれから道具屋を呼んで来て、先祖代々のがらくたを二束三文に売った。家屋敷はある人の周旋である金満家に譲った。この方は大分金になったようだが、詳しい事は一向知らぬ。おれは一ヶ月以前から、しばらく前途の方向のつくまで神田《かんだ》の小川町《おがわまち》へ下宿していた。清は十何年居たうちが人手に渡るのを大いに残念がったが、自分のものでないから、仕様がなかった。あなたがもう少し年をとっていらっしゃれば、ここがご相続が出来ますものをとしきりに口説いていた。もう少し年をとって相続が出来るものなら、今でも相続が出来るはずだ。婆さんは何も知らないから年さえ取れば兄の家がもらえると信じている。

兄とおれはかように分れたが、困ったのは清の行く先である。兄は無論連れて行ける身分でなし、清も兄の尻にくっ付いて九州下《くんだ》りまで出掛ける気はもうとうなし、と言ってこの時のおれは四畳半の安下宿に籠って、それすらもいざとなれば直ちに引き払わねばならぬ始末だ。どうする事も出来ん。清に聞いてみた。どこかへ奉公でもする気かねと言ったらあなたがおうちを持って、奥さまをお貰いになるまでは、仕方がないから、甥の厄介になりましょうとようやく決心した返事をした。この甥は裁判所の書記でまず今日には差支えなく暮していたから、今までも清に来るなら来いと二三度勧めたのだが、清はたとい下女奉公はしても年来住みなれた家の方がいいと言って応じなかった。しかし今の場合知らぬ屋敷へ奉公易えをしていらぬ気兼を仕直すより、甥の厄介になる方がましだと思ったのだろう。それにしても早くうちを持ての、妻を貰えの、来て世話をするのと言う。親身の甥よりも他人のおれの方が好きなのだろう。

九州へ立つ二日前兄が下宿へ来て金を六百円出してこれを資本にして商買をするなり、学資にして勉強をするなり、どうでも随意に使うがいい、その代りあとは構わないと言った。兄にしては感心なやり方だ、何の六百円ぐらい貰わんでも困りはせんと思ったが、例に似ぬ淡泊《たんぱく》な処置が気に入ったから、礼を言って貰っておいた。兄はそれから五十円出してこれをついでに清に渡してくれと言ったから、異議なく引き受けた。二日立って新橋《しんばし》の停車場で分れたぎり兄にはその後一遍も会わない。

おれは六百円の使用法について寝ながら考えた。商買をしたって面倒くさくって旨く出来るものじゃなし、ことに六百円の金で商買らしい商買がやれる訳でもなかろう。よしやれるとしても、今のようじゃ人の前へ出て教育を受けたと威張れないからつまり損になるばかりだ。資本などはどうでもいいから、これを学資にして勉強してやろう。六百円を三に割って一年に二百円ずつ使えば三年間は勉強が出来る。三年間一生懸命にやれば何か出来る。それからどこの学校へはいろうと考えたが、学問は生来《しょうらい》どれもこれも好きでない。ことに語学とか文学とかいうものはまっぴらごめんだ。新体詩などと来ては二十行あるうちで一行も分らない。どうせ嫌いなものなら何をやっても同じ事だと思ったが、幸い物理学校の前を通り掛ったら生徒募集の広告が出ていたから、何も縁だと思って規則書をもらってすぐ入学の手続きをしてしまった。今考えるとこれも親譲りの無鉄砲から起った失策だ。

三年間まあ人並に勉強はしたが別段たちのいい方でもないから、席順はいつでも下から勘定する方が便利であった。しかし不思議なもので、三年たったらとうとう卒業してしまった。自分でも可笑しいと思ったが苦情を言う訳もないから大人しく卒業しておいた。

卒業してから八日目に校長が呼びに来たから、何か用だろうと思って、出掛けて行ったら、四国辺のある中学校で数学の教師がいる。月給は四十円だが、行ってはどうだという相談である。おれは三年間学問はしたが実をいうと教師になる気も、田舎へ行く考えも何もなかった。もっとも教師以外に何をしようというあてもなかったから、この相談を受けた時、行きましょうと即席に返事をした。これも親譲りの無鉄砲が祟ったのである。

引き受けた以上は赴任せねばならぬ。この三年間は四畳半に蟄居《ちっきょ》して小言はただの一度も聞いた事がない。喧嘩もせずに済んだ。おれの生涯のうちでは比較的呑気な時節であった。しかしこうなると四畳半も引き払わなければならん。生れてから東京以外に踏み出したのは、同級生といっしょに鎌倉《かまくら》へ遠足した時ばかりである。今度は鎌倉《かまくら》どころではない。大変な遠くへ行かねばならぬ。地図で見ると海浜で針の先ほど小さく見える。どうせ碌な所ではあるまい。どんな町で、どんな人が住んでるか分らん。分らんでも困らない。心配にはならぬ。ただ行くばかりである。もっとも少々面倒臭い。

　家を畳んでからも清の所へは折々行った。清の甥というのは存外結構な人である。おれが行くたびに、居りさえすれば、何くれともてなしてくれた。清はおれを前へ置いて、いろいろおれの自慢を甥に聞かせた。今に学校を卒業すると麹町《こうじまち》辺へ屋敷を買って役所へ通うのだなどと吹聴した事もある。独りできめて一人でしゃべるから、こっちは困って顔を赤くした。それも一度や二度ではない。折々おれが小さい時寝小便をした事まで持ち出すには閉口した。甥は何と思って清の自慢を聞いていたか分らぬ。ただ清は昔風の女だから、自分とおれの関係を封建時代の主従《しゅじゅう》のように考えていた。自分の主人なら甥のためにも主人に相違ないと合点《がてん》したものらしい。甥こそいい面の皮だ。

　いよいよ約束がきまって、もう立つという三日前に清を尋ねたら、北向きの三畳に風邪を引いて寝ていた。おれの来たのを見て起き直るが早いか、坊っちゃんいつ家をお持ちなさいますと聞いた。卒業さえすれば金が自然とポッケットの中に湧いて来ると思っている。そんなにえらい人をつらまえて、まだ坊っちゃんと呼ぶのはいよいよ馬鹿気ている。おれは簡単に当分うちは持たない。田舎へ行くんだと言ったら、非常に失望した様子で、胡麻塩《ごましお》の鬢《びん》の乱れをしきりに撫でた。あまり気の毒だから「行く事は行くがじき帰る。来年の夏休みにはきっと帰る」と慰めてやった。それでも妙な顔をしているから「何をみやげに買って来てやろう、何が欲しい」と聞いてみたら「越後《えちご》の笹飴《ささあめ》が食べたい」と言った。越後《えちご》の笹飴《ささあめ》なんて聞いた事もない。第一方角が違う。「おれの行く田舎には笹飴《ささあめ》はなさそうだ」と言って聞かしたら「そんなら、どっちの見当です」と聞き返した。「西の方だよ」と言うと「箱根《はこね》のさきですか手前ですか」と問う。随分持てあました。

出立の日には朝から来て、いろいろ世話をやいた。来る途中小間物屋で買って来た歯磨と楊子と手拭をズックの革鞄《かばん》に入れてくれた。そんな物はいらないと言ってもなかなか承知しない。車を並べて停車場へ着いて、プラットフォームの上へ出た時、車へ乗り込んだおれの顔をじっと見て「もうお別れになるかも知れません。随分ご機嫌よう」と小さな声で言った。目に涙がいっぱいたまっている。おれは泣かなかった。しかしもう少しで泣くところであった。汽車がよっぽど動き出してから、もう大丈夫だろうと思って、窓から首を出して、振り向いたら、やっぱり立っていた。何だか大変小さく見えた。

二、

ぶうと言って汽船がとまると、艀《はしけ》が岸を離れて、漕ぎ寄せて来た。船頭は真《ま》っ裸《ぱだか》に赤ふんどしをしめている。野蛮な所だ。もっともこの熱さでは着物はきられまい。日が強いので水がやに光る。見つめていても目がくらむ。事務員に聞いてみるとおれはここへ降りるのだそうだ。見るところでは大《おお》森《もり》ぐらいな漁村だ。人を馬鹿にしていらあ、こんな所に我慢が出来るものかと思ったが仕方がない。威勢よく一番に飛び込んだ。続いて五六人は乗ったろう。ほかに大きな箱を四つばかり積み込んで赤ふんは岸へ漕ぎ戻して来た。陸へ着いた時も、いの一番に飛び上がって、いきなり、磯に立っていた鼻たれ小僧をつらまえて中学校はどこだと聞いた。小僧はぼんやりして、知らんがの、と言った。気の利かぬ田舎者だ。猫の額ほどな町内のくせに、中学校のありかも知らぬ奴があるものか。ところへ妙な筒っぽうを着た男がきて、こっちへ来いと言うから、ついて行ったら、港屋《みなとや》とかいう宿屋へ連れて来た。やな女が声を揃えてお上がりなさいと言うので、上がるのがいやになった。門口へ立ったなり中学校を教えろと言ったら、中学校はこれから汽車で二里ばかり行かなくっちゃいけないと聞いて、なお上がるのがいやになった。おれは、筒っぽうを着た男から、おれの革鞄《かばん》を二つ引きたくって、のそのそあるき出した。宿屋のものは変な顔をしていた。

停車場はすぐ知れた。切符も訳なく買った。乗り込んでみるとマッチ箱のような汽車だ。ごろごろと五分ばかり動いたと思ったら、もう降りなければならない。道理で切符が安いと思った。たった三銭である。それから車を雇って、中学校へ来たら、もう放課後で誰も居ない。宿直はちょっと用達《ようたし》に出たと小使が教えた。随分気楽な宿直がいるものだ。校長でも尋ねようかと思ったが、くたびれたから、車に乗って宿屋へ連れて行けと車夫に言い付けた。車夫は威勢よく山城屋《やましろや》といううちへ横付けにした。山城屋《やましろや》とは質屋の勘太郎の屋号と同じだからちょっと面白く思った。

何だか二階の楷子段《はしごだん》の下の暗い部屋へ案内した。熱くって居られやしない。こんな部屋はいやだと言ったらあいにくみんな塞がっておりますからと言いながら革鞄を抛り出したまま出て行った。仕方がないから部屋の中へはいって汗をかいて我慢していた。やがて湯に入れと言うから、ざぶりと飛び込んで、すぐ上がった。帰りがけに覗いてみると涼しそうな部屋がたくさん空いている。失敬な奴だ。嘘をつきゃあがった。それから下女が膳を持って来た。部屋は熱かったが、飯は下宿のよりも大分旨かった。給仕をしながら下女がどちらからおいでになりましたと聞くから、東京から来たと答えた。すると東京はよい所でございましょうと言ったから当り前だと答えてやった。膳を下げた下女が台所へいった時分、大きな笑い声が聞えた。くだらないから、すぐ寝たが、なかなか寝られない。熱いばかりではない。騒々しい。下宿の五倍ぐらいやかましい。うとうとしたら清の夢を見た。清が越後《えちご》の笹飴《ささあめ》を笹ぐるみ、むしゃむしゃ食っている。笹は毒だから、よしたらよかろうと言うと、いえこの笹がお薬でございますと言って旨そうに食っている。おれがあきれ返って大きな口を開いてハハハハと笑ったら目が覚めた。下女が雨戸を明けている。相変らず空の底が突き抜けたような天気だ。

道中をしたら茶代をやるものだと聞いていた。茶代をやらないと粗末に取り扱われると聞いていた。こんな、狭くて暗い部屋へ押し込めるのも茶代をやらないせいだろう。見すぼらしい服装《なり》をして、ズックの革鞄と毛繻子《けじゅす》の蝙蝠傘《こうもり》を提げてるからだろう。田舎者のくせに人をみくびったな。一番茶代をやって驚かしてやろう。おれはこれでも学資のあまりを三十円ほど懐に入れて東京を出て来たのだ。汽車と汽船の切符代と雑費を差し引いて、まだ十四円ほどある。みんなやったってこれからは月給を貰うんだから構わない。田舎者はしみったれだから五円もやれば驚いて目を回すにきまっている。どうするか見ろと済して顔を洗って、部屋へ帰って待ってると、夕べの下女が膳を持って来た。盆を持って給仕をしながら、やにやにや笑ってる。失敬な奴だ。顔のなかをお祭りでも通りゃしまいし。これでもこの下女の面《つら》よりよっぽど上等だ。飯を済ましてからにしようと思っていたが、癪《しゃく》に障《さわ》ったから、中途で五円札を一枚出して、あとでこれを帳場へ持って行けと言ったら、下女は変な顔をしていた。それから飯を済ましてすぐ学校へ出掛けた。靴は磨いてなかった。

学校は昨日車で乗りつけたから、大概の見当は分っている。四つ角を二三度曲がったらすぐ門の前へ出た。門から玄関までは御影石《みかげいし》で敷きつめてある。きのうこの敷石の上を車でがらがらと通った時は、無暗に仰山な音がするので少し弱った。途中から小倉の制服を着た生徒にたくさん会ったが、みんなこの門をはいって行く。中にはおれより背が高くって強そうなのが居る。あんな奴を教えるのかと思ったら何だか気味が悪くなった。名刺を出したら校長室へ通した。校長は薄髯のある、色の黒い、目の大きな狸のような男である。やにもったいぶっていた。まあ精出して勉強してくれと言って、恭《うやうや》しく大きな印の捺《おさ》った、辞令を渡した。この辞令は東京へ帰るとき丸めて海の中へ抛り込んでしまった。校長は今に職員に紹介してやるから、一々その人にこの辞令を見せるんだと言って聞かした。余計な手数だ。そんな面倒な事をするよりこの辞令を三日間職員室へ張り付ける方がましだ。

教員が控所へ揃うには一時間目の喇叭《ラッパ》が鳴らなくてはならぬ。大分時間がある。校長は時計を出して見て、追々《おいおい》ゆるりと話すつもりだが、まず大体の事を呑み込んでおいてもらおうと言って、それから教育の精神について長いお談義を聞かした。おれは無論いい加減に聞いていたが、途中からこれは飛んだ所へ来たと思った。校長の言うようにはとても出来ない。おれみたような無鉄砲なものをつらまえて、生徒の模範《もはん》になれの、一校の師表《しひょう》と仰がれなくてはいかんの、学問以外に個人の徳化を及ぼさなくては教育者になれないの、と無暗に法外な注文をする。そんなえらい人が月給四十円で遥々《はるばる》こんな田舎へくるもんか。人間は大概似たもんだ。腹が立てば喧嘩の一つぐらいは誰でもするだろうと思ってたが、この様子じゃめったに口もきけない、散歩も出来ない。そんなむずかしい役なら雇う前にこれこれだと話すがいい。おれは嘘をつくのが嫌いだから、仕方がない、だまされて来たのだとあきらめて、思い切りよく、ここで断わって帰っちまおうと思った。宿屋へ五円やったから財布の中には九円なにがししかない。九円じゃ東京までは帰れない。茶代なんかやらなければよかった。惜しい事をした。しかし九円だって、どうかならない事はない。旅費は足りなくっても嘘をつくよりましだと思って、到底あなたのおっしゃる通りにゃ、出来ません、この辞令は返しますと言ったら、校長は狸のような目をぱちつかせておれの顔を見ていた。やがて、今のはただ希望である、あなたが希望通り出来ないのはよく知っているから心配しなくってもいいと言いながら笑った。そのくらいよく知ってるなら、始めからおどかさなければいいのに。

そうこうする内に喇叭《ラッパ》が鳴った。教場の方が急にがやがやする。もう教員も控所へ揃いましたろうと言うから、校長について教員控所へはいった。広い細長い部屋の周囲に机を並べてみんな腰をかけている。おれがはいったのを見て、みんな申し合せたようにおれの顔を見た。見世物じゃあるまいし。それから申し付けられた通り一人一人の前へ行って辞令を出して挨拶をした。大概は椅子を離れて腰をかがめるばかりであったが、念の入ったのは差し出した辞令を受け取って一応拝見をしてそれを恭《うやうや》しく返却した。まるで宮芝居の真似だ。十五人目に体操の教師へと回って来た時には、同じ事を何返もやるので少々じれったくなった。向うは一度で済む。こっちは同じ所作を十五返繰り返している。少しはひとの了見も察してみるがいい。

挨拶をしたうちに教頭のなにがしというのが居た。これは文学士だそうだ。文学士と言えば大学の卒業生だからえらい人なんだろう。妙に女のような優しい声を出す人だった。もっとも驚いたのはこの暑いのにフランネルの襯衣《シャツ》を着ている。いくらか薄い地には相違なくっても暑いにはきまってる。文学士だけにご苦労千万な服装《なり》をしたもんだ。しかもそれが赤シャツだから人を馬鹿にしている。あとから聞いたらこの男は年が年中赤シャツを着るんだそうだ。妙な病気があった者だ。当人の説明では赤は身体《からだ》に薬になるから、衛生のためにわざわざ誂《あつ》らえるんだそうだが、いらざる心配だ。そんならついでに着物も袴《はかま》も赤にすればいい。それから英語の教師に古賀《こが》とかいう大変顔色の悪い男が居た。大概顔の蒼い人はやせてるもんだがこの男は蒼くふくれている。昔小学校へ行く時分、浅井《あさい》の民《たみ》さんという子が同級生にあったが、この浅井のおやじがやはり、こんな色つやだった。浅井は百姓だから、百姓になるとあんな顔になるかと清に聞いてみたら、そうじゃありません、あの人はうらなりの唐茄子ばかり食べるから、蒼くふくれるんですと教えてくれた。それ以来蒼くふくれた人を見れば必ずうらなりの唐茄子を食ったむくいだと思う。この英語の教師もうらなりばかり食ってるに違いない。もっともうらなりとは何の事か今もって知らない。清に聞いてみた事はあるが、清は笑って答えなかった。おおかた清も知らないんだろう。それからおれと同じ数学の教師に堀田《ほった》というのが居た。これは逞《たくま》しい毬栗坊主《いがぐりぼうず》で、叡山《えいざん》の悪僧《あくそう》というべき面構《つらがまえ》である。人が丁寧に辞令を見せたら見向きもせず、やあ君が新任の人か、ちと遊びに来給えアハハハと言った。何がアハハハだ。そんな礼儀を心得ぬ奴の所へ誰が遊びに行くものか。おれはこの時からこの坊主に山嵐《やまあらし》というあだなをつけてやった。漢学の先生はさすがに堅いものだ。昨日お着きで、さぞお疲れで、それでもう授業をお始めで、大分ご励精《れいせい》で、――とのべつに弁じたのは愛嬌のあるお爺さんだ。画学の教師は全く芸人風だ。べらべらした透綾《すきや》の羽織を着て、扇子をぱちつかせて、お国はどちらでげす、え？　東京？　そりゃ嬉しい、お仲間が出来て……私もこれで江戸っ子ですと言った。こんなのが江戸っ子なら江戸には生れたくないもんだと心中に考えた。そのほか一人一人についてこんな事を書けばいくらでもある。しかし際限がないからやめる。

挨拶が一通り済んだら、校長が今日はもう引き取ってもいい、もっとも授業上の事は数学の主任と打ち合せをしておいて、明後日から課業を始めてくれと言った。数学の主任は誰かと聞いてみたら例の山嵐であった。忌々《いまいま》しい、こいつの下に働くのかおやおやと失望した。山嵐は「おい君どこに宿ってるか、山城屋《やましろや》か、うん、今に行って相談する」と言い残して白墨《はくぼく》を持って教場へ出て行った。主任のくせに向うから来て相談するなんて不見識な男だ。しかし呼び付けるよりは感心だ。

それから学校の門を出て、すぐ宿へ帰ろうと思ったが、帰ったって仕方がないから、少し町を散歩してやろうと思って、無暗に足の向く方をあるき散らした。県庁も見た。古い前世紀の建築である。兵営も見た。麻布《あざぶ》の聯隊より立派でない。大通りも見た。神楽坂《かぐらざか》を半分に狭くしたぐらいな道幅で町並はあれより落ちる。二十五万石の城下だって高の知れたものだ。こんな所に住んでご城下だなどと威張ってる人間は可哀想なものだと考えながらくると、いつしか山城屋《やましろや》の前に出た。広いようでも狭いものだ。これで大抵は見尽したのだろう。帰って飯でも食おうと門口をはいった。帳場に坐っていたかみさんが、おれの顔を見ると急に飛び出してきてお帰り……と板の間へ頭をつけた。靴を脱いで上がると、お座敷があきましたからと下女が二階へ案内をした。十五畳の表二階で大きな床の間がついている。おれは生れてからまだこんな立派な座敷へはいった事はない。この後いつはいれるか分らないから、洋服を脱いで浴衣一枚になって座敷の真中へ大の字に寝てみた。いい心持ちである。

昼飯を食ってから早速清へ手紙をかいてやった。おれは文章がまずい上に字を知らないから手紙を書くのが大嫌いだ。またやる所もない。しかし清は心配しているだろう。難船して死にやしないかなどと思っちゃ困るから、奮発《ふんぱつ》して長いのを書いてやった。その文句はこうである。

「きのう着いた。つまらん所だ。十五畳の座敷に寝ている。宿屋へ茶代を五円やった。かみさんが頭を板の間へすりつけた。夕べは寝られなかった。清が笹飴《ささあめ》を笹ごと食う夢を見た。来年の夏は帰る。今日学校へ行ってみんなにあだなをつけてやった。校長は狸、教頭は赤シャツ、英語の教師はうらなり、数学は山嵐、画学はのだいこ。今にいろいろな事を書いてやる。さようなら」

手紙をかいてしまったら、いい心持ちになって眠気がさしたから、最前のように座敷の真中へのびのびと大の字に寝た。今度は夢も何も見ないでぐっすり寝た。この部屋かいと大きな声がするので目が覚めたら、山嵐がはいって来た。最前は失敬、君の受持ちは……と人が起き上がるや否や談判を開かれたので大いに狼狽《ろうばい》した。受持ちを聞いてみると別段むずかしい事もなさそうだから承知した。このくらいの事なら、明後日はおろか、明日から始めろと言ったって驚かない。授業上の打ち合せが済んだら、君はいつまでこんな宿屋に居るつもりでもあるまい、僕がいい下宿を周旋してやるから移りたまえ。ほかのものでは承知しないが僕が話せばすぐ出来る。早い方がいいから、今日見て、あす移って、あさってから学校へ行けばきまりがいいと一人で呑み込んでいる。なるほど十五畳敷にいつまで居る訳にも行くまい。月給をみんな宿料に払っても追っつかないかもしれぬ。五円の茶代を奮発《ふんぱつ》してすぐ移るのはちと残念だが、どうせ移るものなら、早く引き越して落ち付く方が便利だから、そこのところはよろしく山嵐に頼む事にした。すると山嵐はともかくもいっしょに来てみろと言うから、行った。町はずれの岡の中腹にある家で至極閑静《かんせい》だ。主人は骨董《こっとう》を売買するいか銀《ぎん》という男で、女房は亭主よりも四つばかり年嵩《としかさ》の女だ。中学校に居た時ウィッチという言葉を習った事があるがこの女房はまさにウィッチに似ている。ウィッチだって人の女房だから構わない。とうとう明日から引き移る事にした。帰りに山嵐は通町《とおりちょう》で氷水《こおりすい》を一杯奢った。学校で会った時はやに横風《おうふう》な失敬な奴だと思ったが、こんなにいろいろ世話をしてくれるところを見ると、わるい男でもなさそうだ。ただおれと同じようにせっかちで肝癪《かんしゃく》持らしい。あとで聞いたらこの男が一番生徒に人望があるのだそうだ。

三、

いよいよ学校へ出た。初めて教場へはいって高い所へ乗った時は、何だか変だった。講釈をしながら、おれでも先生が勤まるのかと思った。生徒はやかましい。時々図抜けた大きな声で先生と言う。先生にはこたえた。今まで物理学校で毎日先生先生と呼びつけていたが、先生と呼ぶのと、呼ばれるのは雲泥《うんでい》の差だ。何だか足の裏がむずむずする。おれは卑怯な人間ではない。臆病な男でもないが、惜しい事に胆力《たんりょく》が欠けている。先生と大きな声をされると、腹の減った時に丸《まる》の内《うち》で午砲《どん》を聞いたような気がする。最初の一時間は何だかいい加減にやってしまった。しかし別段困った質問も掛けられずに済んだ。控所へ帰って来たら、山嵐がどうだいと聞いた。うんと簡単に返事をしたら山嵐は安心したらしかった。

二時間目に白墨《はくぼく》を持って控所を出た時には何だか敵地へ乗り込むような気がした。教場へ出ると今度の組は前より大きな奴ばかりである。おれは江戸っ子で華奢《きゃしゃ》に小作りに出来ているから、どうも高い所へ上がっても押しが利かない。喧嘩なら相撲取とでもやってみせるが、こんな大僧を四十人も前へ並べて、ただ一枚の舌をたたいて恐縮させる手際はない。しかしこんな田舎者に弱身を見せると癖になると思ったから、なるべく大きな声をして、少々巻き舌で講釈してやった。最初のうちは、生徒も烟に捲かれてぼんやりしていたから、それ見ろとますます得意になって、べらんめい調を用いてたら、一番前の列の真中に居た、一番強そうな奴が、いきなり起立して先生と言う。そら来たと思いながら、何だと聞いたら、「あまり早くて分からんけれ、もちっと、ゆるゆるやって、おくれんかな、もし」と言った。おくれんかな、もしは生温るい言葉だ。早過ぎるなら、ゆっくり言ってやるが、おれは江戸っ子だから君等の言葉は使えない、分らなければ、分るまで待ってるがいいと答えてやった。この調子で二時間目は思ったより、うまく行った。ただ帰りがけに生徒の一人がちょっとこの問題を解釈をしておくれんかな、もし、と出来そうもない幾何の問題を持ってせまったには冷汗を流した。仕方がないから何だか分らない、この次教えてやると急いで引きあげたら、生徒がわあと囃《はや》した。その中に出来ん出来んと言う声が聞える。箆棒《べらぼう》め、先生だって、出来ないのは当り前だ。出来ないのを出来ないと言うのに不思議があるもんか。そんなものが出来るくらいなら四十円でこんな田舎へくるもんかと控所へ帰って来た。今度はどうだとまた山嵐が聞いた。うんと言ったが、うんだけでは気が済まなかったから、この学校の生徒は分らずやだなと言ってやった。山嵐は妙な顔をしていた。

三時間目も、四時間目も昼過ぎの一時間も大同小異であった。最初の日に出た級は、いずれも少々ずつ失敗した。教師ははたで見るほど楽じゃないと思った。授業はひと通り済んだが、まだ帰れない、三時までぽつ然として待ってなくてはならん。三時になると、受持級の生徒が自分の教室を掃除して報知《しらせ》にくるから検分をするんだそうだ。それから、出席簿を一応調べてようやくお暇が出る。いくら月給で買われた身体《からだ》だって、あいた時間まで学校へ縛りつけて机と睨めっくらをさせるなんて法があるものか。しかしほかの連中はみんな大人しくご規則通りやってるから新参のおればかり、だだをこねるのもよろしくないと思って我慢していた。帰りがけに、君何でもかんでも三時過《すぎ》まで学校にいさせるのは愚だぜと山嵐に訴えたら、山嵐はそうさアハハハと笑ったが、あとから真面目になって、君あまり学校の不平を言うと、いかんぜ。言うなら僕だけに話せ、随分妙な人も居るからなと忠告がましい事を言った。四つ角で分れたから詳しい事は聞くひまがなかった。

それからうちへ帰ってくると、宿の亭主がお茶を入れましょうと言ってやって来る。お茶を入れると言うからご馳走をするのかと思うと、おれの茶を遠慮なく入れて自分が飲むのだ。この様子では留守中も勝手にお茶を入れましょうを一人で履行《りこう》しているかも知れない。亭主が言うには手前は書画骨董《しょがこっとう》がすきで、とうとうこんな商売を内々《ないない》で始めるようになりました。あなたもお見受け申すところ大分ご風流でいらっしゃるらしい。ちと道楽にお始めなすってはいかがですと、飛んでもない勧誘をやる。二年前ある人の使に帝国ホテルへ行った時は錠前直《じょうまえなお》しと間違えられた事がある。ケットを被って、鎌倉《かまくら》の大仏を見物した時は車屋から親方と言われた。そのほか今日まで見損《みそくな》われた事は随分あるが、まだおれをつらまえて大分ご風流でいらっしゃると言ったものはない。大抵はなりや様子でも分る。風流人なんていうものは、画を見ても、頭巾《ずきん》を被るか短冊《たんざく》を持ってるものだ。このおれを風流人だなどと真面目に言うのはただの曲者《くせもの》じゃない。おれはそんな呑気な隠居のやるような事は嫌いだと言ったら、亭主はへへへへと笑いながら、いえ始めから好きなものは、どなたもございませんが、いったんこの道にはいるとなかなか出られませんと一人で茶を注いで妙な手付をして飲んでいる。実はゆうべ茶を買ってくれと頼んでおいたのだが、こんな苦い濃い茶はいやだ。一杯飲むと胃にこたえるような気がする。今度からもっと苦くないのを買ってくれと言ったら、かしこまりましたとまた一杯しぼって飲んだ。人の茶だと思って無暗に飲む奴だ。主人が引き下がってから、明日の下読《したよみ》をしてすぐ寝てしまった。

それから毎日毎日学校へ出ては規則通り働く、毎日毎日帰って来ると主人がお茶を入れましょうと出てくる。一週間ばかりしたら学校の様子もひと通りは飲み込めたし、宿の夫婦の人物も大概は分った。ほかの教師に聞いてみると辞令を受けて一週間から一ヶ月ぐらいの間は自分の評判がいいだろうか、悪いだろうか非常に気に掛かるそうであるが、おれは一向そんな感じはなかった。教場で折々しくじるとその時だけはやな心持ちだが三十分ばかりたつと奇麗に消えてしまう。おれは何事によらず長く心配しようと思っても心配が出来ない男だ。教場のしくじりが生徒にどんな影響を与えて、その影響が校長や教頭にどんな反応を呈するかまるで無頓着《むとんじゃく》であった。おれは前に言う通りあまり度胸の据った男ではないのだが、思い切りはすこぶるいい人間である。この学校がいけなければすぐどっかへ行く覚悟でいたから、狸も赤シャツも、ちっとも恐ろしくはなかった。まして教場の小僧共なんかには愛嬌もお世辞も使う気になれなかった。学校はそれでいいのだが下宿の方はそうはいかなかった。亭主が茶を飲みに来るだけなら我慢もするが、いろいろなものを持ってくる。はじめに持って来たのは何でも印材で、十ばかり並べておいて、みんなで三円なら安い物だお買いなさいと言う。田舎巡りのヘボ絵師じゃあるまいし、そんなものはいらないと言ったら、今度は華山《かざん》とか何とかいう男の花鳥《かちょう》の掛物をもって来た。自分で床の間へかけて、いい出来じゃありませんかと言うから、そうかなといい加減に挨拶をすると、華山には二人ある、一人は何とか華山で、一人は何とか華山ですが、この幅《ふく》はその何とか華山の方だと、くだらない講釈をしたあとで、どうです、あなたなら十五円にしておきます。お買いなさいと催促をする。金がないと断わると、金なんか、いつでもようございますとなかなか頑固だ。金があっても買わないんだと、その時は追っ払っちまった。その次には鬼瓦《おにがわら》ぐらいな大硯《おおすずり》を担ぎ込んだ。これは端渓《たんけい》です、端渓《たんけい》ですと二遍も三遍も端渓《たんけい》がるから、面白半分に端《たん》渓《けい》た何だいと聞いたら、すぐ講釈を始め出した。端渓《たんけい》には上層中層下層とあって、今時のものはみんな上層ですが、これはたしかに中層です、この眼《がん》をご覧なさい。眼《がん》が三つあるのは珍しい。溌墨《はつぼく》の具合も至極よろしい、試してご覧なさいと、おれの前へ大きな硯《すずり》を突きつける。いくらだと聞くと、持主が支那《しな》から持って帰って来て是非売りたいと言いますから、お安くして三十円にしておきましょうと言う。この男は馬鹿に相違ない。学校の方はどうかこうか無事に勤まりそうだが、こう骨董責《こっとうぜめ》にあってはとても長く続きそうにない。

　そのうち学校もいやになった。ある日の晩大町《おおまち》という所を散歩していたら郵便局の隣に蕎麦とかいて、下に東京と注を加えた看板があった。おれは蕎麦が大好きである。東京に居《お》った時でも蕎麦屋の前を通って薬味の香《にお》いをかぐと、どうしても暖簾《のれん》がくぐりたくなった。今日までは数学と骨董《こっとう》で蕎麦を忘れていたが、こうして看板を見ると素通りが出来なくなる。ついでだから一杯食って行こうと思って上がり込んだ。見ると看板ほどでもない。東京と断わる以上はもう少し奇麗にしそうなものだが、東京を知らないのか、金がないのか、めっぽうきたない。畳は色が変っておまけに砂でざらざらしている。壁は煤で真黒だ。天井はランプの油煙《ゆえん》で燻《くす》ぼってるのみか、低くって、思わず首を縮めるくらいだ。ただ麗々と蕎麦の名前をかいて張り付けたねだん付《づけ》だけは全く新しい。何でも古いうちを買って二三日《にさんち》前から開業したに違いなかろう。ねだん付《づけ》の第一号に天麩羅とある。おい天麩羅を持ってこいと大きな声を出した。するとこの時まで隅の方に三人かたまって、何かつるつる、ちゅうちゅう食ってた連中が、ひとしくおれの方を見た。部屋が暗いので、ちょっと気がつかなかったが顔を合せると、みんな学校の生徒である。先方で挨拶をしたから、おれも挨拶をした。その晩は久し振に蕎麦を食ったので、旨かったから天麩羅を四杯たいらげた。

翌日何の気もなく教場へはいると、黒板一杯ぐらいな大きな字で、天麩羅先生とかいてある。おれの顔を見てみんなわあと笑った。おれは馬鹿馬鹿しいから、天麩羅を食っちゃ可笑しいかと聞いた。すると生徒の一人が、しかし四杯は過ぎるぞな、もし、と言った。四杯食おうが五杯食おうがおれの銭でおれが食うのに文句があるもんかと、さっさと講義を済まして控所へ帰って来た。十分たって次の教場へ出ると一つ天麩羅四杯なり。但し笑うべからず。と黒板にかいてある。さっきは別に腹も立たなかったが今度は癪《しゃく》に障《さわ》った。冗談も度を過ごせばいたずらだ。焼餅の黒焦《くろこげ》のようなもので誰も賞め手はない。田舎者はこの呼吸が分らないからどこまで押して行っても構わないという了見だろう。一時間あるくと見物する町もないような狭い都に住んで、ほかに何にも芸がないから、天麩羅事件を日露《にちろ》戦争のように触れちらかすんだろう。憐れな奴等だ。子供の時から、こんなに教育されるから、いやにひねっこびた、植木鉢の楓みたような小人《しょうじん》が出来るんだ。無邪気ならいっしょに笑ってもいいが、こりゃなんだ。子供のくせにおつに毒気を持ってる。おれはだまって、天麩羅を消して、こんないたずらが面白いか、卑怯な冗談だ。君等は卑怯という意味を知ってるか、と言ったら、自分がした事を笑われて怒るのが卑怯じゃろうがな、もしと答えた奴がある。やな奴だ。わざわざ東京から、こんな奴を教えに来たのかと思ったら情けなくなった。余計な減らず口を利かないで勉強しろと言って、授業を始めてしまった。それから次の教場へ出たら天麩羅を食うと減らず口が利きたくなるものなりと書いてある。どうも始末に終えない。あんまり腹が立ったから、そんな生意気な奴は教えないと言ってすたすた帰って来てやった。生徒は休みになって喜んだそうだ。こうなると学校より骨《こっ》董《とう》の方がまだましだ。

　天麩羅蕎麦もうちへ帰って、一晩寝たらそんなに肝癪《かんしゃく》に障《さわ》らなくなった。学校へ出てみると、生徒も出ている。何だか訳が分らない。それから三日ばかりは無事であったが、四日目の晩に住田《すみた》という所へ行って団子を食った。この住田《すみた》という所は温泉のある町で城下から汽車だと十分ばかり、歩いて三十分で行かれる、料理屋も温泉宿も、公園もある上に遊廓《ゆうかく》がある。おれのはいった団子屋は遊廓《ゆうかく》の入口にあって、大変うまいという評判だから、温泉に行った帰りがけにちょっと食ってみた。今度は生徒にも会わなかったから、誰も知るまいと思って、翌日学校へ行って、一時間目の教場へはいると団子二皿七銭と書いてある。実際おれは二皿食って七銭払った。どうも厄介な奴等だ。二時間目にもきっと何かあると思うと遊廓《ゆうかく》の団子旨い旨いと書いてある。あきれ返った奴等だ。団子がそれで済んだと思ったら今度は赤手拭《あかてぬぐい》というのが評判になった。何の事だと思ったら、つまらない来歴だ。おれはここへ来てから、毎日住田《すみた》の温泉へ行く事にきめている。ほかの所は何を見ても東京の足元にも及ばないが温泉だけは立派なものだ。せっかく来たものだから毎日はいってやろうという気で、晩飯前に運動かたがた出掛る。ところが行くときは必ず西洋手拭の大きな奴をぶら下げて行く。この手拭が湯に染った上へ、赤い縞《しま》が流れ出したのでちょっと見ると紅色《べにいろ》に見える。おれはこの手拭を行きも帰りも、汽車に乗ってもあるいても、常にぶら下げている。それで生徒がおれの事を赤手拭赤手拭と言うんだそうだ。どうも狭い土地に住んでるとうるさいものだ。まだある。温泉は三階の新築で上等は浴衣をかして、流しをつけて八銭で済む。その上に女が天目《てんもく》へ茶を載せて出す。おれはいつでも上等へはいった。すると四十円の月給で毎日上等へはいるのは贅沢だと言い出した。余計なお世話だ。まだある。湯壷《ゆつぼ》は花崗石《みかげいし》を畳み上げて、十五畳敷ぐらいの広さに仕切ってある。大抵は十三四人漬ってるがたまには誰も居ない事がある。深さは立って乳の辺まであるから、運動のために、湯の中を泳ぐのはなかなか愉快だ。おれは人の居ないのを見済しては十五畳の湯壷《ゆつぼ》を泳ぎ巡って喜んでいた。ところがある日三階から威勢よく下りて今日も泳げるかなとざくろ口を覗いてみると、大きな札へ黒々と湯の中で泳ぐべからずとかいて貼りつけてある。湯の中で泳ぐものは、あまりあるまいから、この貼札はおれのために特別に新調したのかも知れない。おれはそれから泳ぐのは断念した。泳ぐのは断念したが、学校へ出てみると、例の通り黒板に湯の中で泳ぐべからずと書いてあるには驚いた。何だか生徒全体がおれ一人を探偵しているように思われた。くさくさした。生徒が何を言ったって、やろうと思った事をやめるようなおれではないが、何でこんな狭苦しい鼻の先がつかえるような所へ来たのかと思うと情けなくなった。それでうちへ帰ると相変らず骨董責《こっとうぜめ》である。

四、

学校には宿直があって、職員が代る代るこれをつとめる。但し狸と赤シャツは例外である。何でこの両人が当然の義務を免かれるのかと聞いてみたら、奏任待遇《そうにんたいぐう》だからと言う。面白くもない。月給はたくさんとる、時間は少ない、それで宿直を逃がれるなんて不公平があるものか。勝手な規則をこしらえて、それが当り前だというような顔をしている。よくまああんなにずうずうしく出来るものだ。これについては大分不平であるが、山嵐の説によると、いくら一人で不平を並べたって通るものじゃないそうだ。一人だって二人だって正しい事なら通りそうなものだ。山嵐は might is right という英語を引いて説諭《せつゆ》を加えたが、何だか要領を得ないから、聞き返してみたら強者の権利という意味だそうだ。強者の権利ぐらいなら昔から知っている。今さら山嵐から講釈をきかなくってもいい。強者の権利と宿直とは別問題だ。狸や赤シャツが強者だなんて、誰が承知するものか。議論は議論としてこの宿直がいよいよおれの番に回って来た。一体疳性《かんしょう》だから夜具蒲団《やぐふとん》などは自分のものへ楽に寝ないと寝たような心持ちがしない。子供の時から、友達のうちへ泊った事はほとんどないくらいだ。友達のうちでさえ厭なら学校の宿直はなおさら厭だ。厭だけれども、これが四十円のうちへこもっているなら仕方がない。我慢して勤めてやろう。

教師も生徒も帰ってしまったあとで、一人ぽかんとしているのは随分間が抜けたものだ。宿直部屋は教場の裏手にある寄宿舎の西はずれの一室だ。ちょっとはいってみたが、西日をまともに受けて、苦しくって居たたまれない。田舎だけあって秋がきても、気長に暑いもんだ。生徒の賄《まかない》を取りよせて晩飯を済ましたが、まずいには恐れ入った。よくあんなものを食って、あれだけに暴れられたもんだ。それで晩飯を急いで四時半に片付けてしまうんだから豪傑《ごうけつ》に違いない。飯は食ったが、まだ日が暮れないから寝る訳に行かない。ちょっと温泉に行きたくなった。宿直をして、外へ出るのはいい事だか、悪い事だかしらないが、こうつくねんとして重禁錮《じゅうきんこ》同様な憂目《うきめ》にあうのは我慢の出来るもんじゃない。はじめて学校へ来た時当直の人はと聞いたら、ちょっと用達に出たと小使が答えたのを妙だと思ったが、自分に番が回ってみると思い当る。出る方が正しいのだ。おれは小使にちょっと出てくると言ったら、何かご用ですかと聞くから、用じゃない、温泉へはいるんだと答えて、さっさと出掛けた。赤手拭は宿へ忘れて来たのが残念だが今日は先方で借りるとしよう。

　それからかなりゆるりと、出たりはいったりして、ようやく日暮方になったから、汽車へ乗って古《こ》町《まち》の停車場まで来て下りた。学校まではこれから四丁だ。訳はないとあるき出すと、向《むこ》うから狸が来た。狸はこれからこの汽車で温泉へ行こうという計画なんだろう。すたすた急ぎ足にやってきたが、擦れ違った時おれの顔を見たから、ちょっと挨拶をした。すると狸はあなたは今日は宿直ではなかったですかねえと真面目くさって聞いた。なかったですかねえもないもんだ。二時間前おれに向って今夜ははじめての宿直ですね。ご苦労さま。と礼を言ったじゃないか。校長なんかになるといやに曲りくねった言葉を使うもんだ。おれは腹が立ったから、ええ宿直です。宿直ですから、これから帰って泊る事はたしかに泊りますと言い捨てて済ましてあるき出した。竪町《たてまち》の四つ角まで来ると今度は山嵐に出っくわした。どうも狭い所だ。出てあるきさえすれば必ず誰かに会う。「おい君は宿直じゃないか」と聞くから「うん、宿直だ」と答えたら、「宿直が無暗に出てあるくなんて、不都合じゃないか」と言った。「ちっとも不都合なもんか、出てあるかない方が不都合だ」と威張ってみせた。「君のずぼらにも困るな、校長か教頭に出会うと面倒だぜ」と山嵐に似合わない事を言うから「校長にはたった今会った。暑い時には散歩でもしないと宿直も骨でしょうと校長が、おれの散歩をほめたよ」と言って、面倒臭いから、さっさと学校へ帰って来た。

それから日はすぐくれる。くれてから二時間ばかりは小使を宿直部屋へ呼んで話をしたが、それも飽きたから、寝られないまでも床へはいろうと思って、寝巻に着換えて、蚊帳をまくって、赤い毛《ケッ》巾《ト》を跳ねのけて、とんと尻持を突いて、仰向けになった。おれが寝るときにとんと尻持をつくのは子供の時からの癖だ。わるい癖だと言って小川町《おがわまち》の下宿に居た時分、二階下に居た法律学校の書生が苦情を持ち込んだ事がある。法律の書生なんてものは弱いくせに、やに口が達者なもので、愚な事を長たらしく述べ立てるから、寝る時にどんどん音がするのはおれの尻がわるいのじゃない。下宿の建築が粗末なんだ。掛ケ合うなら下宿へ掛ケ合えと凹ましてやった。この宿直部屋は二階じゃないから、いくら、どしんと倒れても構わない。なるべく勢いよく倒れないと寝たような心持ちがしない。ああ愉快だと足をうんと延ばすと、何だか両足へ飛び付いた。ざらざらして蚤《のみ》のようでもないからこいつあと驚いて、足を二三度毛巾《ケット》の中で振ってみた。するとざらざらと当ったものが、急に殖《ふ》え出して脛が五六カ所、股《もも》が二三カ所、尻の下でぐちゃりと踏み潰したのが一つ、臍の所まで飛び上がったのががバッタの……と言いかけた時、蒲団《ふとん》の中から、バッタが一つ――いよいよ驚いた。早速起き上って、毛巾《ケット》をぱっと後ろへ抛ると、蒲団《ふとん》の中から、バッタが五六十飛び出した。正体の知れない時は多少気味が悪かったが、バッタと相場がきまってみたら急に腹が立った。バッタのくせに人を驚かしやがって、どうするか見ろと、いきなり括《くく》り枕を取って、二三度たたきつけたが、相手が小さ過ぎるから勢いよくなげつける割に利目がない。仕方がないから、また蒲団《ふとん》の上へ坐って、煤掃《すすはき》の時に蓙《ござ》を丸めて畳を叩くように、そこら近辺を無暗にたたいた。バッタが驚いた上に、枕の勢いで飛び上がるものだから、おれの肩だの、頭だの鼻の先だのへくっ付いたり、ぶつかったりする。顔へ付いた奴は枕で叩く訳に行かないから、手で攫《つか》んで、一生懸命にたたきつける。忌々《いまいま》しい事に、いくら力を出しても、ぶつかる先が蚊帳だから、ふわりと動くだけで少しも手ごたえがない。バッタはたたきつけられたまま蚊帳へつらまっている。死にもどうもしない。ようやくの事に三十分ばかりでバッタは退治た。箒《ほうき》を持って来てバッタの死骸を掃き出した。小使が来て何ですかと言うから、何ですかもあるもんか、バッタを床の中に飼っとく奴がどこの国にある。間抜め。と叱ったら、私は存じませんと弁解をした。存じませんで済むかと箒《ほうき》を椽側へ抛り出したら、小使は恐る恐る箒《ほうき》を担いで帰って行った。

おれは早速寄宿生を三人ばかり総代に呼び出した。すると六人出て来た。六人だろうが十人だろうが構うものか。寝巻のまま腕まくりをして談判を始めた。

「なんでバッタなんか、おれの床の中へ入れた」

「バッタた何ぞな」と真先の一人がいった。やに落ち付いていやがる。この学校じゃ校長ばかりじやない、生徒まで曲りくねった言葉を使うんだろう。

「バッタを知らないのか、知らなけりゃ見せてやろう」と言ったが、あいにく掃き出してしまって一匹も居ない。また小使を呼んで、「さっきのバッタを持ってこい」と言ったら、「もう掃溜《はきだめ》へすててしまいましたが、拾って参りましょうか」と聞いた。「うんすぐ拾って来い」と言うと小使は急いで駆け出したが、やがて半紙の上へ十匹ばかり載せて来て「どうもお気の毒ですが、あいにく夜でこれだけしか見当りません。あしたになりましたらもっと拾って参ります」と言う。小使まで馬鹿だ。おれはバッタの一つを生徒に見せて「バッタたこれだ、大きなずう体をして、バッタを知らないた、何の事だ」と言うと、一番左の方に居た顔の丸い奴が「そりゃ、イナゴぞな、もし」と生意気におれを遣り込めた。「篦棒《べらぼう》め、イナゴもバッタも同じもんだ。第一先生を捕まえてなもした何だ。菜飯《なめし》は田楽《でんがく》の時よりほかに食うもんじゃない」とあべこべに遣り込めてやったら「なもしと菜飯《なめし》とは違うぞな、もし」と言った。いつまで行ってもなもしを使う奴だ。

「イナゴでもバッタでも、何でおれの床の中へ入れたんだ。おれがいつ、バッタを入れてくれと頼んだ」

「誰も入れやせんがな」

「入れないものが、どうして床の中に居るんだ」

「イナゴは温《ぬく》い所が好きじゃけれ、おおかた一人でおはいりたのじゃあろ」

「馬鹿あ言え。バッタが一人でおはいりになるなんて——バッタにおはいりになられてたまるもんか。——さあなぜこんないたずらをしたか、言え」

「言えてて、入れんものを説明しようがないがな」

　けちな奴等だ。自分で自分のした事が言えないくらいなら、てんでしないがいい。証拠さえ挙がらなければ、しらを切るつもりで図太《ずぶと》く構えていやがる。おれだって中学に居た時分は少しはいたずらもしたもんだ。しかしだれがしたと聞かれた時に、尻込みをするような卑怯な事はただの一度もなかった。したものはしたので、しないものはしないにきまってる。おれなんぞは、いくら、いたずらをしたって潔白なものだ。嘘を吐《つ》いて罰を逃げるくらいなら、はじめからいたずらなんかやるものか。いたずらと罰はつきもんだ。罰があるからいたずらも心持ちよく出来る。いたずらだけで罰はごめんこうむるなんて下劣な根性がどこの国に流行ると思ってるんだ。金は借りるが、返す事はごめんだという連中はみんな、こんな奴等が卒業してやる仕事に相違ない。全体中学校へ何しにはいってるんだ。学校へはいって、嘘を吐《つ》いて、胡魔化して、陰でこせこせ生意気な悪いたずらをして、そうして大きな面《つら》で卒業すれば教育を受けたもんだと勘違《かんちが》いをしていやがる。話せない雑兵《ぞうひょう》だ。

　おれはこんな腐った了見の奴等と談判するのは胸糞《むなくそ》が悪いから、「そんなに言われなきゃ、聞かなくっていい。中学校へはいって、上品も下品も区別が出来ないのは気の毒なものだ」と言って六人をおっぽなしてやった。おれは言葉や様子こそあまり上品じゃないが、心はこいつらよりも遥かに上品なつもりだ。六人は悠々と引き揚げた。上部《うわべ》だけは教師のおれよりよっぽどえらく見える。実は落ち付いているだけなお悪い。おれには到底これほどの度胸はない。

それからまた床へはいって横になったら、さっきの騒動で蚊帳の中はぶんぶん唸《うな》っている。手燭《てしょく》をつけて一匹ずつ焼くなんて面倒な事は出来ないから、釣手《つりて》をはずして、長く畳んでおいて部屋の中で横竪《よこたて》十文字に振ったら、環《かん》が飛んで手の甲をいやというほど撲《ぶ》った。三度目に床へはいった時は少々落ち付いたがなかなか寝られない。時計を見ると十時半だ。考えてみると厄介な所へ来たもんだ。一体中学の先生なんて、どこへ行っても、こんなものを相手にするなら気の毒なものだ。よく先生が品切れにならない。よっぽど辛防強い朴念仁《ぼくねんじん》がなるんだろう。おれには到底やり切れない。それを思うと清なんてのは見上げたものだ。教育もない身分もない婆さんだが、人間としてはすこぶる尊《たっ》とい。今まではあんなに世話になって別段ありがたいとも思わなかったが、こうして、一人で遠国へ来てみると、はじめてあの親切がわかる。越後《えちご》の笹飴《ささあめ》が食いたければ、わざわざ越後《えちご》まで買いに行って食わしてやっても、食わせるだけの価値は充分ある。清はおれの事を欲がなくって、真直な気性だと言って、ほめるが、ほめられるおれよりも、ほめる本人の方が立派な人間だ。何だか清に会いたくなった。

清の事を考えながら、のつそつしていると、突然おれの頭の上で、数で言ったら三四十人もあろうか、二階が落っこちるほどどん、どん、どんと拍子《ひょうし》を取って床板を踏みならす音がした。すると足音に比例した大きな鬨の声が起った。おれは何事が持ち上がったのかと驚いて飛び起きた。飛び起きる途端に、ははあさっきの意趣返《いしゅがえ》しに生徒があばれるのだなと気がついた。手前のわるい事は悪かったと言ってしまわないうちは罪は消えないもんだ。わるい事は、手前達に覚えがあるだろう。本来なら寝てから後悔してあしたの朝でもあやまりに来るのが本筋だ。たとい、あやまらないまでも恐れ入って、静粛に寝ているべきだ。それを何だこの騒ぎは。寄宿舎を建てて豚でも飼っておきあしまいし。気狂《きちがい》じみた真似も大抵にするがいい。どうするか見ろと、寝巻のまま宿直部屋を飛び出して、楷子段《はしごだん》を三股半に二階まで躍り上がった。すると不思議な事に、今まで頭の上で、たしかにどたばた暴れていたのが、急に静まり返って、人声どころか足音もしなくなった。これは妙だ。ランプはすでに消してあるから、暗くてどこに何が居るか判然と分らないが、人気《ひとけ》のあるとないとは様子でも知れる。長く東から西へ貫いた廊下には鼠一匹も隠れていない。廊下のはずれから月がさして、遥か向《むこ》うが際どく明るい。どうも変だ、おれは子供の時から、よく夢を見る癖があって、夢中《むちゅう》に跳ね起きて、わからぬ寝言を言って、人に笑われた事がよくある。十六七の時ダイヤモンドを拾った夢を見た晩なぞは、むくりと立ち上がって、そばに居た兄に、今のダイヤモンドはどうしたと、非常な勢いで尋ねたくらいだ。その時は三日ばかりうち中の笑い草になって大いに弱った。ことによると今のも夢かも知れない。しかしたしかにあばれたに違いないがと、廊下の真中で考え込んでいると、月のさしている向《むこ》うのはずれで、一、二、三わあと、三四十人の声がかたまって響いたかと思う間もなく、前のように拍子《ひょうし》を取って、一同が床板を踏み鳴らした。それ見ろ夢じゃないやっぱり事実だ。静かにしろ、夜なかだぞ、とこっちも負けんくらいな声を出して、廊下を向《むこ》うへ馳けだした。おれの通る路は暗い、ただはずれに見える月あかりが目標だ。おれが馳け出して二間も来たかと思うと、廊下の真中で、堅い大きなものに向脛《むこうずね》をぶつけて、あ痛いが頭へひびく間に、身体《からだ》はすとんと前へ抛り出された。こん畜生《ちきしょう》と起き上がってみたが、馳けられない。気はせくが、足だけは言う事を利かない。じれったいから、一本足で飛んで来たら、もう足音も人声も静まり返って、しんとしている。いくら人間が卑怯だって、こんなに卑怯に出来るものじゃない。まるで豚だ。こうなれば隠れている奴を引きずり出して、あやまらせてやるまではひかないぞと、心をきめて寝室の一つを開けて中を検査しようと思ったが開かない。錠をかけてあるのか、机か何か積んで立てかけてあるのか、押しても、押しても決して開かない。今度は向《む》う合せの北側の室《へや》を試みた。開かない事はやっぱり同然である。おれが戸を開けて中に居る奴を引っ捕らまえてやろうと、いらってると、また東のはずれで鬨の声と足拍子が始まった。この野郎申し合せて、東西相応じておれを馬鹿にする気だな、とは思ったがさてどうしていいか分らない。正直に白状してしまうが、おれは勇気のある割合に智慧《ちえ》が足りない。こんな時にはどうしていいかさっぱりわからない。わからないけれども、決して負けるつもりはない。このままに済ましてはおれの顔にかかわる。江戸っ子は意気地がないと言われるのは残念だ。宿直をして鼻垂《はなった》れ小僧にからかわれて、手のつけようがなくって、仕方がないから泣き寝入りにしたと思われちゃ一生の名折れだ。これでも元は旗本《はたもと》だ。旗本《はたもと》の元は清和源氏《せいわげんじ》で、多田《ただ》の満仲《まんじゅう》の後裔《こうえい》だ。こんな土百姓《どびゃくしょう》とは生まれからして違うんだ。ただ智慧《ちえ》のないところが惜しいだけだ。どうしていいか分らないのが困るだけだ。困ったって負けるものか。正直だから、どうしていいか分らないんだ。世の中に正直が勝たないで、ほかに勝つものがあるか、考えてみろ。今夜中に勝てなければ、あした勝つ。あした勝てなければ、あさって勝つ。あさって勝てなければ、下宿から弁当を取り寄せて勝つまでここに居る。おれはこう決心をしたから、廊下の真中へあぐらをかいて夜のあけるのを待っていた。蚊がぶんぶん来たけれども何ともなかった。さっき、ぶつけた向脛《むこうずね》を撫でてみると、何だかぬらぬらする。血が出るんだろう。血なんか出たければ勝手に出るがいい。そのうち最前からの疲れが出て、ついうとうとと寝てしまった。何だか騒がしいので、目が覚めた時はえっ糞しまったと飛び上がった。おれの坐ってた右側にある戸が半分あいて、生徒が二人、おれの前に立っている。おれは正気に返って、はっと思う途端に、おれの鼻の先にある生徒の足を引っ攫《つか》んで、力任せにぐいと引いたら、そいつは、どたりと仰向《あおむけ》に倒れた。ざまを見ろ。残る一人がちょっと狼狽《ろうばい》したところを、飛びかかって、肩を抑えて二三度こづき回したら、あっけに取られて、目をぱちぱちさせた。さあおれの部屋まで来いと引っ立てると、弱虫だと見えて、一も二もなくついて来た。夜はとうにあけている。

おれが宿直部屋へ連れてきた奴を詰問《きつもん》し始めると、豚は、ぶってもたたいても豚だから、ただ知らんがなで、どこまでも通す了見と見えて、けっして白状しない。そのうち一人来る、二人来る、だんだん二階から宿直部屋へ集まってくる。見るとみんな眠そうに瞼《まぶた》をはらしている。けちな奴等だ。一晩ぐらい寝ないで、そんな面をして男と言われるか。面でも洗って議論に来いと言ってやったが、誰も面を洗いに行かない。

おれは五十人あまりを相手に約一時間ばかり押問答《おしもんどう》をしていると、ひょっくり狸がやって来た。あとから聞いたら、小使が学校に騒動がありますって、わざわざ知らせに行ったのだそうだ。これしきの事に、校長を呼ぶなんて意気地がなさ過ぎる。それだから中学校の小使なんぞをしてるんだ。

校長はひと通りおれの説明を聞いた。生徒の言草《いいぐさ》もちょっと聞いた。追って処分するまでは、今まで通り学校へ出ろ。早く顔を洗って、朝飯を食わないと時間に間に合わないから、早くしろと言って寄宿生をみんな放免《ほうめん》した。手温《てぬ》るい事だ。おれなら即席に寄宿生をことごとく退校してしまう。こんな悠長な事をするから生徒が宿直員を馬鹿にするんだ。その上おれに向って、あなたもさぞご心配でお疲れでしょう、今日はご授業に及ばんと言うから、おれはこう答えた。「いえ、ちっとも心配じゃありません。こんな事が毎晩あっても、命のある間は心配にゃなりません。授業はやります、一晩ぐらい寝なくって、授業が出来ないくらいなら、頂戴した月給を学校の方へ割戻します」校長は何と思ったものか、しばらくおれの顔を見つめていたが、しかし顔が大分はれていますよと注意した。なるほど何だか少々重たい気がする。その上べた一面痒い。蚊がよっぽと刺したに相違ない。おれは顔中ぼりぼり掻きながら、顔はいくら膨れたって、口はたしかにきけますから、授業には差支えませんと答えた。校長は笑いながら、大分元気ですねと賞めた。実を言うと賞めたんじゃあるまい、ひやかしたんだろう。

五、

君釣に行きませんかと赤シャツがおれに聞いた。赤シャツは気味の悪いように優しい声を出す男である。まるで男だか女だか分りゃしない。男なら男らしい声を出すもんだ。ことに大学卒業生じゃないか。物理学校でさえおれくらいな声が出るのに、文学士がこれじゃみっともない。

おれはそうですなあと少し進まない返事をしたら、君釣をした事がありますかと失敬な事を聞く。あんまりないが、子供の時、小梅《こうめ》の釣堀《つりぼり》で鮒《ふな》を三匹釣った事がある。それから神楽坂《かぐらざか》の毘沙門《びしゃもん》の縁日で八寸ばかりの鯉《こい》を針で引っかけて、しめたと思ったら、ぽちゃりと落としてしまったがこれは今考えても惜しいと言ったら、赤シャツは顋《あご》を前の方へ突き出してホホホホと笑った。何もそう気取って笑わなくっても、よさそうなものだ。「それじゃ、まだ釣の味は分らんですな。お望みならちと伝授しましょう」とすこぶる得意である。だれがご伝授をうけるものか。一体釣や猟をする連中はみんな不人情な人間ばかりだ。不人情でなくって、殺生《せっしょう》をして喜ぶ訳がない。魚だって、鳥だって殺されるより生きてる方が楽にきまってる。釣や猟をしなくっちゃ活計《かっけい》がたたないなら格別だが、何不足なく暮している上に、生き物を殺さなくっちゃ寝られないなんて贅沢な話だ。こう思ったが向《むこ》うは文学士だけに口が達者だから、議論じゃかなわないと思って、だまってた。すると先生このおれを降参させたと勘違《かんちが》いして、早速伝授しましょう。おひまなら、今日どうです、いっしょに行っちゃ。吉川《よしかわ》君と二人ぎりじゃ、淋《さむ》しいから、来たまえとしきりに勧める。吉川君というのは画学の教師で例の野だいこの事だ。この野だは、どういう了見だか、赤シャツのうちへ朝夕出入《でいり》して、どこへでも随行して行く。まるで同輩じゃない。主従《しゅじゅう》みたようだ。赤シャツの行く所なら、野だは必ず行くにきまっているんだから、今さら驚きもしないが、二人で行けば済むところを、なんで無愛想のおれへ口を掛けたんだろう。おおかた高慢《こうまん》ちきな釣道楽で、自分の釣るところをおれに見せびらかすつもりかなんかで誘ったに違いない。そんな事で見せびらかされるおれじゃない。鮪《まぐろ》の二匹や三匹釣ったって、びくともするもんか。おれだって人間だ、いくら下手だって糸さえ卸しゃ、何かかかるだろう、ここでおれが行かないと、赤シャツの事だから、下手だから行かないんだ、嫌いだから行かないんじゃないと邪推《じゃすい》するに相違ない。おれはこう考えたから、行きましょうと答えた。それから、学校をしまって、一応うちへ帰って、支度を整えて、停車場で赤シャツと野だを待ち合せて浜へ行った。船頭は一人で、船は細長い東京辺では見た事もない恰好である。さっきから船中見渡すが釣竿が一本も見えない。釣竿なしで釣が出来るものか、どうする了見だろうと、野だに聞くと、沖釣には竿は用いません、糸だけでげすと顋《あご》を撫でてくろうとじみた事を言った。こう遣り込められるくらいならだまっていればよかった。

船頭はゆっくりゆっくり漕いでいるが熟練は恐ろしいもので、見返ると、浜が小さく見えるくらいもう出ている。高柏寺《こうはくじ》の五重の塔《とう》が森の上へ抜け出して針のように尖がってる。向側《むこうがわ》を見ると青嶋《あおしま》が浮いている。これは人の住まない島だそうだ。よく見ると石と松ばかりだ。なるほど石と松ばかりじゃ住めっこない。赤シャツは、しきりに眺望していい景色だと言ってる。野だは絶景でげすと言ってる。絶景だか何だか知らないが、いい心持ちには相違ない。ひろびろとした海の上で、潮風に吹かれるのは薬だと思った。いやに腹が減る。「あの松を見たまえ、幹が真直で、上が傘のように開いてターナーの画にありそうだね」と赤シャツが野だに言うと、野だは「全くターナーですね。どうもあの曲り具合ったらありませんね。ターナーそっくりですよ」と心得顔である。ターナーとは何の事だか知らないが、聞かないでも困らない事だから黙っていた。舟は島を右に見てぐるりと回った。波は全くない。これで海だとは受け取りにくいほど平《たいら》だ。赤シャツのお陰ではなはだ愉快だ。出来る事なら、あの島の上へ上がってみたいと思ったから、あの岩のある所へは舟はつけられないんですかと聞いてみた。つけられん事もないですが、釣をするには、あまり岸じゃいけないですと赤シャツが異議を申し立てた。おれは黙ってた。すると野だがどうです教頭、これからあの島をターナー島と名づけようじゃありませんかと余計な発議《ほつぎ》をした。赤シャツはそいつは面白い、吾々はこれからそう言おうと賛成した。この吾々のうちにおれもはいってるなら迷惑だ。おれには青嶋《あおしま》でたくさんだ。あの岩の上に、どうです、ラフハエルのマドンナを置いちゃ。いい画が出来ますぜと野だが言うと、マドンナの話はよそうじゃないかホホホホと赤シャツが気味の悪い笑い方をした。なに誰も居ないから大丈夫ですと、ちょっとおれの方を見たが、わざと顔をそむけてにやにやと笑った。おれは何だかやな心持ちがした。マドンナだろうが、小旦那《こだんな》だろうが、おれの関係した事でないから、勝手に立たせるがよかろうが、人に分らない事を言って分らないから聞いたって構やしませんてえような風をする。下品な仕草だ。これで当人は私も江戸っ子でげすなどと言ってる。マドンナというのは何でも赤シャツの馴染の芸者のあだなか何かに違いないと思った。なじみの芸者を無人島の松の木の下に立たして眺めていれば世話はない。それを野だが油絵にでもかいて展覧会へ出したらよかろう。

ここいらがいいだろうと船頭は船をとめて、錨《いかり》を卸した。幾尋《いくひろ》あるかねと赤シャツが聞くと、六尋ぐらいだと言う。六尋ぐらいじゃ鯛《たい》はむずかしいなと、赤シャツは糸を海へなげ込んだ。大将鯛《たい》を釣る気と見える、豪胆なものだ。野だは、なに教頭のお手際じゃかかりますよ。それになぎですからとお世辞を言いながら、これも糸を繰り出して投げ入れる。何だか先に錘《おもり》のような鉛《なまり》がぶら下がってるだけだ。浮《うき》がない。浮《うき》がなくって釣をするのは寒暖計なしで熱度をはかるようなものだ。おれには到底出来ないと見ていると、さあ君もやりたまえ糸はありますかと聞く。糸はあまるほどあるが、浮《うき》がありませんと言ったら、浮《うき》がなくっちゃ釣が出来ないのは素人ですよ。こうしてね、糸が水底へついた時分に、船縁《ふなべり》の所で人指しゆびで呼吸をはかるんです、食うとすぐ手に答える。――そらきた、と先生急に糸をたぐり始めるから、何かかかったと思ったら何にもかからない、餌《え》がなくなってたばかりだ。いい気味《きび》だ。教頭、残念な事をしましたね、今のはたしかに大ものに違いなかったんですが、どうも教頭のお手際でさえ逃げられちゃ、今日は油断ができませんよ。しかし逃げられても何ですね。浮《うき》と睨めくらをしている連中よりはましですね。ちょうど歯どめがなくっちゃ自転車へ乗れないのと同程度ですからねと野だは妙な事ばかりしゃべる。よっぽどなぐりつけてやろうかと思った。おれだって人間だ、教頭ひとりで借り切った海じゃあるまいし。広い所だ。鰹《かつお》の一匹ぐらい義理にだって、かかってくれるだろうと、どぼんと錘《おもり》と糸を抛り込んでいい加減に指の先であやつっていた。

しばらくすると、何だかぴくぴくと糸にあたるものがある。おれは考えた。こいつは魚に相違ない。生きてるものでなくっちゃ、こうぴくつく訳がない。しめた、釣れたとぐいぐい手繰《たぐ》り寄せた。おや釣れましたかね、後世恐るべしだと野だがひやかすうち、糸はもう大概手繰《たぐ》り込んでただ五尺ばかりほどしか、水に浸いておらん。船縁《ふなべり》から覗いてみたら、金魚のような縞《しま》のある魚が糸にくっついて、右左へ漾《ただよ》いながら、手に応じて浮き上がってくる。面白い。水際から上げるとき、ぽちゃりと跳ねたから、おれの顔は潮水だらけになった。ようやくつらまえて、針をとろうとするがなかなか取れない。捕まえた手はぬるぬるする。大いに気味がわるい。面倒だから糸を振って胴の間《ま》へたたきつけたら、すぐ死んでしまった。赤シャツと野だは驚いて見ている。おれは海の中で手をざぶざぶと洗って、鼻の先へあてがってみた。まだ腥臭い。もう懲《こ》り懲《ご》りだ。何が釣れたって魚は握りたくない。魚も握られたくなかろう。そうそう糸を捲いてしまった。

一番槍《いちばんやり》はお手柄だがゴルキじゃ、と野だがまた生意気を言うと、ゴルキと言うと露西亜《ロシア》の文学者みたような名だねと赤シャツが洒落た。そうですね、まるで露西亜《ロシア》の文学者ですねと野だはすぐ賛成しやがる。ゴルキが露西亜《ロシア》の文学者で、丸木《まるき》が芝《しば》の写真師で、米のなる木が命の親だろう。一体この赤シャツはわるい癖だ。誰を捕まえても片仮名の唐人の名を並べたがる。人にはそれぞれ専門があったものだ。おれのような数学の教師にゴルキだか車力《しゃりき》だか見当がつくものか、少しは遠慮するがいい。言うならフランクリンの自伝だとかプッシング・ツー・ゼ・フロントだとか、おれでも知ってる名を使うがいい。赤シャツは時々帝国文学とかいう真赤な雑誌を学校へ持って来てありがたそうに読んでいる。山嵐に聞いてみたら、赤シャツの片仮名はみんなあの雑誌から出るんだそうだ。帝国文学も罪な雑誌だ。

それから赤シャツと野だは一生懸命に釣っていたが、約一時間ばかりのうちに二人で十五六上げた。可笑しい事に釣れるのも、釣れるのも、みんなゴルキばかりだ。鯛《たい》なんて薬にしたくってもありゃしない。今日は露西亜《ロシア》文学の大当りだと赤シャツが野だに話している。あなたの手腕でゴルキなんですから、私なんぞがゴルキなのは仕方がありません。当り前ですなと野だが答えている。船頭に聞くとこの小魚は骨が多くって、まずくって、とても食えないんだそうだ。ただ肥料《こやし》には出来るそうだ。赤シャツと野だは一生懸命に肥料《こやし》を釣っているんだ。気の毒の至りだ。おれは一匹で懲《こ》りたから、胴の間《ま》へ仰向《あおむ》けになって、さっきから大空を眺めていた。釣をするよりこの方がよっぽど洒落ている。

すると二人は小声で何か話し始めた。おれにはよく聞えない、また聞きたくもない。おれは空を見ながら清の事を考えている。金があって、清をつれて、こんな奇麗な所へ遊びに来たらさぞ愉快だろう。いくら景色がよくっても野だなどといっしょじゃつまらない。清はしわくちゃだらけの婆さんだが、どんな所へ連れて出たって恥ずかしい心持ちはしない。野だのようなのは、馬車に乗ろうが、船に乗ろうが、凌雲閣《りょううんかく》へのろうが、到底寄り付けたものじゃない。おれが教頭で、赤シャツがおれだったら、やっぱりおれにへけつけお世辞を使って赤シャツを冷かすに違いない。江戸っ子は軽薄だと言うがなるほどこんなものが田舎巡りをして、私は江戸っ子でげすと繰り返していたら、軽薄は江戸っ子で、江戸っ子は軽薄の事だと田舎者が思うにきまってる。こんな事を考えていると、何だか二人がくすくす笑い出した。笑い声の間に何か言うが途切れ途切れでとんと要領を得ない。「え？　どうだか……」「……全くです……知らないんですから……罪ですね」「まさか……」「バッタを……本当ですよ」

おれはほかの言葉には耳を傾けなかったが、バッタという野だのことばを聞いた時は、思わずきっとなった。野だは何のためかバッタという言葉だけことさら力を入れて、明瞭におれの耳にはいるようにして、そのあとをわざとぼかしてしまった。おれは動かないでやはり聞いていた。

「また例の堀田が……」「そうかも知れない……」「天麩羅……ハハハハハ」「……煽動して……」「団子も？」

言葉はかように途切れ途切れであるけれども、バッタだの天麩羅だの、団子だのというところをもって推《お》し測ってみると、何でもおれのことについてないしょ話しをしているに相違ない。話すならもっと大きな声で話すがいい、またないしょ話をするくらいなら、おれなんか誘わなければいい。いけすかない連中だ。バッタだろうが雪踏《せった》だろうが、非はおれにある事じゃない。校長がひとまずあずけろと言ったから、狸の顔にめんじてただ今のところは控えているんだ。野だのくせにいらぬ批評をしやがる。毛筆《けふで》でもしゃぶって引っ込んでるがいい。おれの事は、遅かれ早かれ、おれ一人で片付けてみせるから、差支えはないが、また例の堀田がとか煽動してとかいう文句が気にかかる。堀田がおれを煽動して騒動を大きくしたという意味なのか、あるいは堀田が生徒を煽動しておれをいじめたというのか方角がわからない。青空を見ていると、日の光がだんだん弱って来て、少しはひやりとする風が吹き出した。線香の烟のような雲が、透き徹る底の上を静かに伸《の》して行ったと思ったら、いつしか底の奥に流れ込んで、うすくもやを掛けたようになった。

もう帰ろうかと赤シャツが思い出したように言うと、ええちょうど時分ですね。今夜はマドンナの君にお会いですかと野だが言う。赤シャツは馬鹿あ言っちゃいけない、間違いになると、船縁《ふなべり》に身を倚《も》たした奴を、少し起き直る。エヘヘヘヘ大丈夫ですよ。聞いたって……と野だが振り返った時、おれは皿のような目を野だの頭の上へまともに浴びせ掛けてやった。野だはまぼしそうに引っ繰り返って、や、こいつは降参だと首を縮めて、頭を掻いた。何という猪口才《ちょこざい》だろう。

船は静かな海を岸へ漕ぎ戻る。君釣はあまり好きでないと見えますねと赤シャツが聞くから、ええ寝ていて空を見る方がいいですと答えて、吸いかけた巻烟草を海の中へたたき込んだら、ジュと音がして艪《ろ》の足で掻き分けられた浪の上を揺られながら漾《ただよ》っていった。「君が来たんで生徒も大いに喜んでいるから、奮発《ふんぱつ》してやってくれたまえ」と今度は釣にはまるで縁故《えんこ》もない事を言い出した。「あんまり喜んでもいないでしょう」「いいえ、お世辞じゃない。全く喜んでいるんです、ね、吉川君」「喜んでるどころじゃない。大騒ぎです」と野だはにやにやと笑った。こいつの言う事は一々癪《しゃく》に障《さわ》るから妙だ。「しかし君注意しないと、けんのんですよ」と赤シャツが言うから「どうせけんのんです。こうなりゃけんのんは覚悟です」と言ってやった。実際おれは免職になるか、寄宿生をことごとくあやまらせるか、どっちか一つにする了見でいた。「そう言っちゃ、取りつきどころもないが――実は僕も教頭として君のためを思うから言うんだが、わるく取っちゃ困る」「教頭は全く君に好意を持ってるんですよ。僕も及ばずながら、同じ江戸っ子だから、なるべく長くご在校を願って、お互に力になろうと思って、これでも蔭ながら尽力《じんりょく》しているんですよ」と野だが人間並の事を言った。野だのお世話になるくらいなら首を縊《くく》って死んじまわあ。

「それでね、生徒は君の来たのを大変歓迎しているんだが、そこにはいろいろな事情があってね。君も腹の立つ事もあるだろうが、ここが我慢だと思って、しんぼうしてくれたまえ。決して君のためにならないような事はしないから」

「いろいろの事情た、どんな事情です」

「それが少し込み入ってるんだが、まあだんだん分りますよ。僕が話さないでも自然と分って来るです、ね吉川君」

「ええなかなか込み入ってますからね。一朝一夕にゃ到底分りません。しかしだんだん分ります、僕が話さないでも自然と分って来るです」と野だは赤シャツと同じような事を言う。

「そんな面倒な事情なら聞かなくてもいいんですが、あなたの方から話し出したから伺うんです」

「そりゃごもっともだ。こっちで口を切って、あとをつけないのは無責任ですね。それじゃこれだけの事を言っておきましょう。あなたは失礼ながら、まだ学校を卒業したてで、教師ははじめての経験である。ところが学校というものはなかなか情実のあるもので、そう書生流に淡泊《たんぱく》には行かないですからね」

「淡泊《たんぱく》に行かなければ、どんな風に行くんです」

「さあ君はそう率直だから、まだ経験に乏しいと言うんですがね……」

「どうせ経験には乏しいはずです。履歴書にもかいときましたが二十三年四ヶ月ですから」

「さ、そこで思わぬ辺から乗ぜられる事があるんです」

「正直にしていれば誰が乗じたって怖くはないです」

「無論怖くはない、怖くはないが、乗ぜられる。現に君の前任者がやられたんだから、気を付けないといけないと言うんです」

野だが大人しくなったなと気が付いて、ふり向いて見ると、いつしか艫《とも》の方で船頭と釣の話をしている。野だが居ないんでよっぽど話しよくなった。

「僕の前任者が、誰に乗ぜられたんです」

「だれと指すと、その人の名誉に関係するから言えない。また判然と証拠のない事だから言うとこっちの落度《おちど》になる。とにかく、せっかく君が来たもんだから、ここで失敗しちゃ僕等も君を呼んだ甲斐がない。どうか気を付けてくれたまえ」

「気を付けろったって、これより気の付けようはありません。わるい事をしなけりゃいいんでしょう」

赤シャツはホホホホと笑った。別段おれは笑われるような事を言った覚えはない。今日ただ今に至るまでこれでいいと堅く信じている。考えてみると世間の大部分の人はわるくなる事を奨励《しょうれい》しているように思う。わるくならなければ社会に成功はしないものと信じているらしい。たまに正直な純粋な人を見ると、坊っちゃんだの小僧だのと難癖《なんくせ》をつけて軽蔑する。それじゃ小学校や中学校で嘘をつくな、正直にしろと倫理の先生が教えない方がいい。いっそ思い切って学校で嘘をつく法とか、人を信じない術とか、人を乗せる策を教授する方が、世のためにも当人のためにもなるだろう。赤シャツがホホホホと笑ったのは、おれの単純なのを笑ったのだ。単純や真率が笑われる世の中じゃ仕様がない。清はこんな時に決して笑った事はない。大いに感心して聞いたもんだ。清の方が赤シャツよりよっぽど上等だ。

「無論悪い事をしなければいいんですが、自分だけ悪い事をしなくっても、人の悪いのが分らなくっちゃ、やっぱりひどい目にあうでしょう。世の中には磊落《らいらく》なように見えても、淡泊《たんぱく》なように見えても、親切に下宿の世話なんかしてくれても、めったに油断の出来ないのがありますから……。大分寒くなった。もう秋ですね、浜の方は靄《もや》でセピヤ色になった。いい景色だ。おい、吉川君どうだい、あの浜の景色は……」と大きな声を出して野だを呼んだ。なあるほどこりゃ奇絶ですね。時間があると写生するんだが、惜しいですね、このままにしておくのはと野だは大いにたたく。

港屋《みなとや》の二階に灯《ひ》が一つついて、汽車の笛がヒューと鳴るとき、おれの乗っていた舟は磯の砂へざぐりと、舳《へさき》をつき込んで動かなくなった。お早うお帰りと、かみさんが、浜に立って赤シャツに挨拶する。おれは船端から、やっと掛声をして磯へ飛び下りた。

六、

野だは大嫌いだ。こんな奴は沢庵石《たくあんいし》をつけて海の底へ沈めちまう方が日本《にっぽん》のためだ。赤シャツは声が気に食わない。あれは持前《もちまえ》の声をわざと気取ってあんな優しいように見せてるんだろう。いくら気取ったって、あの面じゃ駄目だ。惚れるものがあったってマドンナぐらいなものだ。しかし教頭だけに野だよりむずかしい事を言う。うちへ帰って、あいつの申し条を考えてみると一応もっとものようでもある。はっきりとした事は言わないから、見当がつきかねるが、何でも山嵐がよくない奴だから用心しろと言うのらしい。それならそうとはっきり断言するがいい、男らしくもない。そうして、そんな悪い教師なら、早く免職さしたらよかろう。教頭なんて文学士のくせに意気地のないもんだ。蔭口をきくのでさえ、公然と名前が言えないくらいな男だから、弱虫にきまってる。弱虫は親切なものだから、あの赤シャツも女のような親切ものなんだろう。親切は親切、声は声だから、声が気に入らないって、親切を無にしちゃ筋が違う。それにしても世の中は不思議なものだ、虫の好かない奴が親切で、気のあった友達が悪漢《わるもの》だなんて、人を馬鹿にしている。おおかた田舎だから万事東京のさかに行くんだろう。物騒《ぶっそう》な所だ。今に火事が氷って、石が豆腐になるかも知れない。しかし、あの山嵐が生徒を煽動するなんて、いたずらをしそうもないがな。一番人望のある教師だと言うから、やろうと思ったら大抵の事は出来るかも知れないが、——第一そんな回りくどい事をしないでも、じかにおれを捕まえて喧嘩を吹きかけりゃ手数が省ける訳だ。おれが邪魔になるなら、実はこれこれだ、邪魔だから辞職してくれと言や、よさそうなもんだ。物は相談ずくでどうでもなる。向《むこ》うの言い条がもっともなら、明日にでも辞職してやる。ここばかり米が出来る訳でもあるまい。どこの果へ行ったたって、のたれ死はしないつもりだ。山嵐もよっぽど話せない奴だな。

ここへ来た時第一番に氷水《こおりすい》を奢ったのは山嵐だ。そんな裏表のある奴から、氷水《こおりすい》でも奢ってもらっちゃ、おれの顔に関わる。おれはたった一杯しか飲まなかったから一銭五厘しか払わしちゃない。しかし一銭だろうが五厘だろうが、詐欺師《さぎし》の恩になっては、死ぬまで心持ちがよくない。あした学校へ行ったら、一銭五厘返しておこう。おれは清から三円借りている。その三円は五年経った今日までまだ返さない。返せないんじゃない。返さないんだ。清は今に返すだろうなどと、かりそめにもおれの懐中《かいちゅう》をあてにしてはいない。おれも今に返そうなどと他人がましい義理立てはしないつもりだ。こっちがこんな心配をすればするほど清の心を疑ぐるようなもので、清の美しい心にけちを付けると同じ事になる。返さないのは清を踏みつけるのじゃない、清をおれの片破《かたわ》れと思うからだ。清と山嵐とはもとより比べ物にならないが、たとい氷水《こおりすい》だろうが、甘茶だろうが、他人から恵を受けて、だまっているのは向《むこ》うをひとかどの人間と見立てて、その人間に対する厚意《こうい》の所作だ。割前を出せばそれだけの事で済むところを、心のうちでありがたいと恩に着るのは銭金《ぜにかね》で買える返礼じゃない。無位《むい》無冠《むかん》でも一人前の独立した人間だ。独立した人間が頭を下げるのは百万両より尊《たっ》といお礼と思わなければならない。

おれはこれでも山嵐に一銭五厘奮発《ふんぱつ》させて、百万両より尊《たっ》とい返礼をした気でいる。山嵐はありがたいと思ってしかるべきだ。それに裏へ回って卑劣な振舞をするとはけしからん野郎だ。あした行って一銭五厘返してしまえば借りも貸しもない。そうしておいて喧嘩をしてやろう。

おれはここまで考えたら、眠くなったからぐうぐう寝てしまった。あくる日は思う仔細《しさい》があるから、例刻より早ヤ目に出校して山嵐を待ち受けた。ところがなかなか出て来ない。うらなりが出て来る。漢学の先生が出て来る。野だが出て来る。しまいには赤シャツまで出て来たが山嵐の机の上は白《はく》墨《ぼく》が一本竪に寝ているだけで閑静《かんせい》なものだ。おれは、控所へはいるや否や返そうと思って、うちを出る時から、湯銭のように手の平へ入れて一銭五厘、学校まで握って来た。おれは膏《あぶら》っ手だから、開けてみると一銭五厘が汗をかいている。汗をかいてる銭を返しちゃ、山嵐が何とか言うだろうと思ったから、机の上へ置いてふうふう吹いてまた握った。ところへ赤シャツが来て昨日は失敬、迷惑でしたろうと言ったから、迷惑じゃありません、お蔭で腹が減りましたと答えた。すると赤シャツは山嵐の机の上へ肱《ひじ》を突いて、あの盤台面《ばんだいづら》をおれの鼻の側面へ持って来たから、何をするかと思ったら、君昨日帰りがけに船の中で話した事は、秘密にしてくれたまえ。まだ誰にも話しやしますまいねと言った。女のような声を出すだけに心配性な男と見える。話さない事はたしかである。しかしこれから話そうという心持ちで、すでに一銭五厘手の平に用意しているくらいだから、ここで赤シャツから口留めをされちゃ、ちと困る。赤シャツも赤シャツだ。山嵐と名を指さないにしろ、あれほど推察の出来る謎をかけておきながら、今さらその謎を解いちゃ迷惑だとは教頭とも思えぬ無責任だ。元来ならおれが山嵐と戦争をはじめて鎬《しのぎ》を削ってる真中へ出て堂々とおれの肩を持つべきだ。それでこそ一校の教頭で、赤シャツを着ている主意も立つというもんだ。

おれは教頭に向って、まだ誰にも話さないが、これから山嵐と談判するつもりだと言ったら、赤シャツは大いに狼狽《ろうばい》して、君そんな無法な事をしちゃ困る。僕は堀田君の事について、別段君に何も明言した覚えはないんだから――君がもしここで乱暴を働いてくれると、僕は非常に迷惑する。君は学校に騒動を起すつもりで来たんじゃなかろうと妙に常識をはずれた質問をするから、当り前です、月給をもらったり、騒動を起したりしちゃ、学校の方でも困るでしょうと言った。すると赤シャツはそれじゃ昨日の事は君の参考だけにとめて、口外してくれるなと汗をかいて依頼に及ぶから、よろしい、僕も困るんだが、そんなにあなたが迷惑ならよしましょうと受け合った。君大丈夫かいと赤シャツは念を押した。どこまで女らしいんだか奥行《おくゆき》がわからない。文学士なんて、みんなあんな連中ならつまらんものだ。辻褄《つじつま》の合わない、論理に欠けた注文をして恬然《てんぜん》としている。しかもこのおれを疑ぐってる。憚《はばか》りながら男だ。受け合った事を裏へ回って反古《ほご》にするようなさもしい了見はもってるもんか。

ところへ両隣《りょうどな》りの机の所有主も出校したんで、赤シャツは早々自分の席へ帰って行った。赤シャツは歩るき方から気取ってる。部屋の中を往来するのでも、音を立てないように靴の底をそっと落す。音を立てないであるくのが自慢になるもんだとは、この時からはじめて知った。泥棒の稽古《けいこ》じゃあるまいし、当り前にするがいい。やがて始業の喇叭《ラッパ》がなった。山嵐はとうとう出て来ない。仕方がないから、一銭五厘を机の上へ置いて教場へ出掛けた。

授業の都合で一時間目は少しおくれて、控所へ帰ったら、ほかの教師はみんな机を控えて話をしている。山嵐もいつの間にか来ている。欠勤だと思ったら遅刻したんだ。おれの顔を見るや否や今日は君のお蔭で遅刻したんだ。罰金《ばっきん》を出したまえと言った。おれは机の上にあった一銭五厘を出して、これをやるから取っておけ。先達《せんだっ》て通町《とおりちょう》で飲んだ氷水《こおりすい》の代だと山嵐の前へ置くと、何を言ってるんだと笑いかけたが、おれが存外真面目でいるので、つまらない冗談をするなと銭をおれの机の上に掃《は》き返した。おや山嵐のくせにどこまでも奢る気だな。

「冗談じゃない本当だ。おれは君に氷水《こおりすい》を奢られる因縁がないから、出すんだ。取らない法があるか」

「そんなに一銭五厘が気になるなら取ってもいいが、なぜ思い出したように、今時分返すんだ」

「今時分でも、いつ時分でも、返すんだ。奢られるのが、いやだから返すんだ」

山嵐は冷然《れいぜん》とおれの顔を見てふんと言った。赤シャツの依頼がなければ、ここで山嵐の卑劣《ひれつ》をあばいて大喧嘩をしてやるんだが、口外しないと受け合ったんだから動きがとれない。人がこんなに真赤になってるのにふんという理窟があるものか。

「氷水《こおりすい》の代は受け取るから、下宿は出てくれ」

「一銭五厘受け取ればそれでいい。下宿を出ようが出まいがおれの勝手だ」

「ところが勝手でない、昨日、あすこの亭主が来て君に出てもらいたいと言うから、その訳を聞いたら亭主の言うのはもっともだ。それでももう一応たしかめるつもりで今朝あすこへ寄って詳しい話を聞いてきたんだ」

おれには山嵐の言う事が何の意味だか分らない。

「亭主が君に何を話したんだか、おれが知ってるもんか。そう自分だけできめたって仕様があるか。訳があるなら、訳を話すが順だ。てんから亭主の言う方がもっともだなんて失敬千万な事を言うな」

「うん、そんなら言ってやろう。君は乱暴であの下宿でもてあまされているんだ。いくら下宿の女房だって、下女たあ違うぜ。足を出して拭かせるなんて、威張り過ぎるさ」

「おれが、いつ下宿の女房に足を拭かせた」

「拭かせたかどうだか知らないが、とにかく向《むこ》うじゃ、君に困ってるんだ。下宿料の十円や十五円は懸物を一幅売りゃ、すぐ浮いてくるって言ってたぜ」

「利いた風な事をぬかす野郎だ。そんなら、なぜ置いた」

「なぜ置いたか、僕は知らん、置くことは置いたんだが、いやになったんだから、出ろと言うんだろう。君出てやれ」

「当り前だ。居てくれと手を合せたって、居るものか。一体そんな言いがかりを言うような所へ周旋する君からしてが不埒《ふらち》だ」

「おれが不埒《ふらち》か、君が大人しくないんだか、どっちかだろう」

山嵐もおれに劣らぬ肝癪《かんしゃく》持ちだから、負け嫌いな大きな声を出す。控所に居た連中は何事が始まったかと思って、みんな、おれと山嵐の方を見て、顋《あご》を長くしてぼんやりしている。おれは、別に恥ずかしい事をした覚えはないんだから、立ち上がりながら、部屋中一通り見まわしてやった。みんなが驚いてるなかに野だだけは面白そうに笑っていた。おれの大きな目が、貴様も喧嘩をするつもりかと言う権幕《けんまく》で、野だの干瓢《かんぴょう》づらを射貫《いぬ》いた時に、野だは突然真面目な顔をして、大いにつつしんだ。少し怖わかったと見える。そのうち喇叭《ラッパ》が鳴る。山嵐もおれも喧嘩を中止して教場へ出た。

午後は、先夜おれに対して無礼を働いた寄宿生の処分法についての会議だ。会議というものは生れてはじめてだからとんと様子が分らないが、職員が寄って、たかって自分勝手な説をたてて、それを校長がいい加減にまとめるのだろう。まとめるというのは黒白《こくびゃく》の決しかねる事柄について言うべき言葉だ。この場合のような、誰が見たって、不都合としか思われない事件に会議をするのは暇潰しだ。誰が何と解釈したって異説の出ようはずがない。こんな明白なのは即座に校長が処分してしまえばいいに。随分決断のない事だ。校長ってものが、これならば、何の事はない、煮え切らない愚図《ぐず》の異名だ。

会議室は校長室の隣にある細長い部屋で、平常は食堂の代理を勤める。黒い皮で張った椅子が二十脚ばかり、長いテーブルの周囲に並んでちょっと神田《かんだ》の西洋料理屋ぐらいな格だ。そのテーブルの端に校長が坐って、校長の隣に赤シャツが構える。あとは勝手次第に席に着くんだそうだが、体操の教師だけはいつも席末に謙遜するという話だ。おれは様子が分らないから、博物の教師と漢学の教師の間へはいり込んだ。向《むこ》うを見ると山嵐と野だが並んでる。野だの顔はどう考えても劣等だ。喧嘩はしても山嵐の方が遥かに趣《おもむき》がある。おやじの葬式の時に小日向《こびなた》の養源寺《ようげんじ》の座敷にかかってた懸物はこの顔によく似ている。坊主に聞いてみたら韋駄天《いだてん》という怪物だそうだ。今日は怒ってるから、目をぐるぐる回しちゃ、時々おれの方を見る。そんな事でおどかされてたまるもんかと、おれも負けない気で、やっぱり目をぐりつかせて、山嵐をにらめてやった。おれの目は恰好はよくないが、大きい事においては大抵な人には負けない。あなたは目が大きいから役者になるときっと似合いますと清がよく言ったくらいだ。

もう大抵お揃いでしょうかと校長が言うと、書記の川村《かわむら》というのが一つ二つと頭数を勘定してみる。一人足りない。一人不足ですがと考えていたが、これは足りないはずだ。唐茄子のうらなり君が来ていない。おれとうらなり君とはどういう宿世《すくせ》の因縁かしらないが、この人の顔を見て以来どうしても忘れられない。控所へくれば、すぐ、うらなり君が目に付く、途中をあるいていても、うらなり先生の様子が心に浮かぶ。温泉へ行くと、うらなり君が時々蒼い顔をして湯壷《ゆつぼ》のなかに膨れている。挨拶をするとへえと恐縮して頭を下げるから気の毒になる。学校へ出てうらなり君ほど大人しい人は居ない。めったに笑った事もないが、余計な口をきいた事もない。おれは君子という言葉を書物の上で知ってるが、これは字引《じびき》にあるばかりで、生きてるものではないと思ってたが、うらなり君に会ってからはじめて、やっぱり正体のある文字だと感心したくらいだ。

このくらい関係の深い人の事だから、会議室へはいるや否や、うらなり君の居ないのは、すぐ気がついた。実を言うと、この男の次へでも坐わろうかと、ひそかに目標《めじるし》にして来たくらいだ。校長はもうやがて見えるでしょうと、自分の前にある紫の袱紗包《ふくさづつみ》をほどいて、蒟蒻版《こんにゃくばん》のようなものを読んでいる。赤シャツは琥珀《こはく》のパイプを絹ハンケチで磨き始めた。この男はこれが道楽である。赤シャツ相当のところだろう。ほかの連中は隣同志で何だかささやきあっている。手持無沙汰《てもちぶさた》なのは鉛筆の尻に着いている、ゴムの頭でテーブルの上へしきりに何か書いている。野だは時々山嵐に話しかけるが、山嵐は一向応じない。ただうんとかああと言うばかりで、時々怖い目をして、おれの方を見る。おれも負けずに睨め返す。

ところへ待ちかねた、うらなり君が気の毒そうにはいって来て少々用事がありまして、遅刻致しましたと慇懃《いんぎん》に狸に挨拶をした。では会議を開きますと狸はまず書記の川村君に蒟蒻版《こんにゃくばん》を配布させる。見ると最初が処分の件、次が生徒取締《とりしまり》の件、その他二三ヶ条である。狸は例の通りもったいぶって、教育の生霊《いきりょう》という見えでこんな意味の事を述べた。「学校の職員や生徒に過失《かしつ》のあるのは、みんな自分の寡徳《かとく》の致すところで、何か事件がある度に、自分はよくこれで校長が勤まるとひそかに慚愧《ざんき》の念に堪えんが、不幸にして今回もまたかかる騒動を引き起したのは、深く諸君に向って謝罪しなければならん。しかしひとたび起った以上は仕方がない、どうにか処分をせんければならん、事実はすでに諸君のご承知の通りであるからして、善後策について腹蔵《ふくぞう》のない事を参考のためにお述べ下さい」

おれは校長の言葉を聞いて、なるほど校長だの狸だのというものは、えらい事を言うもんだと感心した。こう校長が何もかも責任を受けて、自分の咎《とが》だとか、不徳だとか言うくらいなら、生徒を処分するのは、やめにして、自分から先へ免職になったら、よさそうなもんだ。そうすればこんな面倒な会議なんぞを開く必要もなくなる訳だ。第一常識から言っても分ってる。おれが大人しく宿直をする。

生徒が乱暴をする。わるいのは校長でもなけりゃ、おれでもない、生徒だけにきまってる。もし山嵐が煽動したとすれば、生徒と山嵐を退治ればそれでたくさんだ。人の尻を自分で背負《しょ》い込んで、おれの尻だ、おれの尻だと吹き散らかす奴が、どこの国にあるもんか、狸でなくっちゃ出来る芸当じゃない。彼はこんな条理に適《かな》わない議論を吐いて、得意気に一同を見回した。ところが誰も口を開くものがない。博物の教師は第一教場の屋根に烏がとまってるのを眺めている。漢学の先生は蒟蒻版《こんにゃくばん》を畳んだり、延ばしたりしてる。山嵐はまだおれの顔をにらめている。会議というものが、こんな馬鹿気たものなら、欠席して昼寝でもしている方がましだ。

おれは、じれったくなったから、一番大いに弁じてやろうと思って、半分尻をあげかけたら、赤シャツが何か言い出したから、やめにした。見るとパイプをしまって、縞《しま》のある絹ハンケチで顔をふきながら、何か言っている。あのハンケチはきっとマドンナから巻き上げたに相違ない。男は白い麻《あさ》を使うもんだ。「私も寄宿生の乱暴を聞いてはなはだ教頭として不行届《ふゆきとどき》であり、かつ平常の徳化が少年に及ばなかったのを深く慚《は》ずるのであります。でこういう事は、何か陥欠《かんけつ》があると起るもので、事件その物を見ると何だか生徒だけがわるいようであるが、その真相を極めると責任はかえって学校にあるかも知れない。だから表面上にあらわれたところだけで厳重な制裁を加えるのは、かえって未来のためによくないかとも思われます。かつ少年血気のものであるから活気があふれて、善悪の考えはなく、半ば無意識にこんな悪戯《いたずら》をやる事はないとも限らん。で、もとより処分法は校長のお考えにある事だから、私の容喙《ようかい》する限りではないが、どうかその辺をご斟酌《しんしゃく》になって、なるべく寛大なお取《とり》計《はからい》を願いたいと思います」

なるほど狸が狸なら、赤シャツも赤シャツだ。生徒があばれるのは、生徒がわるいんじゃない教師が悪いんだと公言している。気《き》狂《ちがい》が人の頭をなぐり付けるのは、なぐられた人がわるいから、気《き》狂《ちがい》がなぐるんだそうだ。ありがたいしあわせだ。活気にみちて困るなら運動場へ出て相撲でも取るがいい、半ば無意識に床の中へバッタを入れられてたまるものか。この様子じゃ寝頸《ねくび》をかかれても、半ば無意識だって放免するつもりだろう。

おれはこう考えて何か言おうかなと考えてみたが、言うなら人を驚かすように滔々と述べたてなくっちゃつまらない、おれの癖として、腹が立ったときに口をきくと、二言か三言で必ず行き塞ってしまう。狸でも赤シャツでも人物から言うと、おれよりも下等だが、弁舌《べんぜつ》はなかなか達者だから、まずい事をしゃべって揚足《あげあし》を取られちゃ面白くない。ちょっと腹案《ふくあん》を作ってみようと、胸のなかで文章を作ってる。すると前に居た野だが突然起立したには驚いた。野だのくせに意見を述べるなんて生意気だ。野だは例のへらへら調で「実に今回のバッタ事件及び咄喊《とっかん》事件は吾々心ある職員をして、ひそかに吾校将来の前途に危惧《きぐ》の念を抱かしむるに足る珍事《ちんじ》でありまして、吾々職員たるものはこの際ふるって自ら省りみて、全校の風紀を振粛《しんしゅく》しなければなりません。それでただ今校長及び教頭のお述べになったお説は、実に肯綮《こうけい》にあたった剴切《がいせつ》なお考えで私は徹頭徹尾《てっとうてつび》賛成致します。どうかなるべく寛大のご処分を仰《あお》ぎたいと思います」と言った。野だの言う事は言語はあるが意味がない、漢語をのべつに陳列するぎりで訳が分らない。分ったのは徹頭徹尾《てっとうてつび》賛成致しますという言葉だけだ。

おれは野だの言う意味は分らないけれども、何だか非常に腹が立ったから、腹案も出来ないうちに立ち上がってしまった。「私は徹頭徹尾《てっとうてつび》反対です……」といったがあとが急に出て来ない。「……そんな頓珍漢《とんちんかん》な、処分は大嫌いです」とつけたら、職員が一同笑い出した。「一体生徒が全然悪いです。どうしてもあやまらせなくっちゃ、癖になります。退校さしても構いません。……何だ失敬な、新しく来た教師だと思って……」と言って着席した。すると右隣に居る博物が「生徒がわるい事も、わるいが、あまり厳重な罰などをするとかえって反動を起していけないでしょう。やっぱり教頭のおっしゃる通り、寛な方に賛成します」と弱い事を言った。左隣の漢学は穏便説《おんびんせつ》に賛成と言った。歴史も教頭と同説だと言った。忌々《いまいま》しい、大抵のものは赤シャツ党だ。こんな連中が寄り合って学校を立てていりゃ世話はない。おれは生徒をあやまらせるか、辞職するか二つのうち一つにきめてるんだから、もし赤シャツが勝ちを制したら、早速うちへ帰って荷作りをする覚悟でいた。どうせ、こんな手合《てあい》を弁口《べんこう》で屈伏《くっぷく》させる手際はなし、させたところでいつまでご交際を願うのは、こっちでごめんだ。学校に居ないとすればどうなったって構うもんか。また何か言うと笑うに違いない。だれが言うもんかと澄していた。

すると今までだまって聞いていた山嵐が奮然《ふんぜん》として、立ち上がった。野郎また赤シャツ賛成の意を表するな、どうせ、貴様とは喧嘩だ、勝手にしろと見ていると山嵐は硝子《ガラス》窓を振るわせるような声で「私は教頭及びそのほか諸君のお説には全然不同意であります。というものはこの事件はどの点から見ても、五十名の寄宿生が新来の教師某氏《ぼうし》を軽侮《けいぶ》してこれを翻弄《ほんろう》しようとした所為《しょい》とよりほかには認められんのであります。教頭はその原因を教師の人物いかんにお求めになるようでありますが失礼ながらそれは失言かと思います。某氏《ぼうし》が宿直にあたられたのは着後早々の事で、まだ生徒に接せられてから二十日に満たぬ頃であります。この短かい二十日間において生徒は君の学問人物を評価し得る余地がないのであります。軽侮《けいぶ》されべき至当な理由があって、軽侮《けいぶ》を受けたのなら生徒の行為に斟酌《しんしゃく》を加える理由もありましょうが、何らの原因もないのに新来の先生を愚弄《ぐろう》するような軽薄な生徒を寛仮《かんか》しては学校の威信に関わる事と思います。教育の精神は単に学問を授けるばかりではない、高尚な、正直な、武士的な元気を鼓吹《こすい》すると同時に、野卑《やひ》な、軽躁《けいそう》な、暴慢《ぼうまん》な悪風を掃蕩《そうとう》するにあると思います。もし反動が恐ろしいの、騒動が大きくなるのと姑息《こそく》な事を言った日にはこの弊風《へいふう》はいつ矯正《きょうせい》出来るか知れません。かかる弊風《へいふう》を杜絶《とぜつ》するためにこそ吾々はこの学校に職を奉じているので、これを見逃がすくらいならはじめから教師にならん方がいいと思います。私は以上の理由で寄宿生一同を厳罰に処する上に、当該教師の面前において公《おおや》けに謝罪の意を表せしむるのを至当の所置と心得ます」と言いながら、どんと腰を卸した。一同はだまって何にも言わない。赤シャツはまたパイプを拭き始めた。おれは何だか非常に嬉しかった。おれの言おうと思うところをおれの代りに山嵐がすっかり言ってくれたようなものだ。おれはこういう単純な人間だから、今までの喧嘩はまるで忘れて、大いにありがたいという顔をもって、腰を卸した山嵐の方を見たら、山嵐は一向知らんかおをしている。

しばらくして山嵐はまた起立した。「ただ今ちょっと失念《しつねん》して言い落しましたから、申します。当夜の宿直員は宿直中外出して温泉に行かれたようであるが、あれはもってのほかの事と考えます。いやしくも自分が一校の留守番を引き受けながら、咎《とが》める者のないのを幸に、場所もあろうに温泉などへ入湯にいくなどというのは大きな失体である。生徒は生徒として、この点については校長からとくに責任者にご注意あらん事を希望します」

妙な奴だ、ほめたと思ったら、あとからすぐ人の失策をあばいている。おれは何の気もなく、前の宿直が出あるいた事を知って、そんな習慣だと思って、つい温泉まで行ってしまったんだが、なるほどそう言われてみると、これはおれが悪かった。攻撃されても仕方がない。そこでおれはまた立って「私は正に宿直中に温泉に行きました。これは全くわるい。あやまります」と言って着席したら、一同がまた笑い出した。おれが何か言いさえすれば笑う。つまらん奴等だ。貴様等これほど自分のわるい事を公《おおや》けにわるかったと断言出来るか、出来ないから笑うんだろう。

それから校長は、もう大抵ご意見もないようでありますから、よく考えた上で処分しましょうと言った。ついでだからその結果を言うと、寄宿生は一週間の禁足になった上に、おれの前へ出て謝罪をした。謝罪をしなければその時辞職して帰るところだったがなまじい、おれのいう通りになったのでとうとう大変な事になってしまった。それはあとから話すが、校長はこの時会議の引き続きだと号してこんな事を言った。生徒の風儀《ふうぎ》は、教師の感化で正していかなくてはならん、その一着手として、教師はなるべく飲食店などに出入しない事にしたい。もっとも送別会などの節は特別であるが、単独にあまり上等でない場所へ行くのはよしたい――たとえば蕎麦屋だの、団子屋だの――と言いかけたらまた一同が笑った。野だが山嵐を見て天麩羅と言って目くばせをしたが山嵐は取り合わなかった。

いい気味だ。

　おれは脳がわるいから、狸の言うことなんか、よく分らないが、蕎麦屋や団子屋へ行って、中学の教師が勤まらなくっちゃ、おれみたような食いしんぼうにゃ到底出来っこないと思った。それなら、それでいいから、初手《しょて》から蕎麦と団子の嫌いなものと注文して雇うがいい。だんまりで辞令を下げておいて、蕎麦を食うな、団子を食うなと罪なお布令《ふれ》を出すのは、おれのようなほかに道楽のないものにとっては大変な打撃だ。すると赤シャツがまた口を出した。「元来中学の教師なぞは社会の上流にくらいするものだからして、単に物質的の快楽ばかり求めるべきものでない。その方にふけるとつい品性にわるい影響を及ぼすようになる。しかし人間だから、何か娯楽がないと、田舎へ来て狭い土地では到底暮せるものではない。それで釣に行くとか、文学書を読むとか、または新体詩や俳句を作るとか、何でも高尚な精神的娯楽を求めなくってはいけない……」

　だまって聞いてると勝手な熱を吹く。沖へ行って肥料《こやし》を釣ったり、ゴルキが露西亜《ロシア》の文学者だったり、馴染の芸者が松の木の下に立ったり、古池《こいけ》へ蛙《かわず》が飛び込んだりするのが精神的娯楽なら、天麩羅を食って団子を呑み込むのも精神的娯楽だ。そんな下さらない娯楽を授けるより赤シャツの洗濯でもするがいい。あんまり腹が立ったから「マドンナに会うのも精神的娯楽ですか」と聞いてやった。すると今度は誰も笑わない。妙な顔をして互に目と目を見合せている。赤シャツ自身は苦しそうに下を向いた。それ見ろ。利いたろう。ただ気の毒だったのはうらなり君で、おれが、こう言ったら蒼い顔をますます蒼くした。

七、

おれは即夜《そくや》下宿を引き払った。宿へ帰って荷物をまとめていると、女房が何か不都合でもございましたか、お腹の立つ事があるなら、言っておくれたら改めますと言う。どうも驚く。世の中にはどうして、こんな要領を得ない者ばかり揃ってるんだろう。出てもらいたいんだか、居てもらいたいんだか分りゃしない。まるで気狂《きちがい》だ。こんな者を相手に喧嘩をしたって江戸っ子の名折れだから、車屋をつれて来てさっさと出てきた。

出た事は出たが、どこへ行くというあてもない。車屋が、どちらへ参りますと言うから、だまってついて来い、今にわかる、と言って、すたすたやって来た。面倒だから山城屋《やましろや》へ行こうかとも考えたが、また出なければならないから、つまり手数だ。こうして歩いてるうちには下宿とか、何とか看板のあるうちを目付け出すだろう。そうしたら、そこが天意に叶ったわが宿という事にしよう。とぐるぐる、閑静《かんせい》で住みよさそうな所をあるいているうち、とうとう鍛冶屋町《かじやちょう》へ出てしまった。ここは士族屋敷で下宿屋などのある町ではないから、もっと賑やかな方へ引き返そうかとも思ったが、ふといい事を考え付いた。おれが敬愛するうらなり君はこの町内に住んでいる。うらなり君は土地の人で先祖代々の屋敷を控えているくらいだから、この辺の事情には通じているに相違ない。あの人を尋ねて聞いたら、よさそうな下宿を教えてくれるかも知れない。幸い一度挨拶に来て勝手は知ってるから、捜がしてあるく面倒はない。ここだろうと、いい加減に見当をつけて、ごめんごめんと二返ばかり言うと、奥から五十ぐらいな年寄が古風な紙燭《しそく》をつけて、出て来た。おれは若い女も嫌いではないが、年寄を見ると何だかなつかしい心持ちがする。おおかた清がすきだから、その魂《たましい》が方々のお婆さんに乗り移るんだろう。これはおおかたうらなり君のおっ母さんだろう。切り下げの品格のある婦人だが、よくうらなり君に似ている。まあお上がりと言うところを、ちょっとお目にかかりたいからと、主人を玄関まで呼び出して実はこれこれだが君どこか心当りはありませんかと尋ねてみた。うらなり先生それはさぞお困りでございましょう、としばらく考えていたが、この裏町に萩野《はぎの》といって老人夫婦ぎりで暮らしているものがある、いつぞや座敷を明けておいても無駄だから、たしかな人があるなら貸してもいいから周旋してくれと頼んだ事がある。今でも貸すかどうか分らんが、まあいっしょに行って聞いてみましょうと、親切に連れて行ってくれた。

その夜から萩野の家の下宿人となった。驚いたのは、おれがいか銀の座敷を引き払うと、あくる日から入れ違いに野だが平気な顔をして、おれの居た部屋を占領《せんりょう》した事だ。さすがのおれもこれにはあきれた。世の中はいかさま師ばかりで、お互に乗せっこをしているのかも知れない。いやになった。

世間がこんなものなら、おれも負けない気で、世間並にしなくちゃ、やりきれない訳になる。巾《きん》着切《ちゃくきり》の上前《うわまえ》をはねなければ三度のご膳が戴けないと、事がきまればこうして、生きてるのも考え物だ。と言ってぴんぴんした達者なからだで、首を縊《くく》っちゃ先祖へすまない上に、外聞が悪い。考えると物理学校などへはいって、数学なんて役にも立たない芸を覚えるよりも、六百円を資本《もとで》にして牛乳屋でも始めればよかった。そうすれば清もおれの傍を離れずに済むし、おれも遠くから婆さんの事を心配しずに暮される。いっしょに居るうちは、そうでもなかったが、こうして田舎へ来てみると清はやっぱり善人だ。あんな気立《きだて》のいい女は日本中さがして歩いたってめったにはない。婆さん、おれの立つときに、少々風邪を引いていたが今頃はどうしてるか知らん。先だっての手紙を見たらさぞ喜んだろう。それにしても、もう返事がきそうなものだが――おれはこんな事ばかり考えて二三日暮していた。

気になるから、宿のお婆さんに、東京から手紙は来ませんかと時々尋ねてみるが、聞くたんびに何にも参りませんと気の毒そうな顔をする。ここの夫婦はいか銀とは違って、もとが士族だけに双方共上品だ。爺さんが夜になると、変な声を出して謡《うたい》をうたうには閉口するが、いか銀のようにお茶を入れましょうと無暗に出て来ないから大きに楽だ。お婆さんは時々部屋へ来ていろいろな話をする。どうして奥さんをお連れなさって、いっしょにお出でなんだのぞなもしなどと質問をする。奥さんがあるように見えますかね。可哀想にこれでもまだ二十四ですぜと言ったら、それでも、あなた二十四で奥さんがおありなさるのは当り前ぞなもしと冒頭を置いて、どこの誰さんは二十でお嫁をお貰いたの、どこの何とかさんは二十二で子供を二人お持ちたのと、何でも例を半ダースばかり挙げて反駁を試みたには恐れ入った。それじゃ僕も二十四でお嫁をお貰いるけれ、世話をしておくれんかなと田舎言葉を真似て頼んでみたら、お婆さん正直に本当かなもしと聞いた。

「本当の本当のって僕あ、嫁が貰いたくって仕方がないんだ」

「そうじゃろうがな、もし。若いうちは誰もそんなものじゃけれ」この挨拶には痛み入って返事が出来なかった。

「しかし先生はもう、お嫁がおありなさるにきまっとらい。私はちゃんと、もう、睨《ね》らんどるぞなもし」

「へえ、活眼《かつがん》だね。どうして、睨《ね》らんどるんですか」

「どうしてて。東京から便りはないか、便りはないかてて、毎日便りを待ち焦がれておいでるじゃないかなもし」

「こいつあ驚いた。大変な活眼《かつかた》だ」

「あたりましたろうがな、もし」

「そうですね。あたったかも知れませんよ」

「しかし今時の女子《おなご》は、昔と違うて油断が出来んけれ、お気をお付けたがええぞなもし」

「何ですかい、僕の奥さんが東京で間男《まおとこ》でもこしらえていますかい」

「いいえ、あなたの奥さんはたしかじゃけれど……」

「それで、やっと安心した。それじゃ何を気を付けるんですい」

「あなたのはたしか――あなたのはたしかじゃが――」

「どこにふたしかなのが居ますかね」

「ここ等にも大分居ります。先生、あの遠山《とおやま》のお嬢さんをご存知かなもし」

「いいえ、知りませんね」

「まだご存知ないかなもし。ここらであなた一番の別嬪《べっぴん》さんじゃがなもし。あまり別嬪《べっぴん》さんじゃけれ、学校の先生方はみんなマドンナマドンナと言うといでるぞなもし。まだお聞きんのかなもし」

「うん、マドンナですか。僕あ芸者の名かと思った」

「いいえ、あなた。マドンナと言うと唐人の言葉で、別嬪《べっぴん》さんの事じゃろうがなもし」

「そうかも知れないね。驚いた」

「おおかた画学の先生がお付けた名ぞなもし」

「野だがつけたんですかい」

「いいえ、あの吉川先生がお付けたのじゃがなもし」

「そのマドンナがふたしかなんですかい」

「そのマドンナさんがふたしかなマドンナさんでな、もし」

「厄介だね。あだなの付いてる女にゃ昔から碌なものは居ませんからね。そうかも知れませんよ」

「本当にそうじゃなもし。鬼神《きじん》のお松《まつ》じゃの、妲己《だっき》のお百《ひゃく》じゃのてて怖い女が居りましたなもし」

「マドンナもその同類なんですかね」

「そのマドンナさんがなもし、あなた。そらあの、あなたをここへ世話をしておくれた古賀先生なもし――あの方の所へお嫁に行く約束が出来ていたのじゃがなもし――」

「へえ、不思議なもんですね。あのうらなり君が、そんな艶福《えんぷく》のある男とは思わなかった。人は見かけによらないものだな。ちっと気を付けよう」

「ところが、去年あすこのお父さんが、お亡くなりて、――それまではお金もあるし、銀行の株も持ってお出るし、万事都合がよかったのじゃが——それからというものは、どういうものか急に暮し向きが思わしくなって——つまり古賀さんがあまりお人がよすぎるけれ、おだまされたんぞなもし。それや、これやでお輿入《こしいれ》も延びているところへ、あの教頭さんがお出でて、是非お嫁にほしいとお言いるのじゃがなもし」

「あの赤シャツがですか。ひどい奴だ。どうもあのシャツはただのシャツじゃないと思ってた。それから？」

「人を頼んでかけおうておみると、遠山さんでも古賀さんに義理があるから、すぐには返事は出来かねて——まあよう考えてみようぐらいの挨拶をおしたのじゃがなもし。すると赤シャツさんが、手《て》蔓《づる》を求めて遠山さんの方へ出入をおしるようになって、とうとうあなた、お嬢さんを手《て》なずけておしまいたのじゃがなもし。赤シャツさんも赤シャツさんじゃが、お嬢さんもお嬢さんじゃてて、みんなが悪く言いますのよ。いったん古賀さんへ嫁に行くてて承知をしときながら、今さら学士さんがお出たけれ、その方に替えよてて、それじゃ今日様《こんにちさま》へすむまいがなもし、あなた」

「全くすまないね。今日様《こんにちさま》どころか明日様にも明後日様にも、いつまで行ったってすみっこありませんね」

「それで古賀さんにお気の毒じゃてて、お友達の堀田さんが教頭の所へ意見をしにお行きたら、赤シャツさんが、あしは約束のあるものを横取りするつもりはない。破約になれば貰うかも知れんが、今のところは遠山家とただ交際をしているばかりじゃ、遠山家と交際をするには別段古賀さんにすまん事もなかろうとお言いるけれ、堀田さんも仕方がなしにお戻りたそうな。赤シャツさんと堀田さんは、それ以来折合がわるいという評判ぞなもし」

「よくいろいろな事を知ってますね。どうして、そんな詳しい事が分るんですか。感心しちまった」

「狭いけれ何でも分りますぞなもし」

分り過ぎて困るくらいだ。この様子じゃおれの天麩羅や団子の事も知ってるかも知れない。厄介な所だ。しかしお蔭様でマドンナの意味もわかるし、山嵐と赤シャツの関係もわかるし大いに後学《こうがく》になった。ただ困るのはどっちが悪者だか判然しない。おれのような単純なものには白とか黒とか片づけてもらわないと、どっちへ味方をしていいか分らない。

「赤シャツと山嵐たあ、どっちがいい人ですかね」

「山嵐て何ぞなもし」

「山嵐というのは堀田の事ですよ」

「そりゃ強い事は堀田さんの方が強そうじゃけれど、しかし赤シャツさんは学士さんじゃけれ、働きはある方《かた》ぞな、もし。それから優しい事も赤シャツさんの方が優しいが、生徒の評判は堀田さんの方がええというぞなもし」

「つまりどっちがいいんですかね」

「つまり月給の多い方がえらいのじゃろうがなもし」

これじゃ聞いたって仕方がないから、やめにした。それから二三日して学校から帰るとお婆さんがにこにこして、へえお待遠《どう》さま。やっと参りました。と一本の手紙を持って来てゆっくりご覧と言って出て行った。取り上げてみると清からの便りだ。符箋が二三枚ついてるから、よく調べると、山城《やましろ》屋《や》から、いか銀の方へ回して、いか銀から、萩野へ回って来たのである。その上山城屋《やましろや》では一週間ばかり逗留《とうりゅう》している。宿屋だけに手紙まで泊《とめ》るつもりなんだろう。開いてみると、非常に長いもんだ。

坊っちゃんの手紙を頂いてから、すぐ返事をかこうと思ったが、あいにく風邪を引いて一週間ばかり寝ていたものだから、つい遅くなってすまない。その上今時のお嬢さんのように読み書きが達者でないものだから、こんなまずい字でも、かくのによっぽど骨が折れる。甥に代筆を頼もうと思ったが、せっかくあげるのに自分でかかなくっちゃ、坊っちゃんにすまないと思って、わざわざ下書きを一返して、それから清書《せいしょ》をした。清書《せいしょ》をするには二日で済んだが、下書きをするには四日かかった。読みにくいかも知れないが、これでも一生懸命にかいたのだから、どうぞしまいまで読んでくれ。という冒頭で四尺ばかり何やらかやら認《したた》めてある。なるほど読みにくい。字がまずいばかりではない、大抵平仮名だから、どこで切れて、どこで始まるのだか句読《くとう》をつけるのによっぽど骨が折れる。おれはせっかちな性分だから、こんな長くて、分りにくい手紙は、五円やるから読んでくれと頼まれても断わるのだが、この時ばかりは真面目になって、始《はじめ》からしまいまで読み通した。読み通した事は事実だが、読む方に骨が折れて、意味がつながらないから、また頭から読み直してみた。部屋のなかは少し暗くなって、前の時より見にくくなったから、とうとう椽鼻《えんばな》へ出て腰をかけながら丁寧に拝見した。すると初秋《はつあき》の風が芭蕉《ばしょう》の葉を動かして、素肌に吹きつけた帰りに、読みかけた手紙を庭の方へなびかしたから、しまいぎわには四尺あまりの半切れがさらりさらりと鳴って、手を放すと、向《む》うの生垣《いけがき》まで飛んで行きそうだ。おれはそんな事には構っていられない。坊っちゃんは竹を割ったような気性だが、ただ肝癪《かんしゃく》が強過ぎてそれが心配になる。――ほかの人に無暗にあだなをつけるのは人に恨まれるもとになるから、やたらに使っちゃいけない、もしつけたら、清だけに手紙で知らせろ。――田舎者は人がわるいそうだから、気をつけてひどい目に遭わないようにしろ。――気候だって東京より不順にきまってるから、寝冷《ねびえ》をして風邪を引いてはいけない。坊っちゃんの手紙はあまり短過ぎて、様子がよくわからないから、この次にはせめてこの手紙の半分ぐらいの長さのを書いてくれ。――宿屋へ茶代を五円やるのはいいが、あとで困りゃしないか、田舎へ行って頼りになるはお金ばかりだから、なるべく倹約《けんやく》して、万一の時に差支えないようにしなくっちゃいけない。――お小遣がなくて困るかも知れないから、為替《かわせ》で十円あげる。――先だって坊っちゃんからもらった五十円を、坊っちゃんが、東京へ帰って、うちを持つ時の足《た》しにと思って、郵便局へ預けておいたが、この十円を引いてもまだ四十円あるから大丈夫だ。――なるほど女というものは細かいものだ。

おれが椽鼻《えんばな》で清の手紙をひらつかせながら、考え込んでいると、しきりの襖《ふすま》をあけて、萩野のお婆さんが晩めしを持ってきた。まだ見てお出でるのかなもし。えっぽど長いお手紙じゃなもし、と言ったから、ええ大事な手紙だから風に吹かしては見、吹かしては見るんだと、自分でも要領を得ない返事をして膳についた。見ると今夜も薩摩《さつま》芋の煮つけだ。ここのうちは、いか銀よりも丁寧で、親切で、しかも上品だが、惜しい事に食い物がまずい。昨日も芋、一昨日も芋で今夜も芋だ。おれは芋は大好きだと明言したには相違ないが、こうたてつづけに芋を食わされては命がつづかない。うらなり君を笑うどころか、おれ自身が遠からぬうちに、芋のうらなり先生になっちまう。清ならこんな時に、おれの好きな鮪《まぐろ》のさし身か、蒲鉾《かまぼこ》のつけ焼を食わせるんだが、貧乏士族のけちん坊ときちゃ仕方がない。どう考えても清といっしょでなくっちあ駄目だ。もしあの学校に長くでも居る模様なら、東京からよび寄せてやろう。天麩羅蕎麦を食っちゃならない、団子を食っちゃならない、それで下宿に居て芋ばかり食って黄色くなっていろなんて、教育者はつらいものだ。禅宗《ぜんしゅう》坊主だって、これよりは口に栄耀《えいよう》をさせているだろう。——おれは一皿の芋を平げて、机のひきだしから生卵を二つ出して、茶碗の縁でたたき割って、ようやくしのいだ。生卵ででも営養をとらなくっちあ一週二十一時間の授業が出来るものか。

今日は清の手紙で湯に行く時間が遅くなった。しかし毎日行きつけたのを一日でも欠かすのは心持ちがわるい。汽車にでも乗って出掛けようと、例の赤手拭をぶら下げて停車場まで来ると二三分前に発車したばかりで、少々待たなければならぬ。ベンチへ腰をかけて、敷島《しきしま》を吹かしていると、偶然にもうらなり君がやって来た。おれはさっきの話を聞いてから、うらなり君がなおさら気の毒になった。ふだんから天地の間に居候《いそうろう》をしているように、小さく構えているのがいかにも憐れに見えたが、今夜は憐れどころの騒ぎではない。出来るならば月給を倍にして、遠山のお嬢さんと明日から結婚さして、一ヶ月ばかり東京へでも遊びにやってやりたい気がした矢先《やさき》だから、やお湯ですか、さあ、こっちへおかけなさいと威勢よく席を譲ると、うらなり君は恐れ入った体裁で、いえ構《かも》うておくれなさるな、と遠慮だか何だかやっぱり立ってる。少し待たなくっちゃ出ません、くたびれますからおかけなさいとまた勧めてみた。実はどうかして、そばへかけてもらいたかったくらいに気の毒でたまらない。それではお邪魔を致しましょうとようやくおれの言う事を聞いてくれた。世の中には野だみたように生意気な、出ないで済む所へ必ず顔を出す奴もいる。山嵐のようにおれが居なくっちゃ日本《にっぽん》が困るだろうというような面を肩の上へ載せてる奴もいる。そうかと思うと、赤シャツのようにコスメチックと色男の問屋をもって自ら任じているのもある。教育が生きてフロックコートを着ればおれになるんだと言わぬばかりの狸もいる。皆々それ相応に威張ってるんだが、このうらなり先生のように在れどもなきがごとく、人質に取られた人形のように大人しくしているのは見た事がない。顔はふくれているが、こんな結構な男を捨てて赤シャツになびくなんて、マドンナもよっぽど気の知れないおきゃんだ。赤シャツが何ダース寄ったって、これほど立派な旦那様が出来るもんか。

「あなたはどっか悪いんじゃありませんか。大分たいぎそうに見えますが……」

「いえ、別段これという持病もないですが……」

「そりゃ結構です。からだが悪いと人間も駄目ですね」

「あなたは大分ご丈夫のようですな」

「ええやせても病気はしません。病気なんてものあ大嫌いですから」

うらなり君は、おれの言葉を聞いてにやにやと笑った。

ところへ入口で若々しい女の笑い声が聞えたから、何心なく振り返ってみるとえらい奴が来た。色の白い、ハイカラ頭の、背の高い美人と、四十五六の奥さんとが並んで切符を売る窓の前に立っている。おれは美人の形容などが出来る男でないから何にも言えないが全く美人に相違ない。何だか水《すい》晶《しょう》の珠《たま》を香水で暖《あっ》ためて、掌《てのひら》へ握ってみたような心持ちがした。年寄の方が背は低い。しかし顔はよく似ているから親子だろう。おれは、や、来たなと思う途端に、うらなり君の事はすっかり忘れて、若い女の方ばかり見ていた。すると、うらなり君が突然おれの隣から、立ち上がって、そろそろ女の方へ歩き出したんで、少し驚いた。マドンナじゃないかと思った。三人は切符所の前で軽く挨拶している。遠いから何を言ってるのか分らない。

停車場の時計を見るともう五分で発車だ。早く汽車がくればいいがなと、話し相手が居なくなったので待ち遠しく思っていると、また一人あわてて場内へ馳け込んで来たものがある。見れば赤シャツだ。何だかべらべら然たる着物へ縮緬《ちりめん》の帯をだらしなく巻き付けて、例の通り金鎖《きんぐさ》りをぶらつかしている。あの金鎖《きんぐさ》りは贋物《にせもの》である。赤シャツは誰も知るまいと思って、見せびらかしているが、おれはちゃんと知ってる。赤シャツは馳け込んだなり、何かきょろきょろしていたが、切符売下所《うりさげじょ》の前に話している三人へ慇懃《いんぎん》にお辞儀をして、何か二こと、三こと、言ったと思ったら、急にこっちへ向いて、例のごとく猫足にあるいて来て、や君も湯ですか、僕は乗りおくれやしないかと思って心配して急いで来たら、まだ三四分ある。あの時計はたしかかしらんと、自分の金側《きんがわ》を出して、二分ほどちがってると言いながら、おれの傍へ腰を卸した。女の方はちっとも見返らないで杖の上に頤《あご》をのせて、正面ばかり眺めている。年寄の婦人は時々赤シャツを見るが、若い方は横を向いたままである。いよいよマドンナに違いない。

やがて、ピューと汽笛が鳴って、車がつく。待ち合せた連中はぞろぞろ吾れ勝《がち》に乗り込む。赤シャツはいの一号に上等へ飛び込んだ。上等へ乗ったって威張れるどころではない、住田《すみた》まで上等が五銭で下等が三銭だから、わずか二銭違いで上下の区別がつく。こういうおれでさえ上等を奮発《ふんぱつ》して白切符を握ってるんでもわかる。もっとも田舎者はけちだから、たった二銭の出入でもすこぶる苦になると見えて、大抵は下等へ乗る。赤シャツのあとからマドンナとマドンナのお袋が上等へはいり込んだ。うらなり君は活版《かっぱん》で押したように下等ばかりへ乗る男だ。先生、下等の車室の入口へ立って、何だか躊躇《ちゅうちょ》の体《てい》であったが、おれの顔を見るや否や思いきって、飛び込んでしまった。おれはこの時何となく気の毒でたまらなかったから、うらなり君のあとから、すぐ同じ車室へ乗り込んだ。上等の切符で下等へ乗るに不都合はなかろう。

温泉へ着いて、三階から、浴衣のなりで湯壷《ゆつぼ》へ下りてみたら、またうらなり君に会った。おれは会議や何かでいざときまると、咽喉《のど》が塞がってしゃべれない男だが、ふだんは随分弁ずる方だから、いろいろ湯壷《ゆつぼ》のなかでうらなり君に話しかけてみた。何だか憐れぽくってたまらない。こんな時に一口でも先方の心を慰めてやるのは、江戸っ子の義務だと思ってる。ところがあいにくうらなり君の方では、うまい具合にこっちの調子に乗ってくれない。何を言っても、えとかいえとかぎりで、しかもそのえといえが大分面倒らしいので、しまいにはとうとう切り上げて、こっちからごめんこうむった。

湯の中では赤シャツに会わなかった。もっとも風呂の数はたくさんあるのだから、同じ汽車で着いても、同じ湯壷《ゆつぼ》で会うとはきまっていない。別段不思議にも思わなかった。風呂を出てみるといい月だ。町内の両側に柳が植って、柳の枝が丸るい影を往来の中へ落している。少し散歩でもしよう。北へ登って町のはずれへ出ると、左に大きな門があって、門の突き当りがお寺で、左右が妓楼《ぎろう》である。山門のなかに遊廓《ゆうかく》があるなんて、前代未聞の現象だ。ちょっとはいってみたいが、また狸から会議の時にやられるかも知れないから、やめて素通りにした。門の並びに黒い暖簾《のれん》をかけた、小さな格子窓《こうしまど》の平屋はおれが団子を食って、しくじった所だ。丸提灯《まるぢょうちん》に汁粉《しるこ》、お雑煮《ぞうに》とかいたのがぶらさがって、提灯の火が、軒端《のきば》に近い一本の柳の幹を照らしている。食いたいなと思ったが我慢して通り過ぎた。

食いたい団子の食えないのは情けない。しかし自分の許嫁《いいなずけ》が他人に心を移したのは、なお情けないだろう。うらなり君の事を思うと、団子はおろか、三日ぐらい断食《だんじき》しても不平はこぼせない訳だ。本当に人間ほどあてにならないものはない。あの顔を見ると、どうしたって、そんな不人情な事をしそうには思えないんだが――うつくしい人が不人情で、冬瓜《とうがん》の水膨《みずぶく》れのような古賀さんが善良な君子なのだから、油断が出来ない。淡泊《たんぱく》だと思った山嵐は生徒を煽動したと言うし。生徒を煽動したのかと思うと、生徒の処分を校長に逼《せま》るし。いやみで練りかためたような赤シャツが存外親切で、おれに余所《よそ》ながら注意をしてくれるかと思うと、マドンナを胡魔化したり、胡魔化したのかと思うと、古賀の方が破談にならなければ結婚は望まないんだと言うし。いか銀が難癖《なんくせ》をつけて、おれを追い出すかと思うと、すぐ野だ公が入れ替ったり――どう考えてもあてにならない。こんな事を清にかいてやったら定めて驚く事だろう。箱根の向《むこ》うだから化物が寄り合ってるんだと言うかも知れない。

おれは、性来《しょうらい》構わない性分だから、どんな事でも苦にしないで今日までしのいで来たのだが、ここへ来てからまだ一ヶ月たつか、たたないうちに、急に世のなかを物騒《ぶっそう》に思い出した。別段際《きわ》だった大事件にも出会わないのに、もう五つ六つ年を取ったような気がする。早く切り上げて東京へ帰るのが一番よかろう。などとそれからそれへ考えて、いつか石橋を渡って野芹川《のぜりがわ》の堤《どて》へ出た。川と言うとえらそうだが実は一間ぐらいな、ちょろちょろした流れで、土手《どて》に沿うて十二丁ほど下ると相生村《あいおいむら》へ出る。村には観音様《かんのんさま》がある。

温泉《ゆ》の町を振り返ると、赤い灯《ひ》が、月の光の中にかがやいている。太鼓が鳴るのは遊廓《ゆうかく》に相違ない。川の流れは浅いけれども早いから、神経質の水のようにやたらに光る。ぶらぶら土手《どて》の上をあるきながら、約三丁も来たと思ったら、向《むこ》うに人影が見え出した。月に透かしてみると影は二つある。温泉《ゆ》へ来て村へ帰る若い衆《しゅ》かも知れない。それにしては唄もうたわない。存外静かだ。

だんだん歩いて行くと、おれの方が早足だと見えて、二つの影法師《かげぼうし》が、次第に大きくなる。一人は女らしい。おれの足音を聞きつけて、十間ぐらいの距離に逼《せま》った時、男がたちまち振り向いた。月は後ろからさしている。その時おれは男の様子を見て、はてなと思った。男と女はまた元の通りにあるき出した。おれは考えがあるから、急に全速力で追っかけた。先方は何の気もつかずに最初の通り、ゆるゆる歩を移している。今は話し声も手に取るように聞える。土手《どて》の幅は六尺ぐらいだから、並んで行けば三人がようやくだ。おれは苦もなく後ろから追い付いて、男の袖を擦り抜けざま、二足前へ出した踵《くびす》をぐるりと返して男の顔を覗き込んだ。月は正面からおれの五分刈《がり》の頭から顋《あご》の辺りまで、会釈《えしゃく》もなく照す。男はあっと小声に言ったが、急に横を向いて、もう帰ろうと女を促がすが早いか、温《ゆ》泉の町の方へ引き返した。

　赤シャツは図太《ずぶと》くて胡魔化すつもりか、気が弱くて名乗り損《そく》なったのかしら。ところが狭くて困ってるのは、おればかりではなかった。

八、

赤シャツに勧められて釣に行った帰りから、山嵐を疑ぐり出した。無い事を種に下宿を出ろと言われた時は、いよいよ不埒《ふらち》な奴だと思った。ところが会議の席では案に相違して滔々と生徒厳罰論《げんばつろん》を述べたから、おや変だなと首をひねった。萩野の婆さんから、山嵐が、うらなり君のために赤シャツと談判をしたと聞いた時は、それは感心だと手をうった。この様子ではわる者は山嵐じゃあるまい、赤シャツの方が曲ってるんで、いい加減な邪推《じゃすい》を実《まこと》しやかに、しかも遠回《とおまわ》しに、おれの頭の中へ浸み込ましたのではあるまいかと迷ってる矢先《やさき》へ、野芹川《のぜりがわ》の土手《どて》で、マドンナを連れて散歩なんかしている姿を見たから、それ以来赤シャツは曲者《くせもの》だときめてしまった。曲者《くせもの》だか何だかよくは分らないが、ともかくも善《い》い男じゃない。表と裏とは違った男だ。人間は竹のように真直でなくっちゃ頼《たの》もしくない。真直なものは喧嘩をしても心持ちがいい。赤シャツのようなやさしいのと、親切なのと、高尚なのと、琥珀《こはく》のパイプとを自慢そうに見せびらかすのは油断が出来ない、めったに喧嘩も出来ないと思った。喧嘩をしても、回向院《えこういん》の相撲のような心持ちのいい喧嘩は出来ないと思った。そうなると一銭五厘の出入で控所全体を驚かした議論の相手の山嵐の方がはるかに人間らしい。会議の時に金壺眼《かなつぼまなこ》をぐりつかせて、おれを睨めた時は憎い奴だと思ったが、あとで考えると、それも赤シャツのねちねちした猫撫声《ねこなでごえ》よりはましだ。実はあの会議が済んだあとで、よっぽど仲直りをしようかと思って、一こと二こと話しかけてみたが、野郎返事もしないで、まだ目を剥《む》ってみせたから、こっちも腹が立ってそのままにしておいた。

　それ以来山嵐はおれと口を利かない。机の上へ返した一銭五厘はいまだに机の上に乗っている。ほこりだらけになって乗っている。おれは無論手が出せない、山嵐は決して持って帰らない。この一銭五厘が二人の間の牆壁《しょうへき》になって、おれは話そうと思っても話せない、山嵐は頑として黙ってる。おれと山嵐には一銭五厘が祟《たた》った。しまいには学校へ出て一銭五厘を見るのが苦になった。

　山嵐とおれが絶交の姿となったに引きかえて、赤シャツとおれは依然として在来の関係を保って、交際をつづけている。野芹川《のぜりがわ》で会った翌日などは、学校へ出ると第一番におれの傍へ来て、君今度の下宿はいいですかのまたいっしょに露西亜《ロシア》文学を釣りに行こうじゃないかのといろいろな事を話しかけた。おれは少々憎らしかったから、昨夜は二返会いましたねと言ったら、ええ停車場で——君はいつでもあの時分出掛けるのですか、遅いじゃないかと言う。野芹川《のぜりがわ》の土手《どて》でもお目にかかりましたねと喰らわしてやったら、いいえ僕はあっちへは行かない、湯にはいって、すぐ帰ったと答えた。何もそんなに隠さないでもよかろう、現に会ってるんだ。よく嘘をつく男だ。これで中学の教頭が勤まるなら、おれなんか大学総長《そうちょう》がつとまる。おれはこの時からいよいよ赤シャツを信用しなくなった。信用しない赤シャツとは口をきいて、感心している山嵐とは話をしない。世の中は随分妙なものだ。

　ある日の事赤シャツがちょっと君に話があるから、僕のうちまで来てくれと言うから、惜しいと思ったが温泉行きを欠勤して四時頃出掛けて行った。赤シャツは一人ものだが、教頭だけに下宿はとくの昔に引き払って立派な玄関を構えている。家賃は九円五十銭だそうだ。田舎へ来て九円五十銭払えばこんな家へはいれるなら、おれも一つ奮発《ふんぱつ》して、東京から清を呼び寄せて喜ばしてやろうと思ったくらいな玄関だ。頼むと言ったら、赤シャツの弟が取次《とりつぎ》に出て来た。この弟は学校で、おれに代数と算術を教わる至って出来のわるい子だ。そのくせ渡りものだから、生れついての田舎者よりも人が悪い。

赤シャツに会って用事を聞いてみると、大将例の琥珀《こはく》のパイプで、きな臭い烟草をふかしながら、こんな事を言った。「君が来てくれてから、前任者の時代よりも成績がよくあがって、校長も大いにいい人を得たと喜んでいるので――どうか学校でも信頼しているのだから、そのつもりで勉強していただきたい」

「へえ、そうですか、勉強って今より勉強は出来ませんが――」

「今のくらいで充分です。ただ先だってお話しした事ですね、あれを忘れずにいて下さればいいのです」

「下宿の世話なんかするものあけんのんだという事ですか」

「そう露骨《ろこつ》に言うと、意味もない事になるが――まあ善《い》いさ――精神は君にもよく通じている事と思うから。そこで君が今のように出精《しゅっせい》して下されば、学校の方でも、ちゃんと見ているんだから、もう少しして都合さえつけば、待遇の事も多少はどうにかなるだろうと思うんですがね」

「へえ、俸給ですか。俸給なんかどうでもいいんですが、上がれば上がった方がいいですね」

「それで幸い今度転任者が一人出来るから――もっとも校長に相談してみないと無論受け合えない

事だが——その俸給から少しは融通が出来るかも知れないから、それで都合をつけるように校長に話してみようと思うんですがね」

「どうもありがとう。だれが転任するんですか」

「もう発表になるから話しても差支えないでしょう。実は古賀君です」

「古賀さんは、だってここの人じゃありませんか」

「ここの地《じ》の人ですが、少し都合があって——半分は当人の希望です」

「どこへ行くんです」

「日向《ひゅうが》の延岡《のべおか》で——土地が土地だから一級俸上って行く事になりました」

「誰か代りが来るんですか」

「代りも大抵きまってるんです。その代りの具合で君の待遇上の都合もつくんです」

「はあ、結構です。しかし無理に上がらないでも構いません」

「ともかくも僕は校長に話すつもりです。それで校長も同意見らしいが、追っては君にもっと働いていただかなくってはならんようになるかも知れないから、どうか今からそのつもりで覚悟をしてやってもらいたいですね」

「今より時間でも増すんですか」

「いいえ、時間は今より減るかも知れませんが——」

「時間が減って、もっと働くんですか、妙だな」

「ちょっと聞くと妙だが、――判然とは今いいにくいが――まあつまり、君にもっと重大な責任を持ってもらうかも知れないという意味なんです」

おれには一向分らない。今より重大な責任といえば、数学の主任だろうが、主任は山嵐だから、やっこさんなかなか辞職する気遣いはない。それに、生徒の人望があるから転任や免職は学校の得策《とくさく》であるまい。赤シャツの談話はいつでも要領を得ない。要領を得なくっても用事はこれで済んだ。それから少し雑談をしているうちに、うらなり君の送別会をやる事や、ついてはおれが酒を飲むかと言う問や、うらなり先生は君子で愛すべき人だという事や――赤シャツはいろいろ弁じた。しまいに話をかえて君俳句《はいく》をやりますかときたから、こいつは大変だと思って、俳句《はいく》はやりません、さようならと、そこそこに帰って来た。発句《ほっく》は芭蕉《ばしょう》か髪結床《かみいどこ》の親方のやるもんだ。数学の先生が朝顔やに釣瓶《つるべ》をとられてたまるものか。

帰ってうんと考え込んだ。世間には随分気の知れない男が居る。家屋敷はもちろん、勤める学校に不足のない故郷がいやになったからと言って、知らぬ他国へ苦労を求めに出る。それも花の都の電車が通ってる所なら、まだしもだが、日向《ひゅうが》の延岡《のべおか》とは何の事だ。おれは船《ふな》つきのいいここへ来てさえ、一ヶ月たたないうちにもう帰りたくなった。延岡《のべおか》といえば山の中も山の中も大変な山の中だ。赤シャツの言うところによると船から上がって、一日《いちんち》馬車へ乗って、宮崎へ行って、宮崎からまた一日《いちんち》車へ乗らなくっては着けないそうだ。名前を聞いてさえ、開けた所とは思えない。猿と人とが半々に住んでるような気がする。いかに聖人のうらなり君だって、好んで猿の相手になりたくもないだろうに、何というものずきだ。

ところへあいかわらず婆さんが夕食を運んで出る。今日もまた芋ですかいと聞いてみたら、いえ今日はお豆腐ぞなもしと言った。どっちにしたって似たものだ。

「お婆さん古賀さんは日向《ひゅうが》へ行くそうですね」

「本当にお気の毒じゃな、もし」

「お気の毒だって、好んで行くんなら仕方がないですね」

「好んで行くて、誰がぞなもし」

「誰がぞなもしって、当人がさ。古賀先生がものずきに行くんじゃありませんか」

「そりゃあなた、大違いの勘五郎ぞなもし」

「勘五郎かね。だって今赤シャツがそう言いましたぜ。それが勘五郎なら赤シャツは嘘つきの法螺《ほら》右衛門だ」

「教頭さんが、そうお言いるのはもっともじゃが、古賀さんのお行きともないのももっともぞなもし」

「そんなら両方もっともなんですね。お婆さんは公平でいい。一体どういう訳なんですい」

「今朝古賀のお母さんが見えて、だんだん訳をお話したがなもし」

「どんな訳をお話したんです」

「あそこもお父さんがお亡くなりてから、あたし達が思うほど暮し向《むき》が豊かになうてお困りじゃけれ、お母さんが校長さんにお頼みて、もう四年も勤めているものじゃけれ、どうぞ毎月頂くものを、今少しふやしておくれんかてて、あなた」

「なるほど」

「校長さんが、ようまあ考えてみとこうとお言いたげな。それでお母さんも安心して、今に増給のご沙汰があろぞ、今月か来月かと首を長くして待っておいでたところへ、校長さんがちょっと来てくれと古賀さんにお言いるけれ、行ってみると、気の毒だが学校は金が足りんけれ、月給を上げる訳にゆかん。しかし延岡《のべおか》になら空いた口があって、そっちなら毎月五円余分にとれるから、お望み通りでよかろうと思うて、その手続きにしたから行くがええと言われたげな。——」

「じゃ相談じゃない、命令じゃありませんか」

「さよよ。古賀さんはよそへ行って月給が増すより、元のままでもええから、ここに居りたい。屋敷もあるし、母もあるからとお頼みたけれども、もうそうきめたあとで、古賀さんの代りは出来ているけれ仕方がないと校長がお言いたげな」

「へん人を馬鹿にしてら、面白くもない。じゃ古賀さんは行く気はないんですね。どうれで変だと思った。五円ぐらい上がったって、あんな山の中へ猿のお相手をしに行く唐変木《とうへんぼく》はまずないからね」

「唐変木《とうへんぼく》て、先生なんぞなもし」

「何でもいいでさあ、——全く赤シャツの作略《さりゃく》だね。よくない仕打だ。まるで欺撃《だましうち》ですね。それでおれの月給を上げるなんて、不都合な事があるものか。上げてやるったって、誰が上がってやるものか」

「先生は月給がお上りるのかなもし」

「上げてやるって言うから、断わろうと思うんです」

「何で、お断わりるのぞなもし」

「何でもお断わりだ。お婆さん、あの赤シャツは馬鹿ですぜ。卑怯でさあ」

「卑怯でもあんた、月給を上げておくれたら、大人しく頂いておく方が得ぞなもし。若いうちはよく腹の立つものじゃが、年をとってから考えると、も少しの我慢じゃあったのに惜しい事をした。腹立てたためにこないな損をしたと悔むのが当り前じゃけれ、お婆の言う事をきいて、赤シャツさんが月給をあげてやろとお言いたら、ありがとうと受けておきなさいや」

「年寄のくせに余計な世話を焼かなくってもいい。おれの月給は上がろうと下がろうとおれの月給だ」

婆さんはだまって引き込んだ。爺さんは呑気な声を出して謡《うたい》をうたってる。謡《うたい》というものは読んでわかる所を、やにむずかしい節をつけて、わざと分らなくする術だろう。あんなものを毎晩飽きずに唸《うな》る爺さんの気が知れない。おれは謡どころの騒ぎじゃない。月給を上げてやろうと言うから、別段欲しくもなかったが、いらない金を余しておくのももったいないと思って、よろしいと承知したのだが、転任したくないものを無理に転任させてその男の月給の上前《うわまえ》を跳ねるなんて不人情な事が出来るものか。当人がもとの通りでいいと言うのに延岡《のべおか》下《くんだ》りまで落ちさせるとは一体どういう了見だろう。太宰権帥《だざいごんのそつ》でさえ博多《はかた》近辺で落ちついたものだ。河合又五郎《かわいまたごろう》だって相良《さがら》でとまってるじゃないか。とにかく赤シャツの所へ行って断わって来なくっちあ気が済まない。

小倉の袴《はかま》をつけてまた出掛けた。大きな玄関へ突っ立って頼むと言うと、また例の弟が取次《とりつぎ》に出て来た。おれの顔を見てまた来たかという目付《めつき》をした。用があれば二度だって三度だって来る。よる夜なかだって叩き起さないとは限らない。教頭の所へご機嫌伺いにくるようなおれと見損《みそくな》ってるか。これでも月給がいらないから返しにきたんだ。すると弟が今来客中だと言うから、玄関でいいからちょっとお目にかかりたいと言ったら奥へ引き込んだ。足元を見ると、畳付きの薄っぺらな、のめりの駒下駄がある。奥でもう万歳ですよと言う声が聞える。お客とは野だだなと気がついた。野だでなくては、あんな黄色い声を出して、こんな芸人じみた下駄をはくものはない。

しばらくすると、赤シャツがランプを持って玄関まで出て来て、まあ上がりたまえ、ほかの人じゃない吉川君だ、と言うから、いえここでたくさんです。ちょっと話せばいいんです、と言って、赤シャツの顔を見ると金時のようだ。野だ公と一杯飲んでると見える。

「さっき僕の月給を上げてやるというお話でしたが、少し考えが変ったから断わりに来たんです」

赤シャツはランプを前へ出して、奥の方からおれの顔を眺めたが、とっさの場合返事をしかねて茫然《ぼうぜん》としている。増給を断わる奴が世の中にたった一人飛び出して来たのを不審に思ったのか、断わるにしても、今帰ったばかりで、すぐ出直してこなくってもよさそうなものだと、呆れ返ったのか、または双方合併したのか、妙な口をして突っ立ったままである。

「あの時承知したのは、古賀君が自分の希望で転任するという話でしたからで……」

「古賀君は全く自分の希望で半ば転任するんです」

「そうじゃないんです、ここに居たいんです。元の月給でもいいから、郷里に居たいのです」

「君は古賀君から、そう聞いたのですか」

「そりゃ当人から、聞いたんじゃありません」

「じゃ誰からお聞きです」

「僕の下宿の婆さんが、古賀さんのおっ母さんから聞いたのを今日僕に話したのです」

「じゃ、下宿の婆さんがそう言ったのですね」

「まあそうです」

「それは失礼ながら少し違うでしょう。あなたのおっしゃる通りだと、下宿屋の婆さんの言う事は信ずるが、教頭の言う事は信じないというように聞えるが、そういう意味に解釈して差支えないでしょうか」

おれはちょっと困った。文学士なんてものはやっぱりえらいものだ。妙な所へこだわって、ねちねち押し寄せてくる。おれはよく親父から貴様はそそっかしくて駄目だ駄目だと言われたが、なるほど少々そそっかしいようだ。婆さんの話を聞いてはっと思って飛び出して来たが、実はうらなり君にもうらなりのおっ母さんにも会って詳しい事情は聞いてみなかったのだ。だからこう文学士流に斬り付けられると、ちょっと受けとめにくい。

正面からは受けとめにくいが、おれはもう赤シャツに対して不信任を心の中で申し渡してしまった。下宿の婆さんもけちん坊の欲張り屋に相違ないが、嘘はつかない女だ、赤シャツのように裏表はない。おれは仕方がないから、こう答えた。

「あなたの言う事は本当かも知れないですが——とにかく増給はごめんこうむります」

「それはますます可笑しい。今君がわざわざお出になったのは増俸を受けるには忍びない、理由を見出したからのように聞えたが、その理由が僕の説明で取り去られたにもかかわらず増俸を否まれるのは少し解しかねるようですね」

「解しかねるかも知れませんがね。とにかく断わりますよ」

「そんなに否なら強いてとまでは言いませんが、そう二三時間のうちに、特別の理由もないのに豹変《ひょうへん》しちゃ、将来君の信用にかかわる」

「かかわっても構わないです」

「そんな事はないはずです、人間に信用ほど大切なものはありませんよ。よしんば今一歩譲って、下宿の主人が……」

「主人じゃない、婆さんです」

「どちらでもよろしい。下宿の婆さんが君に話した事を事実としたところで、君の増給は古賀君の所得を削って得たものではないでしょう。古賀君は延岡《のべおか》へ行かれる。その代りがくる。その代りが古賀君よりも多少低給で来てくれる。その剰余《じょうよ》を君に回わすというのだから、君は誰にも気の毒がる必要はないはずです。古賀君は延岡《のべおか》でただ今よりも栄進《えいしん》される。新任者は最初からの約束で安くくる。それで君が上がられれば、これほど都合のいい事はないと思うですがね。いやならいやでもいいが、もう一返うちでよく考えてみませんか」

おれの頭はあまりえらくないのだから、いつもなら、相手がこういう巧妙な弁舌《べんぜつ》をふるえば、おやそうかな、それじゃ、おれが間違ってたと恐れ入って引きさがるのだけれども、今夜はそうは行かない。ここへ来た最初から赤シャツは何だか虫が好かなかった。途中で親切な女みたような男だと思い返した事はあるが、それが親切でも何でもなさそうなので、反動の結果今じゃよっぽどいやになっている。だから先がどれほどうまく論理的に弁論を逞《たくまし》くしようとも、堂々たる教頭流におれを遣り込めようとも、そんな事は構わない。議論のいい人が善人とはきまらない。遣り込められる方が悪人とは限らない。表向きは赤シャツの方が重々もっともだが、表向きがいくら立派だって、腹の中まで惚れさせる訳には行かない。金や威力《いりょく》や理屈で人間の心が買えるものなら、高利貸でも巡査でも大学教授でも一番人に好かれなくてはならない。中学の教頭ぐらいな論法でおれの心がどう動くものか。人間は好き嫌いで働くものだ。論法で働くものじゃない。

「あなたの言う事はもっともですが、僕は増給がいやになったんですから、まあ断わります。考えたって同じ事です。さようなら」と言いすてて門を出た。頭の上には天《あま》の川《がわ》が一筋かかっている。

九、

うらなり君の送別会のあるという日の朝、学校へ出たら、山嵐が突然、君先だってはいか銀が来て、君が乱暴して困るから、どうか出るように話してくれと頼んだから、真面目に受けて、君に出てやれと話したのだが、あとから聞いてみると、あいつは悪い奴で、よく偽筆へ贋落款《にせらっかん》などを押して売りつけるそうだから、全く君の事もでたらめに違いない。君に懸物や骨董《こっとう》を売りつけて、商売にしようと思ってたところが、君が取り合わないで儲けがないものだから、あんな作りごとをこしらえて胡魔化したのだ。僕はあの人物を知らなかったので君に大変失敬した勘弁したまえと長々しい謝罪をした。

おれは何とも言わずに、山嵐の机の上にあった、一銭五厘をとって、おれのがま口のなかへ入れた。山嵐は君それを引き込めるのかと不審そうに聞くから、うんおれは君に奢られるのが、いやだったから、是非返すつもりでいたが、その後だんだん考えてみると、やっぱり奢ってもらう方がいいようだから、引き込ますんだと説明した。山嵐は大きな声をしてアハハハと笑いながら、そんなら、なぜ早く取らなかったのだと聞いた。実は取ろう取ろうと思ってたが、何だか妙だからそのままにしておいた。近来は学校へ来て一銭五厘を見るのが苦になるくらいいやだったと言ったら、君はよっぽど負け惜しみの強い男だと言うから、君はよっぽど剛情《ごうじょう》張《っぱ》りだと答えてやった。それから二人の間にこんな問答が起った。

「君は一体どこの産だ」

「おれは江戸っ子だ」

「うん、江戸っ子か、道理で負け惜しみが強いと思った」

「きみはどこだ」

「僕は会津《あいづ》だ」

「会津っぽか、強情《ごうじょう》な訳だ。今日の送別会へ行くのかい」

「行くとも、君は？」

「おれは無論行くんだ。古賀さんが立つ時は、浜まで見送りに行こうと思ってるくらいだ」

「送別会は面白いぜ、出て見たまえ。今日は大いに飲むつもりだ」

「勝手に飲むがいい。おれは肴《さかな》を食ったら、すぐ帰る。酒なんか飲む奴は馬鹿だ」

「君はすぐ喧嘩を吹きかける男だ。なるほど江戸っ子の軽佻《けいちょう》な風を、よく、あらわしてる」

「何でもいい、送別会へ行く前にちょっとおれのうちへお寄り、話があるから」


山嵐は約束通りおれの下宿へ寄った。おれはこの間から、うらなり君の顔を見る度に気の毒でたまらなかったが、いよいよ送別の今日となったら、何だか憐れっぽくって、出来る事なら、おれが代りに行ってやりたいような気がしだした。それで送別会の席上で、大いに演説でもしてその行を盛《さかん》にしてやりたいと思うのだが、おれのべらんめえ調子じゃ、到底ものにならないから、大きな声を出す山嵐を雇って、一番赤シャツの荒肝《あらぎも》をひしいでやろうと考え付いたから、わざわざ山嵐を呼んだのである。

おれはまず冒頭としてマドンナ事件から説き出したが、山嵐は無論マドンナ事件はおれより詳しく知っている。おれが野芹川《のぜりがわ》の土手《どて》の話をして、あれは馬鹿野郎だと言ったら、山嵐は君はだれを捕まえても馬鹿呼《よば》わりをする。今日学校で自分の事を馬鹿と言ったじゃないか。自分が馬鹿なら、赤シャツは馬鹿じゃない。自分は赤シャツの同類じゃないと主張した。それじゃ赤シャツは腑抜《ふぬ》けの呆助《ほうすけ》だと言ったら、そうかもしれないと山嵐は大いに賛成した。山嵐は強い事は強いが、こんな言葉になると、おれより遥かに字を知っていない。会津《あいづ》っぽなんてものはみんな、こんな、ものなんだろう。

それから増給事件と将来重く登用すると赤シャツが言った話をしたら山嵐はふふんと鼻から声を出して、それじゃ僕を免職する考えだなと言った。免職するつもりだって、君は免職になる気かと聞いたら、誰がなるものか、自分が免職になるなら、赤シャツもいっしょに免職させてやると大いに威張った。どうしていっしょに免職させる気かと押し返して尋ねたら、そこはまだ考えていないと答えた。山嵐は強そうだが、智慧《ちえ》はあまりなさそうだ。おれが増給を断わったと話したら、大将大きに喜んでさすが江戸っ子だ、えらいと賞めてくれた。

うらなりが、そんなにいやがっているなら、なぜ留任の運動をしてやらなかったと聞いてみたら、うらなりから話を聞いた時は、既にきまってしまって、校長へ二度、赤シャツへ一度行って談判してみたが、どうする事も出来なかったと話した。それについても古賀があまり好人物過ぎるから困る。赤シャツから話があった時、断然断わるか、一応考えてみますと逃げればいいのに、あの弁舌に胡魔化されて、即席に許諾したものだから、あとからおっ母さんが泣きついても、自分が談判に行っても役に立たなかったと非常に残念がった。

今度の事件は全く赤シャツが、うらなりを遠ざけて、マドンナを手に入れる策略なんだろうとおれが言ったら、無論そうに違いない。あいつは大人しい顔をして、悪事を働いて、人が何か言うと、ちゃんと逃道をこしらえて待ってるんだから、よっぽど奸物《かんぶつ》だ。あんな奴にかかっては鉄拳制裁でなくっちゃ利かないと、瘤《こぶ》だらけの腕をまくってみせた。おれはついでだから、君の腕は強そうだな柔術《じゅうじゅつ》でもやるかと聞いてみた。すると大将二の腕へ力瘤《ちからこぶ》を入れて、ちょっと攫《つか》んでみろと言うから、指の先で揉んでみたら、何の事はない湯屋にある軽石《かるいし》のようなものだ。

おれはあまり感心したから、君そのくらいの腕なら、赤シャツの五人や六人は一度に張り飛ばされるだろうと聞いたら、無論さと言いながら、曲げた腕を伸ばしたり、縮ましたりすると、力瘤がぐるりぐるりと皮のなかで回転する。すこぶる愉快だ。山嵐の証明する所によると、かんじんよりを二本より合せて、この力瘤《ちからこぶ》の出る所へ巻きつけて、うんと腕を曲げると、ぷつりと切れるそうだ。かんじんよりなら、おれにも出来そうだと言ったら、出来るものか、出来るならやってみろと来た。切れないと外聞がわるいから、おれは見合せた。

君どうだ、今夜の送別会に大いに飲んだあと、赤シャツと野だをなぐってやらないかと面白半分に勧めてみたら、山嵐はそうだなと考えていたが、今夜はまあよそうと言った。なぜと聞くと、今夜は古賀に気の毒だから――それにどうせなぐるくらいなら、あいつらの悪い所を見届けて現場でなぐらなくっちゃ、こっちの落度《おちど》になるからと、分別のありそうな事をつけたした。山嵐でもおれよりは考えがあると見える。

じゃ演説をして古賀君を大いにほめてやれ、おれがすると江戸っ子のぺらぺらになって重みがなくていけない。そうして、きまった所へ出ると、急に溜飲《りゅういん》が起って咽喉《のど》の所へ、大きな丸《たま》が上がって来て言葉が出ないから、君に譲るからと言ったら、妙な病気だな、じゃ君は人中《ひとなか》じゃ口は利けないんだね、困るだろう、と聞くから、何そんなに困りゃしないと答えておいた。

そうこうするうち時間が来たから、山嵐といっしょに会場へ行く。会場は花晨亭《かしんてい》といって、当地《ここ》で第一等の料理屋だそうだが、おれは一度も足を入れた事がない。もとの家老《かろう》とかの屋敷を買い入れて、そのまま開業したという話だが、なるほど見かけからして厳《いか》めしい構えだ。家老《かろう》の屋敷が料理屋になるのは、陣羽織《じんばおり》を縫い直して、胴着《どうぎ》にするようなものだ。

二人が着いた頃には、人数ももう大概揃って、五十畳の広間に二つ三つ人間の塊が出来ている。五十畳だけに床は素敵に大きい。おれが山城屋《やましろや》で占領《せんりょう》した十五畳敷の床とは比較にならない。尺を取ってみたら二間あった。右の方に、赤い模様のある瀬戸物《せともの》の瓶《かめ》を据えて、その中に松の大きな枝が挿してある。松の枝を挿して何にする気か知らないが、何ヶ月たっても散る気遣いがないから、銭がかからなくって、よかろう。あの瀬戸物《せともの》はどこで出来るんだと博物の教師に聞いたら、あれは瀬戸物《せともの》じゃありません、伊万里《いまり》ですと言った。伊万里《いまり》だって瀬戸物《せともの》じゃないかと、言ったら、博物はえへへへへと笑っていた。あとで聞いてみたら、瀬戸《せと》で出来る焼物だから、瀬戸《せと》というのだそうだ。おれは江戸っ子だから、陶器の事を瀬戸物《せともの》というのかと思っていた。床の真中に大きな懸物があって、おれの顔くらいな大きさな字が二十八字かいてある。どうも下手なものだ。あんまりまずいから、漢学の先生に、なぜあんなまずいものを麗々とかけておくんですと尋ねたところ、先生はあれは海屋《かいおく》といって有名な書家のかいたものだと教えてくれた。海屋だか何だか、おれは今だに下手だと思っている。

やがて書記の川村がどうかお着席をと言うから、柱があってよりかかるのに都合のいい所へ坐った。海屋の懸物の前に狸が羽織、袴《はかま》で着席すると、左に赤シャツが同じく羽織袴で陣取《じんと》った。右の方は主人公だというのでうらなり先生、これも日本服で控えている。おれは洋服だから、かしこまるのが窮屈《きゅうくつ》だったから、すぐあぐらをかいた。隣の体操教師は黒ずぼんで、ちゃんとかしこまっている。体操の教師だけにいやに修行が積んでいる。やがてお膳が出る。徳利《とくり》が並ぶ。幹事が立って、一《いち》言《ごん》開会の辞を述べる。それから狸が立つ。赤シャツが立つ。ことごとく送別の辞を述べたが、三人共申し合せたようにうらなり君の、良教師で好人物な事を吹聴《ふいちょう》して、今回去られるのはまことに残念である、学校としてのみならず、個人として大いに惜しむところであるが、ご一身上のご都合で、切に転任をご希望になったのだから致し方がないという意味を述べた。こんな嘘をついて送別会を開いて、それでちっとも恥ずかしいとも思っていない。ことに赤シャツに至って三人のうちで一番うらなり君をほめた。この良友を失うのは実に自分にとって大なる不幸であるとまで言った。しかもそのいい方がいかにも、もっともらしくって、例のやさしい声を一層やさしくして、述べ立てるのだから、はじめて聞いたものは、誰でもきっとだまされるにきまってる。マドンナもおおかたこの手で引掛けたんだろう。赤シャツが送別の辞を述べ立てている最中、向側《むこうがわ》に坐っていた山嵐がおれの顔を見てちょっと稲光《いなびかり》をさした。おれは返電《へんでん》として、人指し指でべっかんこうをして見せた。

赤シャツが座に復するのを待ちかねて、山嵐がぬっと立ち上がったから、おれは嬉しかったので、思わず手をぱちぱちとうった。すると狸をはじめ一同がことごとくおれの方を見たには少々困った。山嵐は何を言うかと思うとただ今校長はじめことに教頭は古賀君の転任を非常に残念がられたが、私は少々反対で古賀君が一日《いちじつ》も早く当地を去られるのを希望しております。延岡《のべおか》は僻遠《へきえん》の地で、当地に比べたら物質上の不便はあるだろう。が、聞くところによれば風俗のすこぶる淳朴《じゅんぼく》な所で、職員生徒ことごとく上代樸直《じょうだいぼくちょく》の気風を帯びているそうである。心にもないお世辞をふりまいたり、美しい顔をして君子を陥《おとしい》れたりするハイカラ野郎は一人もないと信ずるからして、君のごとき温良篤厚《おんりょうとっこう》の士は必ずその地方一般の歓迎を受けられるに相違ない。吾輩は大いに古賀君のためにこの転任を祝するのである。終りに臨んで君が延岡《のべおか》に赴任されたら、その地の淑女《しゅくじょ》にして、君子の好逑《こうきゅう》となるべき資格あるものをえらんで一日《いちじつ》も早く円満なる家庭をかたち作って、かの不貞無節なるお転婆《てんば》を事実の上において慚死《ざんし》せしめん事を希望します。えへんえへんと二つばかり大きな咳払いをして席に着いた。おれは今度も手を叩こうと思ったが、またみんながおれの面《かお》を見るといやだから、やめにしておいた。山嵐が坐ると今度はうらなり先生が立った。先生はご丁寧に、自席から、座敷の端の末座まで行って、慇懃《いんぎん》に一同に挨拶をした上、今般は一身上の都合で九州へ参る事になりましたについて、諸先生方が小生のためにこの盛大なる送別会をお開き下さったのは、まことに感銘の至りに堪えぬ次第で――ことにただ今は校長、教頭その他諸君の送別の辞を頂戴して、大いにありがたく服膺《ふくよう》する訳であります。私はこれから遠方へ参りますが、なにとぞ従前の通りお見捨てなくご愛顧のほどを願います。とへえつく張って席に戻った。うらなり君はどこまで人がいいんだか、ほとんど底が知れない。自分がこんなに馬鹿にされている校長や、教頭に恭《うやうや》しくお礼を言っている。それも義理一遍の挨拶ならだが、あの様子や、あの言葉つきや、あの顔つきから言うと、心から感謝しているらしい。こんな聖人に真面目にお礼を言われたら、気の毒になって、赤面しそうなものだが狸も赤シャツも真面目に謹聴《きんちょう》しているばかりだ。

挨拶が済んだら、あちらでもチュー、こちらでもチュー、という音がする。おれも真似をして汁を飲んでみたがまずいもんだ。口取《くちとり》に蒲鉾《かまぼこ》はついてるが、どす黒くて竹輪《ちくわ》の出来損ないである。刺身も並んでるが、厚くって鮪《まぐろ》の切り身を生で食うと同じ事だ。それでも隣近所の連中はむしゃむしゃ旨そうに食っている。おおかた江戸前の料理を食った事がないんだろう。

そのうち燗徳利《かんどくり》が頻繁に往来し始めたら、四方が急に賑やかになった。野だ公は恭《うやうや》しく校長の前へ出て盃《さかずき》を頂いてる。いやな奴だ。うらなり君は順々に献酬《けんしゅう》をして、一巡周《いちじゅんめぐ》るつもりとみえる。はなはだご苦労である。うらなり君がおれの前へ来て、一つ頂戴致しましょうと袴《はかま》のひだを正して申し込まれたから、おれも窮屈《きゅうくつ》にズボンのままかしこまって、一盃《ぱい》差し上げた。せっかく参って、すぐお別れになるのは残念ですね。ご出立はいつです、是非浜までお見送りをしましょうと言ったら、うらなり君はいえご用多《おお》のところ決してそれには及びませんと答えた。うらなり君が何と言ったって、おれは学校を休んで送る気でいる。

それから一時間ほどするうちに席上は大分乱れて来る。まあ一杯、おや僕が飲めと言うのに……などと呂律《ろれつ》の巡りかねるのも一人二人出来て来た。少々退屈したから便所へ行って、昔風な庭を星明りにすかして眺めていると山嵐が来た。どうださっきの演説はうまかったろう。と大分得意である。大賛成だが一ヶ所気に入らない抗議とを申し込んだら、どこが不賛成だと聞いた。

「美しい顔をして人を陥《おとしい》れるようなハイカラ野郎は延岡《のべおか》におらないから……と君は言ったろう」

「うん」

「ハイカラ野郎だけでは不足だよ」

「じゃ何と言うんだ」

「ハイカラ野郎の、ペテン師の、イカサマ師の、猫被《ねこっかぶ》りの、香具師《かし》の、モモンガーの、岡っ引きの、わんわん鳴けば犬も同然な奴とでも言うがいい」

「おれには、そう舌は回らない。君は能弁だ。第一単語を大変たくさん知ってる。それで演舌《えんぜつ》が出来ないのは不思議だ」

「なにこれは喧嘩のときに使おうと思って、用心のために取っておく言葉さ。演舌《えんぜつ》となっちゃ、こうは出ない」

「そうかな、しかしぺらぺら出るぜ。もう一遍やって見たまえ」

「何遍でもやるさいいか。――ハイカラ野郎のペテン師の、イカサマ師の……」と言いかけていると、椽側をどたばた言わして、二人ばかり、よろよろしながら馳け出して来た。

「両君そりゃひどい、――逃げるなんて、――僕が居るうちは決して逃さない、さあのみたまえ。――いかさま師？――面白い、いかさま面白い。――さあ飲みたまえ」

とおれと山嵐をぐいぐい引っ張って行く。実はこの両人共便所に来たのだが、酔ってるもんだから、便所へはいるのを忘れて、おれ等を引っ張るのだろう。酔っ払いは目のあたる所へ用事をこしらえて、前の事はすぐ忘れてしまうんだろう。

「さあ、諸君、いかさま師を引っ張って来た。さあ飲ましてくれたまえ。いかさま師をうんと言うほど、酔わしてくれたまえ。君逃げちゃいかん」

と逃げもせぬおれを壁際《かべぎわ》へおし付けた。諸方を見回してみると、膳の上に満足な肴《さかな》の乗っているのは一つもない。自分の分を奇麗に食い尽して、五六間先へ遠征に出た奴もいる。校長はいつ帰ったか姿が見えない。

ところへお座敷はこちら？　と芸者が三四人はいって来た。おれも少し驚いたが、壁際《かべぎわ》へおし付けられているんだから、じっとしてただ見ていた。すると今まで床柱へもたれて例の琥珀《こはく》のパイプを自慢そうにくわえていた、赤シャツが急に立って、座敷を出にかかった。向《む》うからはいって来た芸者の一人が、行き違いながら、笑って挨拶をした。その一人は一番若くて一番奇麗な奴だ。遠くで聞えなかったが、おや今晩はぐらい言ったらしい。赤シャツは知らん顔をして出て行ったぎり、顔を出さなかった。おおかた校長のあとを追っかけて帰ったんだろう。

芸者が来たら座敷中急に陽気になって、一同が鬨の声を揚げて歓迎したのかと思うくらい、騒々しい。そうしてある奴はなんこを攫《つか》む。その声の大きな事、まるで居合抜《いあいぬき》の稽古《けいこ》のようだ。こっちでは拳《けん》を打ってる。よっ、はっ、と夢中で両手を振るところは、ダーク一座の操人形よりよっぽど上手だ。向《むこ》うの隅ではおいお酌《しゃく》だ、と徳利《とくり》を振ってみて、酒だ酒だと言い直している。どうもやかましくて騒々しくってたまらない。そのうちで手持無沙汰《てもちぶさた》に下を向いて考え込んでるのはうらなり君ばかりである。自分のために送別会を開いてくれたのは、自分の転任を惜んでくれるんじゃない。みんなが酒を呑んで遊ぶためだ。自分独りが手持無沙汰《てもちぶさた》で苦しむためだ。こんな送別会なら、開いてもらわない方がよっぽどましだ。

しばらくしたら、めいめい胴間声《どうまごえ》を出して何か唄い始めた。おれの前へ来た一人の芸者が、あんた、なんぞ、唄いなはれ、と三味線を抱えたから、おれは唄わない、貴様唄ってみろと言ったら、鉦《かね》や太鼓でねえ、迷子の迷子の三太郎と、どんどこ、どんのちゃんちきりん。叩いて回って会われるものならば、わたしなんぞも、鉦《かね》や太鼓でどんどこ、どんのちゃんちきりんと叩いて回って会いたい人がある、と二た息にうたって、おおしんどと言った。おおしんどなら、もっと楽なものをやればいいのに。

すると、いつの間にか傍へ来て坐った、野だが、鈴ちゃん会いたい人に会ったと思ったら、すぐお帰りで、お気の毒さまみたようでげすと相変らず噺《はな》し家《か》みたような言葉使いをする。知りまへんと芸者はつんと済ました。野だは頓着《とんじゃく》なく、たまたま会いは会いながら……と、いやな声を出して義太《ぎだ》夫《ゆう》の真似をやる。おきなはれやと芸者は平手で野だの膝を叩いたら野だは恐悦《きょうえつ》して笑ってる。この芸者は赤シャツに挨拶をした奴だ。芸者に叩かれて笑うなんて、野だもおめでたい者だ。鈴ちゃん僕が紀伊《き》の国を踊るから、一つ弾いて頂戴と言い出した。野だはこの上まだ踊る気でいる。

向《む》うの方で漢学のお爺さんが歯のない口を歪めて、そりゃ聞えません伝兵衛さん、お前とわたしのその中は……とまでは無事に済したが、それから？　と芸者に聞いている。爺さんなんて物覚えのわるいものだ。一人が博物を捕まえて近頃こないなのが、でけましたぜ、弾いてみまほうか。よう聞いて、いなはれや――花月巻《かげつまき》、白いリボンのハイカラ頭、乗るは自転車、弾くはヴァイオリン、半可《はんか》の英語でぺらぺらと、I am glad to see you と唄うと、博物はなるほど面白い、英語入りだねと感心している。

山嵐は馬鹿に大きな声を出して、芸者、芸者と呼んで、おれが剣舞《けんぶ》をやるから、三味線を弾けと号令を下した。芸者はあまり乱暴な声なので、あっけに取られて返事もしない。山嵐はいっさい構わず、ステッキを持って来て、踏破千山万岳烟《ふみやぶるせんざんばんがくのけむり》と真中へ出て独りで隠し芸を演じている。ところへ野だがすでに紀伊《き》の国を済まして、かっぽれを済まして、棚の達磨《だるま》さんを済して丸裸の越中褌《えっちゅうふんどし》一つになって、棕梠箒《しゅろぼうき》を小脇に抱い込んで、日清《にっしん》談判破裂《はれつ》して……と座敷中練りあるき出した。まるで気違いだ。

おれはさっきから苦しそうに袴《はかま》も脱がず控えているうらなり君が気の毒でたまらなかったが、なんぼ自分の送別会だって、越中褌《えっちゅうふんどし》の裸踊まで羽織袴で我慢してみている必要はあるまいと思ったから、そばへ行って、古賀さんもう帰りましょうと退去を勧めてみた。するとうらなり君は今日は私の送別会だから、私が先へ帰っては失礼です、どうぞご遠慮なくと動く景色もない。なに構うもんですか、送別会なら、送別会らしくするがいいです、あの様《ざま》をご覧なさい。気狂《きちがい》会です。さあ行きましょうと、進まないのを無理に勧めて、座敷を出かかるところへ、野だが箒《ほうき》を振り振り進行して来て、やご主人が先へ帰るとはひどい。日清《にっしん》談判だ。帰せないと箒《ほうき》を横にして行く手を塞いだ。おれはさっきから肝癪《かんしゃく》が起っているところだから、日清《にっしん》談判なら貴様はちゃんちゃんだろうと、いきなり拳骨で、野だの頭をぽかりと喰わしてやった。野だは二三秒の間毒気を抜かれた体《てい》で、ぼんやりしていたが、おやこれはひどい。お撲《ぶ》ちになったのは情けない。この吉川をご打擲《ちょうちゃく》とは恐れ入った。いよいよもって日清《にっしん》談判だ。とわからぬ事をならべているところへ、うしろから山嵐が何か騒動が始まったと見てとって、剣舞《けんぶ》をやめて、飛んできたが、このていたらくを見て、いきなり頸筋《くびすじ》をうんと攫《つか》んで引き戻した。日清《にっしん》……いたい。いたい。どうもこれは乱暴だと振りもがくところを横に捩《ねじ》ったら、すとんと倒れた。あとはどうなったか知らない。途中でうらなり君に別れて、うちへ帰ったら十一時過ぎだった。

十、

祝勝会で学校はお休みだ。練兵場《れんぺいば》で式があるというので、狸は生徒を引率して参列しなくてはならない。おれも職員の一人としていっしょにくっついて行くんだ。町へ出ると日の丸だらけで、まぼしいくらいである。学校の生徒は八百人もあるのだから、体操の教師が隊伍《たいご》を整えて、一組一組の間を少しずつ明けて、それへ職員が一人か二人ずつ監督として割り込む仕掛けである。仕掛だけはすこぶる巧妙なものだが、実際はすこぶる不手際である。生徒は子供の上に、生意気で、規律を破らなくっては生徒の体面にかかわると思ってる奴等だから、職員が幾人《いくたり》ついて行ったって何の役に立つもんか。命令も下さないのに勝手な軍歌をうたったり、軍歌をやめるとワーと訳もないのに鬨の声を揚げたり、まるで浪人が町内をねりあるいてるようなものだ。軍歌も鬨の声も揚げない時はがやがや何かしゃべってる。しゃべらないでも歩けそうなもんだが、日本人はみな口から先へ生れるのだから、いくら小言を言ったって聞きっこない。しゃべるのもただしゃべるのではない、教師のわる口をしゃべるんだから、下等だ。おれは宿直事件で生徒を謝罪さして、まあこれならよかろうと思っていた。ところが実際は大違いである。下宿の婆さんの言葉を借りて言えば、正に大違いの勘五郎である。生徒があやまったのは心《しん》から後悔してあやまったのではない。ただ校長から、命令されて、形式的に頭を下げたのである。商人が頭ばかり下げて、ずるい事をやめないのと一般で生徒も謝罪だけはするが、いたずらは決してやめるものでない。よく考えてみると世の中はみんなこの生徒のようなものから成立しているかも知れない。人があやまったり詫びたりするのを、真面目に受けて勘弁するのは正直過ぎる馬鹿と言うんだろう。あやまるのも仮りにあやまるので、勘弁するのも仮りに勘弁するのだと思ってれば差支えない。もし本当にあやまらせる気なら、本当に後悔するまで叩きつけなくてはいけない。

おれが組と組の間にはいって行くと、天麩羅だの、団子だの、という声が絶えずする。しかも大勢だから、誰が言うのだか分らない。よし分ってもおれの事を天麩羅と言ったんじゃありません、団子と申したのじゃありません、それは先生が神経衰弱だから、ひがんで、そう聞くんだぐらい言うにきまってる。こんな卑劣な根性は封建時代から、養成したこの土地の習慣なんだから、いくら言って聞かしたって、教えてやったって、到底直りっこない。こんな土地に一年も居ると、潔白なおれも、この真似をしなければならなく、なるかも知れない。向《むこ》うでうまく言い抜けられるような手段で、おれの顔を汚すのを抛っておく、樗蒲一《ちょぼいち》はない。向《むこ》うが人ならおれも人だ。生徒だって、子供だって、ずう体はおれより大きいや。だから刑罰として何か返報をしてやらなくっては義理がわるい。ところがこっちから返報をする時分に尋常の手段で行くと、向《むこ》うから逆捩《さかねじ》を食わして来る。貴様がわるいからだと言うと、初手《しょて》から逃げ路《みち》が作ってある事だから滔々と弁じ立てる。弁じ立てておいて、自分の方を表向きだけ立派にしてそれからこっちの非を攻撃する。もともと返報にした事だから、こちらの弁護は向《むこ》うの非が挙がらない上は弁護にならない。つまりは向《むこ》うから手を出しておいて、世間体はこっちが仕掛けた喧嘩のように、みなされてしまう。大変な不利益だ。それなら向《むこ》うのやるなり、愚迂多《ぐうた》良童子《らどうじ》をきめ込んでいれば、向《むこ》うはますます増長するばかり、大きく言えば世の中のためにならない。そこで仕方がないから、こっちも向《むこ》うの筆法を用いて捕まえられないで、手の付けようのない返報をしなくてはならなくなる。そうなっては江戸っ子も駄目だ。駄目だが一年もこうやられる以上は、おれも人間だから駄目でも何でもそうならなくっちゃ始末がつかない。どうしても早く東京へ帰って清といっしょになるに限る。こんな田舎に居るのは堕落しに来ているようなものだ。新聞配達をしたって、ここまで堕落するよりはましだ。

こう考えて、いやいや、ついてくると、何だか先鋒《せんぽう》が急にがやがや騒ぎ出した。同時に列はぴたりと留まる。変だから、列を右へはずして、向《むこ》うを見ると、大手町《おおてまち》を突き当って薬師町《やくしまち》へ曲がる角の所で、行き詰ったぎり、押し返したり、押し返されたりして揉み合っている。前方から静かに静かにと声をからして来た体操教師に何ですと聞くと、曲り角で中学校と師範学校が衝突したんだと言う。

中学と師範とはどこの県下でも犬と猿のように仲がわるいそうだ。なぜだかわからないが、まるで気風が合わない。何かあると喧嘩をする。おおかた狭い田舎で退屈だから、暇潰しにやる仕事なんだろう。おれは喧嘩は好きな方だから、衝突と聞いて、面白半分に馳け出して行った。すると前の方にいる連中は、しきりに何だ地方税《ちほうぜい》のくせに、引き込めと、怒鳴ってる。後ろからは押せ押せと大きな声を出す。おれは邪魔になる生徒の間をくぐり抜けて、曲がり角へもう少しで出ようとした時に、前へ！　と言う高く鋭い号令が聞えたと思ったら師範学校の方は粛 粛《しゅくしゅく》として行進を始めた。先を争った衝突は、折合がついたには相違ないが、つまり中学校が一歩を譲ったのである。資格からいうと師範学校の方が上だそうだ。

　祝勝の式はすこぶる簡単なものであった。旅団長が祝詞を読む、知事が祝詞を読む、参列者が万歳を唱える。それでおしまいだ。余興は午後にあるという話だから、ひとまず下宿へ帰って、こないだじゅうから、気に掛っていた、清への返事をかきかけた。今度はもっと詳しく書いてくれとの注文だから、なるべく念入にしたためなくっちゃならない。しかしいざとなって、半切を取り上げると、書く事はたくさんあるが、何から書き出していいか、わからない。あれにしようか、あれは面倒臭い。これにしようか、これはつまらない。何か、すらすらと出て、骨が折れなくって、そうして清が面白がるようなものはないかしらん、と考えてみると、そんな注文通りの事件は一つもなさそうだ。おれは墨を磨《す》って、筆をしめして、巻紙を眺めて、——巻紙を眺めて、筆をしめして、墨を磨《す》って——同じ所作を同じように何返も繰り返したあと、おれには、とても手紙は書けるものではないと、諦めて硯《すずり》の蓋をしてしまった。手紙なんぞをかくのは面倒臭い。やっぱり東京まで出掛けて行って、会って話をするのが簡便だ。清の心配は察しないでもないが、清の注文通りの手紙を書くのは三七日の断食《だんじき》よりも苦しい。

　おれは筆と巻紙を抛り出して、ごろりと転がって肱枕をして庭の方を眺めてみたが、やっぱり清の事が気にかかる。その時おれはこう思った。こうして遠くへ来てまで、清の身の上を案じていてやりさえすれば、おれの真心《まこと》は清に通じるに違いない。通じさえすれば手紙なんぞやる必要はない。やらなければ無事で暮してると思ってるだろう。たよりは死んだ時か病気の時か、何か事の起った時にやりさえすればいい訳だ。

庭は十坪《とつぼ》ほどの平庭で、これという植木もない。ただ一本の蜜柑《みかん》があって、塀《へい》のそとから、目《め》標《じるし》になるほど高い。おれはうちへ帰ると、いつでもこの蜜柑《みかん》を眺める。東京を出た事のないものには蜜柑《みかん》のなっているところはすこぶる珍しいものだ。あの青い実がだんだん熟してきて、黄色になるんだろうが、定めて奇麗だろう。今でももう半分色の変ったのがある。婆さんに聞いてみると、すこぶる水気の多い、旨い蜜柑《みかん》だそうだ。今に熟《うれ》たら、たんと召し上がれと言ったから、毎日少しずつ食ってやろう。もう三週間もしたら、充分食えるだろう。まさか三週間以内にここを去る事もなかろう。

おれが蜜柑《みかん》の事を考えているところへ、偶然山嵐が話しにやって来た。今日は祝勝会だから、君といっしょにご馳走を食おうと思って牛肉を買って来たと、竹の皮の包を袂《たもと》から引きずり出して、座敷の真中へ抛り出した。おれは下宿で芋責豆腐責になってる上、蕎麦屋行き、団子屋行きを禁じられてる際だから、そいつは結構だと、すぐ婆さんから鍋と砂糖をかり込んで、煮方に取りかかった。

山嵐は無暗に牛肉を頬張りながら、君あの赤シャツが芸者に馴染のある事を知ってるかと聞くから、知ってるとも、この間うらなりの送別会の時に来た一人がそうだろうと言ったら、そうだ僕はこの頃ようやく勘づいたのに、君はなかなか敏捷《びんしょう》だと大いにほめた。

「あいつは、ふた言目《ことめ》には品性だの、精神的娯楽だのと言うくせに、裏へ回って、芸者と関係なんかつけとる、けしからん奴だ。それもほかの人が遊ぶのを寛容するならいいが、君が蕎麦屋へ行ったり、団子屋へはいるのさえ取締上害になると言って、校長の口を通して注意を加えたじゃないか」

「うん、あの野郎の考えじゃ芸者買いは精神的娯楽で、天麩羅や、団子は物理的娯楽なんだろう。精神的娯楽なら、もっと大べらにやるがいい。何だあの様《ざま》は。馴染の芸者がはいってくると、入れ代りに席をはずして、逃げるなんて、どこまでも人を胡魔化す気だから気に食わない。そうして人が攻撃すると、僕は知らないとか、露西亜《ロシア》文学だとか、俳句が新体詩の兄弟分だとか言って、人を烟に捲くつもりなんだ。あんな弱虫は男じゃないよ。全く御殿女中《ごてんじょちゅう》の生れ変りか何かだぜ。ことによると、あいつのおやじは湯島《ゆしま》のかげまかもしれない」

「湯島のかげまた何だ」

「何でも男らしくないもんだろう。——君そこのところはまだ煮えていないぜ。そんなのを食うと條虫《さなだむし》がわくぜ」

「そうか、大抵大丈夫だろう。それで赤シャツは人に隠れて、温泉《ゆ》の町の角屋《かどや》へ行って、芸者と会見するそうだ」

「角屋《かどや》って、あの宿屋か」

「宿屋兼料理屋さ。だからあいつを一番へこますためには、あいつが芸者をつれて、あすこへはいり込むところを見届けておいて面詰《めんきつ》するんだね」

「見届けるって、夜番でもするのかい」

「うん、角屋《かどや》の前に枡屋《ますや》という宿屋があるだろう。あの表二階をかりて、障子へ穴をあけて、見ているのさ」

「見ているときに来るかい」

「来るだろう。どうせひと晩じゃいけない。二週間ばかりやるつもりでなくっちゃ」

「随分疲れるぜ。僕あ、おやじの死ぬとき一週間ばかり徹夜して看病した事があるが、あとでぼんやりして、大いに弱った事がある」

「少しぐらい身体が疲れたって構わんさ。あんな奸物《かんぶつ》をあのままにしておくと、日本《にっぽん》のためにならないから、僕が天に代って誅戮《ちゅうりく》を加えるんだ」

「愉快だ。そう事がきまれば、おれも加勢《かせい》してやる。それで今夜から夜番をやるのかい」

「まだ枡屋《ますや》にかけあってないから、今夜は駄目だ」

「それじゃ、いつから始めるつもりだい」

「近々のうちやるさ。いずれ君に報知をするから、そうしたら、加勢してくれたまえ」

「よろしい、いつでも加勢する。僕は計略《はかりごと》は下手だが、喧嘩とくるとこれでなかなかすばしこいぜ」

おれと山嵐がしきりに赤シャツ退治の計略《はかりごと》を相談していると、宿の婆さんが出て来て、学校の生徒さんが一人、堀田先生にお目にかかりたいてておお出でたぞなもし。今お宅へ参じたのじゃが、お留守じゃけれ、おおかたここじゃろうてて捜し当ててお出でたのじゃがなもしと、閾《しきい》の所へ膝を突いて山嵐の返事を待ってる。山嵐はそうですかと玄関まで出て行ったが、やがて帰って来て、君、生徒が祝勝会の余興を見に行かないかって誘いに来たんだ。今日は高知《こうち》から、何とか踊りをしに、わざわざここまで多人数乗り込んで来ているのだから、是非見物しろ、めったに見られない踊だというんだ、君もいっしょに行ってみたまえと山嵐は大いに乗り気で、おれに同行を勧める。おれは踊なら東京でたくさん見ている。毎年八幡様《はちまんさま》のお祭りには屋台が町内へ回ってくるんだから汐酌《しおく》みでも何でもちゃんと心得ている。土佐っぽの馬鹿踊なんか、見たくもないと思ったけれども、せっかく山嵐が勧めるもんだから、つい行く気になって門へ出た。山嵐を誘いに来たものは誰かと思ったら赤シャツの弟だ。妙な奴が来たもんだ。

会場へはいると、回向院《えこういん》の相撲か本門寺《ほんもんじ》の御会式《おえしき》のように幾流《いくながれ》となく長い旗を所々に植え付けた上に、世界万国の国旗をことごとく借りて来たくらい、縄から縄、綱から綱へ渡しかけて、大きな空が、いつになく賑やかに見える。東の隅に一夜作りの舞台を設けて、ここでいわゆる高知《こうち》の何とか踊りをやるんだそうだ。舞台を右へ半町ばかりくると葭簀《よしず》の囲いをして、活花《いけばな》が陳列してある。みんなが感心して眺めているが、一向くだらないものだ。あんなに草や竹を曲げて嬉しがるなら、背虫《せむし》の色男や、跛《びっこ》の亭主を持って自慢するがよかろう。

舞台とは反対の方面で、しきりに花火を揚げる。花火の中から風船が出た。帝国万歳とかいてある。天主の松の上をふわふわ飛んで営所のなかへ落ちた。次はぽんと音がして、黒い団子が、しょっと秋の空を射抜《いぬ》くように上がると、それがおれの頭の上で、ぽかりと割れて、青い烟が傘の骨のように開いて、だらだらと空中に流れ込んだ。風船がまた上がった。今度は陸海軍万歳と赤地に白く染め抜いた奴が風に揺られて、温泉《ゆ》の町から、相生村《あいおいむら》の方へ飛んでいった。おおかた観音様《かんのんさま》の境内《けいだい》へでも落ちたろう。

式の時はさほどでもなかったが、今度は大変な人出だ。田舎にもこんなに人間が住んでるかと驚いたぐらいうじゃうじゃしている。利口な顔はあまり見当らないが、数から言うとたしかに馬鹿に出来ない。そのうち評判の高知《こうち》の何とか踊が始まった。踊というから藤間《ふじま》か何ぞのやる踊かと早合点《はやがてん》していたが、これは大間違いであった。

いかめしい後鉢巻《うしろはちまき》をして、立《た》っ付《つ》け袴《ばかま》をはいた男が十人ばかりずつ、舞台の上に三列に並んで、その三十人がことごとく抜き身をさげているには魂消《たまげ》た。前列と後列の間はわずか一尺五寸ぐらいだろう、左右の間隔はそれより短いとも長くはない。たった一人列を離れて舞台の端に立ってるのがあるばかりだ。この仲間外れの男は袴《はかま》だけはつけているが、後鉢巻《うしろはちまき》は倹約して、抜き身の代りに、胸へ太鼓をかけている。太鼓は太神楽《だいかぐら》の太鼓と同じ物だ。この男がやがて、いやあ、はああと呑気な声を出して、妙な謡《うた》をうたいながら、太鼓をぼこぼん、ぼこぼんと叩く。歌の調子は前代未聞の不思議なものだ。三河萬歳《みかわまんざい》と普陀洛《ふだらく》やの合併したものと思えば大した間違いにはならない。

歌はすこぶる悠長なもので、夏分の水飴《みずあめ》のように、だらしがないが、句切りをとるためにぼこぼんを入れるから、のべつのようでも拍子は取れる。この拍子に応じて三十人の抜き身がぴかぴかと光るのだが、これはまたすこぶる迅速なお手際で、拝見していても冷々《ひやひや》する。隣も後ろも一尺五寸以内に生きた人間が居て、その人間がまた切れる抜き身を自分と同じように振り舞わすのだから、よほど調子が揃わなければ、同志撃を始めて怪我をする事になる。それも動かないで刀だけ前後とか上下とかに振るのなら、まだ危険《あぶなく》もないが、三十人が一度に足踏みをして横を向く時がある。ぐるりと回る事がある。膝を曲げる事がある。隣のものが一秒でも早過ぎるか、遅過ぎれば、自分の鼻は落ちるかも知れない。隣の頭はそがれるかも知れない。抜き身の動くのは自由自在だが、その動く範囲は一尺五寸角の柱のうちにかぎられた上に、前後左右のものと同方向に同速度にひらめかなければならない。こいつは驚いた、なかなかもって汐酌《しおくみ》や関《せき》の戸《と》の及ぶところでない。聞いてみると、これはなはだ熟練のいるもので容易な事では、こういう風に調子が合わないそうだ。ことにむずかしいのは、かの万歳節《まんざい》のぼこぼん先生だそうだ。三十人の足の運びも、手の働きも、腰の曲げ方も、ことごとくこのぼこぼん君の拍子一つできまるのだそうだ。はたで見ていると、この大将が一番呑気そうに、いやあ、はああと気楽にうたってるが、その実ははなはだ責任が重くって非常に骨が折れるとは不思議なものだ。

おれと山嵐が感心のあまりこの踊を余念なく見物していると、半町ばかり、向《む》こうの方で急にわっと言う鬨の声がして、今まで穏やかに諸所《しょしょ》を縦覧《じゅうらん》していた連中が、にわかに波を打って、右左《みぎひだり》にうごき始める。喧嘩だ喧嘩だと言う声がすると思うと、人の袖を潜り抜けて来た赤シャツの弟が、先生また喧嘩です、中学の方で、今朝の意趣返《いしゅがえ》しをするんで、また師範の奴と決戦を始めたところです、早く来て下さいと言いながらまた人の波のなかへ潜り込んでどっかへ行ってしまった。

山嵐は世話の焼ける小僧だまた始めたのか、いい加減にすればいいのにと逃げる人をよけながら一散に馳け出した。見ている訳にも行かないから取り鎮めるつもりだろう。おれは無論の事逃げる気はない。山嵐の踵《かかと》を踏んであとからすぐ現場へ馳けつけた。喧嘩は今が真最中である。師範の方は五六十人もあろうか、中学はたしかに三割方多《がた》い。師範は制服をつけているが、中学は式後大抵は日本服に着換えているから、敵味方はすぐわかる。しかし入り乱れて組んづ、解《ほご》れつ戦ってるから、どこから、どう手を付けて引き分けていいか分らない。山嵐は困ったなと言う風で、しばらくこの乱雑な有様《ありさま》を眺めていたが、こうなっちゃ仕方がない。巡査がくると面倒だ。飛び込んで分けようと、おれの方を見て言うから、おれは返事もしないで、いきなり、一番喧嘩のはげしそうな所へおどり込んだ。止《よ》せ止《よ》せ。そんな乱暴をすると学校の体面に関わる。止《よ》さないかと、出るだけの声を出して敵と味方の分界線らしい所を突きぬけようとしたが、なかなかそう旨くは行かない。一二間はいったら、出る事も引く事も出来なくなった。目の前に比較的大きな師範生が、十五六の中学生と組み合っている。止《よ》せと言ったら、止《よ》さないかと師範生の肩を持って、無理に引き分けようとする途端にだれか知らないが、下からおれの足をすくった。おれは不意を打たれて握った肩を放して、横に倒れた。堅い靴でおれの背中の上へ乗った奴がある。両手と膝を突いて下から、跳ね起きたら、乗った奴は右の方へころがり落ちた。起き上がって見ると、三間ばかり向《むこ》うに山嵐の大きな身体《からだ》が生徒の間に挟まりながら、止《よ》せ止《よ》せ、喧嘩は止《よ》せ止《よ》せと揉み返されてるのが見えた。おい到底駄目だと言ってみたが聞えないのか返事もしない。

ひゅうと風を切って飛んで来た石が、いきなりおれの頬骨《ほおぼね》へあたったなと思ったら、後ろからも、背中を棒でどやした奴がある。教師のくせに出ている、打《ぶ》て打《ぶ》てと言う声がする。教師は二人だ。大きい奴と、小さい奴だ。石をなげろ。と言う声もする。おれは、なに生意気な事をぬかすな、田舎者のくせにと、いきなり、傍に居た師範生の頭を張りつけてやった。石がまたひゅうと来る。今度はおれの五分刈《がり》の頭を掠《かす》めて後ろの方へ飛んで行った。山嵐はどうなったか見えない。こうなっちゃ仕方がない。はじめは喧嘩をとめにはいったんだが、どやされたり、石をなげられたりして、恐れ入って引き下がるうんでれがんがあるものか。おれを誰だと思うんだ。身長《なり》は小さくっても喧嘩の本場で修行を積んだ兄さんだと無茶苦茶に張り飛ばしたり、張り飛ばされたりしていると、やがて巡査だ巡査だ逃げろ逃げろと言う声がした。今まで葛練《くずね》りの中で泳いでるように身動きも出来なかったのが、急に楽になったと思ったら、敵も味方も一度に引上げてしまった。田舎者でも退却《たいきゃく》は巧妙だ。クロパトキンより旨いくらいである。

山嵐はどうしたかと見ると、紋付《もんつき》の一重《ひとえ》羽織をずたずたにして、向《むこ》うの方で鼻を拭いている。鼻柱をなぐられてだいぶ出血したんだそうだ。鼻がふくれ上がって真赤になってすこぶる見苦しい。おれは飛白《かすり》の袷《あわせ》を着ていたから泥だらけになったけれども、山嵐の羽織ほどな損害はない。しかし頬ぺたがぴりぴりしてたまらない。山嵐はだいぶ血が出ているぜと教えてくれた。

巡査は十五六名来たのだが、生徒は反対の方面から退却《たいきゃく》したので、捕まったのは、おれと山嵐だけである。おれらは姓名《せいめい》を告げて、一部始終を話したら、ともかくも警察まで来いと言うから、警察へ行って、署長の前で事の顛末《てんまつ》を述べて下宿へ帰った。

十一、

あくる日目が覚めてみると、身体《からだ》中痛くてたまらない。久しく喧嘩をしつけなかったから、こんなに答えるんだろう。これじゃあんまり自慢もできないと床の中で考えていると、婆さんが四国新聞を持ってきて枕元へ置いてくれた。実は新聞を見るのも退儀《たいぎ》なんだが、男がこれしきの事に閉口《へこ》たれて仕様があるものかと無理に腹這《はらば》いになって、寝ながら、二頁を開けてみると驚いた。昨日の喧嘩がちゃんと出ている。喧嘩の出ているのは驚かないのだが、中学の教師堀田某《ぼう》と、近頃東京から赴任した生意気なる某《ぼう》とが、順良なる生徒を使嗾《しそう》してこの騒動を喚起《かんき》せるのみならず、両人は現場にあって生徒を指揮したる上、みだりに師範生に向って暴行をほしいままにしたりと書いて、次にこんな意見が附記《ふき》してある。本県の中学は昔時《せきじ》より善良温順の気風をもって全国の羨望《せんぼう》するところなりしが、軽薄なる二豎子《じゅうし》のために吾校の特権を毀損《きそん》せられて、この不面目を全市に受けたる以上は、吾人《ごじん》は憤然《ふんぜん》としてたってその責任を問わざるを得ず。吾人《ごじん》は信ず、吾人《ごじん》が手を下す前に、当局者は相当の処分をこの無頼漢《ぶらいかん》の上に加えて、彼等をして再び教育界に足を入るる余地なからしむる事を。そうして一字ごとにみんな黒点を加えて、お灸《きゅう》を据《す》えたつもりでいる。おれは床の中で、糞でも喰らえと言いながら、むっくり飛び起きた。不思議な事に今まで身体《からだ》の関節《ふしぶし》が非常に痛かったのが、飛び起きると同時に忘れたように軽くなった。

おれは新聞を丸めて庭へなげつけたが、それでもまだ気に入らなかったから、わざわざ後架《こうか》へ持って行ってすてて来た。新聞なんて無暗な嘘を吐《つ》くもんだ。世の中に何が一番法螺《ほら》を吹くと言って、新聞ほどの法螺《ほらふ》吹きはあるまい。おれの言ってしかるべき事をみんな向《むこ》うで並べていやがる。それに近頃東京から赴任した生意気な某《ぼう》とは何だ。天下に某《ぼう》という名前の人があるか。考えてみろ。これでもれっきとした姓《せい》もあり名もあるんだ。系図が見たけりゃ、多田満仲《ただのまんじゅう》以来の先祖を一人残らず拝ましてやらあ。——顔を洗ったら、頬ぺたが急に痛くなった。婆さんに鏡をかせと言ったら、けさの新聞をお見たかなもしと聞く。読んで後架《こうか》へすてて来た。欲しけりゃ拾って来いと言ったら、驚いて引き下がった。鏡で顔を見ると昨日と同じように傷がついている。これでも大事な顔だ、顔へ傷まで付けられた上へ生意気なる某《ぼう》などと、某《ぼう》呼ばわりをされればたくさんだ。

今日の新聞に辟易《へきえき》して学校を休んだなどと言われちゃ一生の名折れだから、飯を食っていの一号に出頭した。出てくる奴も、出てくる奴もおれの顔を見て笑っている。何がおかしいんだ。貴様達にこしらえてもらった顔じゃあるまいし。そのうち、野だが出て来て、いや昨日はお手柄で、——名誉のご負傷でげすか、と送別会の時になぐった返報と心得たのか、いやに冷かしたから、余計な事を言わずに絵筆でも舐めていろと言ってやった。するとこりゃ恐入りやした。しかしさぞお痛い事でげしょうと言うから、痛かろうが、痛くなかろうがおれの面《つら》だ。貴様の世話になるもんかと怒鳴りつけてやったら、向側《むこうがわ》の自席へ着いて、やっぱりおれの顔を見て、隣の歴史の教師と何かないしょ話をして笑っている。

それから山嵐が出頭した。山嵐の鼻に至っては、紫色に膨張して、掘ったら中から膿《うみ》が出そうに見える。自惚《うぬぼれ》のせいか、おれの顔よりよっぽど手ひどくやられている。おれと山嵐は机を並べて、隣同志の近しい仲で、おまけにその机が部屋の戸口から真正面にあるんだから運がわるい。妙な顔が二つ塊まっている。ほかの奴は退屈にさえなるときっとこっちばかり見る。とんだ事でと口で言うが、心のうちではこの馬鹿がと思ってるに相違ない。それでなければああいう風にささやきあってはくすくす笑う訳がない。教場へ出ると生徒は拍手をもって迎えた。先生万歳と言うものが二三人あった。景気がいいんだか、馬鹿にされてるんだか分らない。おれと山嵐がこんなに注意の焼点《しょうてん》となってるなかに、赤シャツばかりは平常の通り傍へ来て、どうもとんだ災難でした。僕は君等に対してお気の毒でなりません。新聞の記事は校長とも相談して、正誤を申し込む手続きにしておいたから、心配しなくてもいい。僕の弟が堀田君を誘いに行ったから、こんな事が起ったので、僕は実に申し訳がない。それでこの件についてはあくまで尽力するつもりだから、どうかあしからず、などと半分謝罪的な言葉を並べている。校長は三時間目に校長室から出てきて、困った事を新聞がかき出しましたね。むずかしくならなければいいがと多少心配そうに見えた。おれには心配なんかない、先で免職をするなら、免職される前に辞表を出してしまうだけだ。しかし自分がわるくないのにこっちから身を引くのは法螺《ほらふ》吹きの新聞屋をますます増長させる訳だから、新聞屋を正誤させて、おれが意地にも務めるのが順当だと考えた。帰りがけに新聞屋に談判に行こうと思ったが、学校から取消《とりけ》しの手続きはしたと言うから、やめた。

おれと山嵐は校長と教頭に時間の合間を見計《みはか》って、嘘のないところを一応説明した。校長と教頭はそうだろう、新聞屋が学校に恨みを抱いて、あんな記事をことさらに掲げたんだろうと論断した。赤シャツはおれ等の行為を弁解しながら控所を一人ごとに回ってあるいていた。ことに自分の弟が山嵐を誘い出したのを自分の過失であるかのごとく吹聴《ふいちょう》していた。みんなは全く新聞屋がわるい、けしからん、両君は実に災難だと言った。

帰りがけに山嵐は、君赤シャツは臭いぜ、用心しないとやられるぜと注意した。どうせ臭いんだ、今日から臭くなったんじゃなかろうと言うと、君まだ気が付かないか、きのうわざわざ、僕等を誘い出して喧嘩のなかへ、まき込んだのは策だぜと教えてくれた。なるほどそこまでは気がつかなかった。山嵐は粗暴なようだが、おれより智慧《ちえ》のある男だと感心した。

「ああやって喧嘩をさせておいて、すぐあとから新聞屋へ手を回してあんな記事をかかせたんだ。実に奸物《かんぶつ》だ」

「新聞までも赤シャツか。そいつは驚いた。しかし新聞が赤シャツの言う事をそう容易《たやす》く聴くかね」

「聴かなくって。新聞屋に友達が居りゃ訳はないさ」

「友達が居るのかい」

「居なくても訳ないさ。嘘をついて、事実これこれだと話しゃ、すぐ書くさ」

「ひどいもんだな。本当に赤シャツの策なら、僕等はこの事件で免職になるかも知れないね」

「わるくすると、やられるかも知れない」

「そんなら、おれは明日辞表を出してすぐ東京へ帰っちまわあ。こんな下等な所に頼んだって居るのはいやだ」

「君が辞表を出したって、赤シャツは困らない」

「それもそうだな。どうしたら困るだろう」

「あんな奸物《かんぶつ》のやる事は、何でも証拠の挙がらないように、挙がらないようにと工夫するんだから、反駁《はんばく》するのはむずかしいね」

「厄介だな。それじゃ濡衣《ぬれぎぬ》を着るんだね。面白くもない。天道是《てんどうぜ》か非《ひ》かだ」

「まあ、もう二三日様子を見ようじゃないか。それでいよいよとなったら、温泉《ゆ》の町で取って抑えるより仕方がないだろう」

「喧嘩事件は、喧嘩事件としてか」

「そうさ。こっちはこっちで向《むこ》うの急所を抑えるのさ」

「それもよかろう。おれは策略は下手なんだから、万事よろしく頼む。いざとなれば何でもする」

俺と山嵐はこれで分れた。赤シャツが果たして山嵐の推察通りをやったのなら、実にひどい奴だ。到底智慧《ちえ》比べで勝てる奴ではない。どうしても腕力でなくっちゃ駄目だ。なるほど世界に戦争は絶えない訳だ。個人でも、とどのつまりは腕力だ。

あくる日、新聞のくるのを待ちかねて、ひらいてみると、正誤どころか取消《とりけ》しも見えない。学校へ行って狸に催促すると、あしたぐらい出すでしょうと言う。明日になって六号活字で小さく取消《とりけ》しが出た。しかし新聞屋の方で正誤は無論しておらない。また校長に談判すると、あれより手続きのしようはないのだという答だ。校長なんて狸のような顔をして、いやにフロック張っているが存外無勢力なものだ。虚偽《きょぎ》の記事を掲げた田舎新聞一つあやまらせる事が出来ない。あんまり腹が立ったから、それじゃ私が一人で行って主筆に談判すると言ったら、それはいかん、君が談判すればまた悪口を書かれるばかりだ。つまり新聞屋にかかれた事は、うそにせよ、本当にせよ、つまりどうする事も出来ないものだ。あきらめるよりほかに仕方がないと、坊主の説教じみた説諭を加えた。新聞がそんなものなら、一日も早く打《ぶ》っ潰《つぶ》してしまった方が、われわれの利益だろう。新聞にかかれるのと、すっぽんに食いつかれるとが似たり寄ったりだとは今日ただ今狸の説明によってはじめて承知つかまつった。

それから三日ばかりして、ある日の午後、山嵐が憤然とやって来て、いよいよ時機が来た、おれは例の計画を断行するつもりだと言うから、そうかそれじゃおれもやろうと、即座に一味徒党に加盟した。ところが山嵐が、君はよす方がよかろうと首を傾けた。なぜと聞くと君は校長に呼ばれて辞表を出せと言われたかと尋ねるから、いや言われない。君は？　とき き返すと、今日校長室で、まことに気の毒だけれども、事情やむをえんから処決してくれと言われたとの事だ。

「そんな裁判はないぜ。狸はおおかた腹鼓《はらつづみ》を叩き過ぎて、胃の位置が顛倒《てんどう》したんだ。君とおれは、いっしょに、祝勝会へ出てさ、いっしょに高知《こうち》のぴかぴか踊りを見てさ、いっしょに喧嘩をとめにはいったんじゃないか。辞表を出せというなら公平に両方へ出せと言うがいい。なんで田舎の学校はそう理屈が分らないんだろう。じれったいな」

「それが赤シャツの指金《さしがね》だよ。おれと赤シャツとは今までのゆきがかり上到底両立しない人間だが、君の方は今の通り置いても害にならないと思ってるんだ」

「おれだって赤シャツと両立するものか。害にならないと思うなんて生意気だ」

「君はあまり単純過ぎるから、置いたって、どうでも胡魔化されると考えてるのさ」

「なお悪いや。誰が両立してやるものか」

「それに先だって古賀が去ってから、まだ後任が事故のために到着しないだろう。その上に君と僕を同時に追い出しちゃ、生徒の時間にあきが出来て、授業にさし支えるからな」

「それじゃおれを間《あい》のくさびに一席伺わせる気なんだな。こん畜生《ちきしょう》、だれがその手に乗るものか」


あくる日おれは学校へ出て校長室へ入って談判を始めた。

「何で私に辞表を出せと言わないんですか」

「へえ?」と狸はあっけに取られている。

「堀田には出せ、私には出さないでいいと言う法がありますか」

「それは学校の方の都合で……」

「その都合が間違ってまさあ。私が出さなくって済むなら堀田だって、出す必要はないでしょう」

「その辺は説明が出来かねますが——堀田君は去られてもやむをえんのですが、あなたは辞表をお出しになる必要を認めませんから」

なるほど狸だ、要領を得ない事ばかり並べて、しかも落ち付き払ってる。おれは仕様がないから
「それじゃ私も辞表を出しましょう。堀田君一人辞職させて、私が安閑《あんかん》として、留《とど》まっていられると思っていらっしゃるかも知れないが、私にはそんな不人情な事は出来ません」

「それは困る。堀田も去りあなたも去ったら、学校の数学の授業がまるで出来なくなってしまうから……」

「出来なくなっても私の知った事じゃありません」

「君そうわがままを言うものじゃない、少しは学校の事情も察してくれなくっちゃ困る。それに、来てから一月《ひとつき》たつかたたないのに辞職したと言うと、君の将来の履歴に関係するから、その辺も少しは考えたらいいでしょう」

「履歴なんか構うもんですか、履歴より義理が大切です」

「そりゃごもっとも――君の言うところは一々ごもっともだが、わたしの言う方も少しは察して下さい。君が是非辞職すると言うなら辞職されてもいいから、代りのあるまでどうかやってもらいたい。とにかく、うちでもう一返考え直してみて下さい」

考え直すって、直しようのない明々白々たる理由だが、狸が蒼くなったり、赤くなったりして、可哀想になったからひとまず考え直す事として引き下がった。赤シャツには口もきかなかった。どうせやっつけるならかためて、うんとやっつける方がいい。

山嵐に狸と談判した模様を話したら、おおかたそんな事だろうと思った。辞表の事はいざとなるま

でそのままにしておいても差支えあるまいとの話だったから、山嵐の言う通りにした。どうも山嵐の方がおれよりも利巧らしいから万事山嵐の忠告に従う事にした。

　山嵐はいよいよ辞表を出して、職員一同に告別の挨拶をして浜の港屋《みなとや》まで下《さが》ったが、人に知れないように引き返して、温泉《ゆ》の町の枡屋《ますや》の表二階へ潜んで、障子へ穴をあけてのぞき出した。これを知ってるものはおればかりだろう。赤シャツが忍んで来ればどうせ夜だ。しかも宵《よい》の口は生徒やその他の目があるから、少なくとも九時過ぎにきまってる。最初の二晩《ふたばん》はおれも十一時頃まで張番《はりばん》をしたが、赤シャツの影も見えない。三日目には九時から十時半までのぞいたがやはり駄目だ。駄目を踏んで夜なかに下宿へ帰るほど馬鹿気た事はない。四五日《しごんち》すると、うちの婆さんが少々心配をはじめて、奥さんのおありるのに、夜遊びはおやめたがええぞなもしと忠告した。そんな夜遊びとは夜遊びが違う。こっちのは天に代って誅戮《ちゅうりく》を加える夜遊びだ。とはいうものの一週間も通って、少しも験《げん》が見えないと、いやになるもんだ。おれはせっかちな性分だから、熱心になると徹夜でもして仕事をするが、その代り何によらず長持ちのした試しがない。いかに天誅党《てんちゅうとう》でも飽きる事に変りはない。六日目には少々いやになって、七日目にはもう休もうかと思った。そこへ行くと山嵐は頑固なものだ。宵《よい》から十二時過までは目を障子へつけて、角屋《かどや》の丸ぼやの瓦斯灯《ガスとう》の下を睨めっきりである。おれが行くと今日は何人客があって、泊りが何人、女が何人といろいろな統計を示すのには驚いた。どうも来ないようじゃないかと言うと、うん、たしかに来るはずだがと時々腕組《うでぐみ》をしてため息をつく。可哀想に、もし赤シャツがここへ一度来てくれなければ、山嵐は、生涯天誅《しょうがいてんちゅう》を加える事は出来ないのである。

八日目には七時頃から下宿を出て、まずゆるりと湯に入って、それから町で鶏卵《けいらん》を八つ買った。これは下宿の婆さんの芋責に応ずる策である。その玉子を四つずつ左右の袂《たもと》へ入れて、例の赤手拭を肩へ乗せて、懐手《ふところで》をしながら、枡屋《ますや》の楷子段《はしごだん》を登って山嵐の座敷の障子をあけると、おい有望有望と韋駄天《いだてん》のような顔は急に活気を呈《てい》した。昨夜までは少し塞ぎの気味で、はたで見ているおれさえ、陰気臭いと思ったくらいだが、この顔色を見たら、おれも急にうれしくなって、何も聞かない先から、愉快愉快と言った。

「今夜七時半頃あの小鈴《こすず》という芸者が角屋《かどや》へはいった」

「赤シャツといっしょか」

「いいや」

「それじゃ駄目だ」

「芸者は二人づれだが、――どうも有望らしい」

「どうして」

「どうしてって、ああいう狡い奴だから、芸者を先へよこして、後から忍んでくるかも知れない」

「そうかも知れない。もう九時だろう」

「今九時十二分ばかりだ」と帯の間からニッケル製の時計を出して見ながら言ったが「おいランプを消せ、障子へ二つ坊主頭が写ってはおかしい。狐はすぐ疑ぐるから」

おれは一貫張《いっかんばり》の机の上にあった置きランプをふっと吹きけした。星明りで障子だけは少々あかるい。月はまだ出ていない。おれと山嵐は一生懸命に障子へかおをつけて、息を凝らしている。チーンと九時半の柱時計が鳴った。

「おい来るだろうかな。今夜来なければ僕はもういやだぜ」

「おれは銭のつづく限りやるんだ」

「銭っていくらあるんだい」

「今日までで八日分五円六十銭払った。いつ飛び出しても都合のいいように毎晩勘定するんだ」

「それは手回しがいい。宿屋で驚いてるだろう」

「宿屋はいいが、気が放せないから困る」

「その代り昼寝をするだろう」

「昼寝はするが、外出が出来ないんで窮屈でたまらない」

「天誅《てんちゅう》も骨が折れるな。これで天網恢々疎《てんもうかいかいそ》にして洩らしちまったり、何かしちゃ、つまらないぜ」

「なに今夜はきっとくるよ。――おい見ろ見ろ」と小声になったから、おれは思わずどきりとした。黒い帽子をいただいた男が、角屋《かどや》の瓦斯《ガス》灯《とう》を下から見上げたまま暗い方へ通り過ぎた。違っている。おやおやと思った。そのうち帳場の時計が遠慮なく十時を打った。今夜もとうとう駄目らしい。

世間は大分静かになった。遊廓《ゆうかく》で鳴らす太鼓が手に取るように聞える。月が温泉《ゆ》の山の後ろからのっと顔を出した。往来はあかるい。すると、下《しも》の方から人声が聞えだした。窓から首を出す訳には行かないから、姿を突き留める事は出来ないが、だんだん近づいて来る模様だ。からんからんと駒下駄を引き擦る音がする。目を斜めにするとやっと二人の影法師《かげぼうし》が見えるくらいに近づいた。「もう大丈夫ですね。邪魔ものは追っ払ったから」まさしく野だの声である。「強がるばかりで策がないから、仕様がない」これは赤シャツだ。「あの男もべらんめえに似ていますね。あのべらんめえときたら、勇み肌の坊っちゃんだから愛嬌がありますよ」「増給がいやだの辞表を出したいのって、ありゃどうしても神経に異状があるに相違ない」おれは窓をあけて、二階から飛び下りて、思うさま打《ぶ》ちのめしてやろうと思ったが、やっとの事でしんぼうした。二人はハハハハと笑いながら、瓦斯灯《ガスとう》の下を潜って、角屋《かどや》の中へはいった。

「おい」

「おい」

「来たぜ」

「とうとう来た」

「これでようやく安心した」

「野だの畜生、おれの事を勇み肌の坊っちゃんだと抜かしやがった」

「邪魔物というのは、おれの事だぜ。失敬千万な」

おれと山嵐は二人の帰路を要撃しなければならない。しかし二人はいつ出てくるか見当がつかない。山嵐は下へ行って今夜ことによると夜中に用事があって出るかも知れないから、出られるようにしておいてくれと頼んで来た。今思うと、よく宿のものが承知したものだ。大抵なら泥棒と間違えられるところだ。

赤シャツの来るのを待ち受けたのはつらかったが、出て来るのをじっとして待ってるのはなおつらい。寝る訳には行かないし、始終障子の隙から睨めているのもつらいし、どうも、こうも心が落ちつかなくって、これほど難儀《なんぎ》な思いをした事はいまだにない。いっその事角屋《かどや》へ踏み込んで現場を取って抑えようと発議《ほつぎ》したが、山嵐は一言《ごん》にして、おれの申し出を斥《しりぞ》けた。自分共が今時分飛び込んだって、乱暴者だと言って途中で遮《さえぎ》られる。訳を話して面会を求めれば居ないと逃げるか別室へ案内をする。不用意のところへ踏み込めると仮定したところで何十とある座敷のどこに居るか分るものではない、退屈でも出るのを待つよりほかに策はないと言うから、ようやくの事でとうとう朝の五時まで我慢した。

角屋《かどや》から出る二人の影を見るや否や、おれと山嵐はすぐあとをつけた。一番汽車はまだないから、二人とも城下まであるかなければならない。温泉《ゆ》の町をはずれると一丁ばかりの杉並木があって左右は田圃《たんぼ》になる。それを通りこすとここかしこに藁葺《わらぶき》があって、畠《はたけ》の中を一筋に城下まで通る土手《どて》へ出る。町さえはずれれば、どこで追いついても構わないが、なるべくなら、人家のない、杉並木で捕まえてやろうと、見えがくれについて来た。町を外れると急に馳け足の姿勢で、はやてのように後ろから、追いついた。何が来たかと驚いて振り向く奴を待てと言って肩に手をかけた。野だは狼狽《ろうばい》の気味で逃げ出そうという景色だったから、おれが前へ回って行手を塞いでしまった。

「教頭の職を持ってるものが何で角屋《かどや》へ行って泊った」と山嵐はすぐ詰《なじ》りかけた。

「教頭は角屋《かどや》へ泊って悪いという規則がありますか」と赤シャツは依然として丁寧な言葉を使ってる。顔の色は少々蒼い。

「取締上不都合だから、蕎麦屋や団子屋へさえはいってはいかんと、言うくらい謹直《きんちょく》な人が、なぜ芸者といっしょに宿屋へとまり込んだ」野だは隙を見ては逃げ出そうとするからおれはすぐ前に立ち塞がって「べらんめえの坊っちゃんた何だ」と怒鳴り付けたら、「いえ君の事を言ったんじゃないんです、全くないんです」と鉄面皮《てつめんぴ》に言訳がましい事をぬかした。おれはこの時気がついてみたら、両手で自分の袂《たもと》を握ってる。追っかける時に袂《たもと》の中の卵がぶらぶらして困るから、両手で握りながら来たのである。おれはいきなり袂《たもと》へ手を入れて、玉子を二つ取り出して、やっと言いながら、野だの面へたたきつけた。玉子がぐちゃりと割れて鼻の先から黄味がだらだら流れだした。野だはよっぽど仰天したものと見えて、わっと言いながら、尻持をついて、助けてくれと言った。おれは食うために玉子は買ったが、打《ぶ》つけるために袂《たもと》へ入れてる訳ではない。ただ肝癪《かんしゃく》のあまりに、つい打《ぶ》つけるともなしに打《ぶ》つけてしまったのだ。しかし野だが尻持をついたところを見てはじめて、おれの成功した事に気がついたから、こん畜生、こん畜生と言いながら残る六つを無茶苦茶にたたきつけたら、野だは顔中黄色になった。

おれが玉子をたたきつけているうち、山嵐と赤シャツはまだ談判最中である。

「芸者をつれて僕が宿屋へ泊ったという証拠がありますか」

「宵《よい》に貴様のなじみの芸者が角屋《かどや》へはいったのを見て言う事だ。胡魔化せるものか」

「胡魔化す必要はない。僕は吉川君と二人で泊ったのである。芸者が宵《よい》にはいろうが、はいるまいが、僕の知った事ではない」

「だまれ」と山嵐は拳骨《げんこつ》を食わした。赤シャツはよろよろしたが「これは乱暴だ、狼藉《ろうぜき》である。理非を弁じないで腕力に訴えるのは無法だ」

「無法でたくさんだ」とまたぽかりとなぐる。「貴様のような奸物《かんぶつ》はなぐらなくっちゃ、答えないんだ」とぽかぽかなぐる。おれも同時に野だを散々にたたき据えた。しまいには二人とも杉の根方《ねかた》にうずくまって動けないのか、目がちらちらするのか逃げようともしない。

「もうたくさんか、たくさんでなけりゃ、まだなぐってやる」とぽかんぽかんと両人でなぐったら「もうたくさんだ」と言った。野だに「貴様もたくさんか」と聞いたら「無論たくさんだ」と答えた。

「貴様等は奸物《かんぶつ》だから、こうやって天誅《てんちゅう》を加えるんだ。これに懲《こ》りて以来つつしむがいい。いくら言葉巧みに弁解が立っても正義は許さんぞ」と山嵐が言ったら両人共だまっていた。ことによると口をきくのが退儀《たいぎ》なのかも知れない。

「おれは逃げも隠れもせん。今夜五時までは浜の港屋《みなとや》に居る。用があるなら巡査なりなんなり、よこせ」と山嵐が言うから、おれも「おれも逃げも隠れもしないぞ。堀田と同じ所に待ってるから警察へ訴えたければ、勝手に訴えろ」と言って、二人してすたすたあるき出した。

おれが下宿へ帰ったのは七時少し前である。部屋へはいるとすぐ荷作りを始めたら、婆さんが驚いて、どうおしるのぞなもしと聞いた。お婆さん、東京へ行って奥さんを連れてくるんだと答えて勘定を済まして、すぐ汽車へ乗って浜へ来て港屋《みなとや》へ着くと、山嵐は二階で寝ていた。おれは早速辞表を書こうと思ったが、何と書いていいか分らないから、私儀都合これあり辞職の上東京へ帰り申候《そう》につきさよう御承知くだされたく候以上とかいて校長宛にして郵便で出した。

汽船は夜六時の出帆である。山嵐もおれも疲れて、ぐうぐう寝込んで目が覚めたら、午後二時であった。下女に巡査は来ないかと聞いたら参りませんと答えた。「赤シャツも野だも訴えなかったなあ」と二人は大きに笑った。

その夜おれと山嵐はこの不浄な地を離れた。船が岸を去れば去るほどいい心持ちがした。神戸から東京までは直行で新橋《しんばし》へ着いた時は、ようやく娑婆《しゃば》へ出たような気がした。山嵐とはすぐ分れたぎり今日まで会う機会がない。

清の事を話すのを忘れていた。——おれが東京へ着いて下宿へも行かず、革鞄をさげたまま、清や帰ったよと飛び込んだら、あら坊っちゃん、よくまあ、早く帰って来て下さったと涙をぽたぽたと落した。おれもあまり嬉しかったから、もう田舎へは行かない、東京で清とうちを持つんだと言った。

その後《ご》ある人の周旋で街鉄《がいてつ》の技手《ぎしゅ》になった。月給は二十五円で、家賃は六円だ。清は玄関付きの家でなくっても至極満足の様子であったが気の毒な事に今年の二月肺炎にかかって死んでしまった。死ぬ前日おれを呼んで坊っちゃん後生だから清が死んだら、坊っちゃんのお寺へ埋めて下さい。お墓の中で坊っちゃんの来るのを楽しみに待っておりますと言った。だから清の墓は小日向《こびなた》の養源寺《ようげんじ》にある。

（明治三十九年四月）

1867	0	■一月五日，出生於牛込馬場下橫町（現東京都新宿區喜久井町）。為夏目小兵衛直克（五十歲）與其妻千枝（四十一歲）所生下的第五位兒子（共育有五男三女）。取名為夏目金之助。夏目家代代雖為當地小官，但當時已逐漸沒落，因此金之助出生後便被送到位於四谷的舊傢俱店寄養。
1868	1	■十一月時，過繼給鹽原昌之助作養子，改姓鹽原。
1870	3	■因種痘而引發皰瘡。
1872	5	■養父以鹽原家長男的名義，替金之助申報戶籍。
1873	6	■養父被任命為淺草鎮長，於是舉家搬至淺草諏訪町。
1874	7	■因養父母感情不和，養母與金之助暫時返回夏目家居住。金之助進入淺草壽町戶田小學就讀第八級。
1875	8	■四月，養父母正式離婚。 ■五月，完成第八級與第七級的學業。
1876	9	■夏季時，與養母同時被夏目家收留，但戶籍仍設在鹽原家。金之助轉學至牛込市谷山伏町的市谷小學。
1877	10	■一月，養父遷居至下谷西町。

1878	11	▪二月，與島崎柳塢等友人，所創辦的傳閱雜誌上發表《正成論》一文。 ▪四月，自市谷小學畢業後，就讀神田猿樂町的錦華小學，並於十月畢業。
1879	12	▪於三月進入東京府立第一中學就讀。
1881	14	▪一月，生母千枝去世，享年五十五歲。轉學至二松學舍學習漢學。
1882	15	▪欲以文學為志業，但遭長兄大助勸阻。
1883	16	▪秋天，為了考大學預備科，進入駿河台的成立學舍學習英語。
1884	17	▪與橋本左五郎在小石川極樂水旁的新福寺二樓賃居。 ▪七月，養父擅自將金之助名下的房屋變賣，後因未交出該屋，而被提出必須撤離的告訴。 ▪九月，考進東京大學預備科，同年級的友人有中村是公、芳賀矢一、橋本左五郎等人。入學後不久罹患盲腸炎。
1885	18	▪與中村是公等十人，賃居於猿樂町的末富屋，過著書生般的生活。
1886	19	▪七月，因腹膜炎無法考試，成績落後而被留級。因留級的教訓，從此發憤用功，直至畢業都名列前茅。為了自立更生，與中村是公在本所江東義塾任教，並遷居至義塾宿舍。後因罹患急性砂眼，而開始從自家通學。東京大學預備科改名為第一高等中學。
1887	20	▪長兄大助、次兄榮之助因罹患肺病，先後於三月、六月去世。

1888 21

■一月，復籍改回本姓夏目。
■七月，自第一高等中學預科畢業。
■九月，就讀同校的本科（文科）。

1889 22

■一月，與正岡子規結交。當時的同學有山田美妙，學長有川上眉山、尾崎紅葉、石橋思案等人。
■五月，寄給子規的信中，首次附了一首俳句。於子規《七草集》一書的評論文中，首次使用筆名——「漱石」。
■八月，與同學至房總旅行，並於九月時，以漢詩記錄此行，寫成遊記《木屑錄》一書，邀請松山的子規寫書評。

1890 23

■七月，自第一高等中學本科畢業。
■九月，進入帝國大學文科大學（現東京大學文學部）就讀英文系，獲教育部助學貸款。

1891 24

■夏天，與中村是公、山川信次郎一起攀登富士山。
■七月，獲選為獎學生。從這一年起，致力於寫作俳句。他所敬愛的嫂嫂（和三郎之妻）去世。
■十二月，受J.M. 狄克生教授之託，將《方丈記》（鎌倉時代的隨筆文學）譯成英文。

1892 25

■四月，為了躲避徵兵而分家，將戶籍遷至北海道後志國岩內郡吹上町十七番地。
■五月六日，成為東京專門學校（現早稻田大學）的講師。
■六月，撰寫《老子的哲學》（東洋哲學之論文）。
■七、八月間，與子規同遊京都、堺、岡山，在岡山時遭遇大水災，之後造訪子規的故鄉——松山，並結識高濱虛子。

■十月，於《哲學雜誌》發表評論《關於文壇平等主義的代表——華特．懷德曼（Walt Whitman）之詩作》。

■十二月，撰寫《中學改良策略》。

1893	26	■三月至六月，於《哲學雜誌》上連載《英國詩人對天地山川的觀念》。 ■七月，自帝國大學英文系畢業。繼而進入研究所就讀。同月，和菊池謙二郎、米山保三郎共同至日光地區旅遊。 ■十月，進入東京高等師範當英文教師，年薪四百五十圓。
1894	27	■春天，因疑似罹患肺病，專心療養身體。 ■八月，至松島旅行，訪瑞巖寺。 ■十月，遷居至小石川表町七三法藏院。 ■十二月，至鎌倉圓覺寺釋宗演門下參禪。於此年開始為神經衰弱所苦，有厭世主義的傾向。
1895	28	■四月，辭掉高等師範教職，遠赴愛媛縣松山中學任教。輾轉搬了一、兩次家後，遷居至二番町上野老夫婦家。 ■十二月，返回東京。與當時擔任貴族院書記官長的中根重一之長女鏡子相親。從此時開始專事俳句創作，逐漸在俳句文壇嶄露頭角。
1896	29	■四月，辭掉松山中學的教職，轉赴九州熊本任第五高等學校講師。

- 六月與中根鏡子結婚。
- 七月，升任教授。
- 十月，於五高校友會誌《龍南會雜誌》上發表《人生》一文。

1897　30

- 三月，於《江湖文學》發表《項狄傳》，以介紹英文小說《項狄傳》。
- 六月，生父直克去世，享年八十一歲。
- 七月，和鏡子一同返回東京。鏡子於虎門貴族院書記官長宿舍滯留期間流產，為療養之由，短暫停留鎌倉。這期間曾經多次去探望病中的子規。
- 九月，獨自返回熊本，遷居至大江村四〇一。
- 十月，鏡子回到熊本。

1898　31

- 開始創作漢詩。
- 四月起，妻子的歇斯底里趨於嚴重，更一度企圖投水自盡。
- 十一月，於《杜鵑》發表《不言之言》。學生寺田寅彥經常來訪。妻子苦於嚴重的孕吐，而漱石本身則惱於神經衰弱的毛病。

1899　32

- 一月，赴宇佐八幡、耶馬溪、豐後日田地區旅行。
- 四月，於《杜鵑》上發表《英國文人與新聞雜誌》一文。
- 五月，長女筆子誕生。
- 八月，於《杜鵑》發表《評小說——李爾王》一文。
- 九月上旬，與山川信次郎攀登阿蘇山。

1900	33	▪三月，遷居至市內的北千反畑町。 ▪六月，奉命留職前往英國留學，進行為期兩年的英語研究工作。 ▪七月，為了準備留學而離開熊本，返回東京。 ▪九月，搭乘德國輪船普羅伊森號出航。同行的留學生有芳賀矢一、藤代禎輔等人。 ▪十月，於巴黎停留一週，參觀當地舉辦的萬國博覽會。月底抵達倫敦，借住在 S.E. 伯瑞特夫人的家。
1901	34	▪一月，次女恆子誕生。 ▪四月，和房東一同遷居至圖庭（Tooting）。結識長尾半平。 ▪五月，池田菊苗自柏林前來探訪，受其影響開始構思《文學論》的著作。 ▪五月、六月，於《杜鵑》雜誌發表《倫敦消息》。
1902	35	▪三月，執筆撰寫《文學論》。與老友中村是公會面。 ▪九月，子規在根岸的自宅過世，享年三十四歲。此時漱石神經衰弱症狀加重。 ▪十月赴蘇格蘭旅遊。同時日本國內開始謠傳他發瘋的消息。 ▪十二月，自倫敦返國。
1903	36	▪一月，抵達神戶港，返回東京。 ▪三月，遷居至本鄉千駄木町五十七番地。 ▪四月，就任第一高等學校之教授，並兼任東京帝國大學文科大學的講師，講授「文學形式論」和「沙伊拉斯．瑪那」。

- 六月，於《杜鵑》發表《單車日記》。神經衰弱症愈趨嚴重，與妻子分居約兩個月。
- 九月，開始在東京大學講授「文學論」，此課程維持了大約兩年。另外也教授「莎士比亞」文學。
- 十月，開始學習水彩畫。
- 十一月，三女榮子誕生，神經衰弱再度復發。

1904　37

- 一月，在《帝國文學》發表《關於馬克白的幽靈》一文。
- 二月，於《英國文學會叢誌》發表譯作《索魯瑪之歌》。
- 九月，兼任明治大學講師。
- 十二月，在高濱虛子建議下，於子規門下的文章會「山會」發表《我是貓》一作。

1905　38

- 一月，於《杜鵑》發表《我是貓》第一部，深受好評。在《帝國文學》發表《倫敦塔》；在《學鐙》雜誌上發表《卡萊爾博物館》。
- 二月，於《杜鵑》發表《我是貓》第二部。
- 四月，於《杜鵑》發表《我是貓》第三部及《幻影之盾》。
- 五月，於《七人》雜誌上發表《琴之幻音》；於《新潮》上發表談話筆記《批評家的立場》。
- 六月，於《杜鵑》發表《我是貓》第四部。結束「英國文學概說」課堂
- 七月，於《杜鵑》發表《我是貓》第五部。結束「文學論」課堂。
- 九月，在東京大學開了一門「十八世紀英國文學」的課。在《中央公論》發表《一夜》。
- 十月，由服部書店出版（後改為大倉書店出版）《我是貓》上集。
- 十一月，於《中央公論》上發表《薤露行》一文。

■十二月，四女愛子誕生。寺田寅彥、鈴木三重吉、野上豐一郎、小宮豐隆等人，開始出入於漱石的住處。

1906　39

■一月，於《帝國文學》發表《興趣的遺傳》；於《杜鵑》發表《我是貓》第七、八部。
■三月，於《杜鵑》發表《我是貓》第九部。
■四月，於《杜鵑》發表《我是貓》第十部，以及《少爺》。
■五月，出版《漾虛集》。
■八月，於《杜鵑》發表《我是貓》第十一部。
■九月，於《新小說》發表《草枕》。岳父中根重一去世。
■十月，於《中央公論》發表《二百一十日》。
■十一月，出版《我是貓》中集。
■十二月，遷居至本鄉西片町十番地。

1907　40

■一月，出版《鶉籠》，並在《杜鵑》發表《野分》。
■四月，辭去所有教職，進入朝日新聞社。
■五月三日，於朝日新聞發表《入社之辭》。同月，由大倉書店出版《文學論》及《我是貓》下集。
■六月，長子純一誕生。六月二十三日起至十月二十九日止，在朝日新聞連載《虞美人草》。
■九月，移居早稻田南町第七番地，為胃病所苦。
■十月，於讀賣新聞上發表《寫生文》。約從此年開始，將和文友見面的日子定在每週四，因而稱之為「木曜會」。

年份	年齡	事蹟
1908	41	■自一月一日至四月六日，在朝日新聞上連載《礦工》，並出版《虞美人草》。 ■四月，於《杜鵑》發表《創作家之態度》。 ■六月，在大阪朝日新聞上發表《文鳥》。 ■七月二十五日至八月五日，於朝日新聞上連載《夢十夜》。 ■九月一日至十二月二十九日，於朝日新聞連載《三四郎》，並由春陽堂出版《草枕》。 ■十月，於《早稻田文學》發表了談話筆記《文學雜談》。 ■十一月，於國民新聞發表《答田山花袋君》。 ■十二月，次男伸六誕生。
1909	42	■一月，於朝日新聞上發表《元旦》；分別於大阪朝日新聞和東京朝日新聞連載《永日小品》散文二十四篇。 ■三月，由春陽堂出版《文學評論》。 ■五月，由春陽堂出版《三四郎》。 ■六月至十月於朝日新聞上連載《之後》。 ■九月，應滿州鐵路總裁中村是公的招待至滿州各地旅行。 ■十月，返回東京。十月至十二月，在朝日新聞連載《滿韓風光》。 ■十一月，朝日新聞設「文藝欄」，由漱石主持。
1910	43	■二月，於朝日新聞發表《客觀描寫與印象描寫》一文。 ■三月，五女雛子誕生。自三月至六月，於朝日新聞連載小說《門》。

■五月，由春陽堂出版作品集《四篇》。

■六月，因胃潰瘍住院，七月底出院。

■八月六日，至修善寺溫泉菊屋旅館療養。同月二十四日晚上，突然大量吐血，病情一時惡化，陷入昏迷狀態。

■十月十一日返回東京，住進長與胃腸醫院。同月二十九日至隔年二月二十日，於朝日新聞連載《回憶錄》。

1911　44

■一月，出版《門》。

■二月，獲頒文學博士學位，但是他堅辭；二十四日於東京朝日新聞發表談話筆記《博士問題》；二月出院。

■五月，於朝日新聞發表《文藝委員的任務》。

■六月，於朝日新聞發表《坪內博士與哈姆雷特》。

■七月，《我是貓》的縮刷版出版。

■八月，在大阪因胃潰瘍復發而住進湯川胃腸醫院。

■九月，出院返回東京。

■十月，因朝日新聞「文藝欄」被廢除，而提出辭呈。後因報社挽留而撤回辭呈。

■十一月，出版《朝日演講集》。同月，五女雛子去世。

1912　45

■自一月一日至四月二十九日，於朝日新聞上連載《彼岸過迄》。

■三月，發表《三山居士》。

- 六月，寫下《我與鋼筆》一文。
- 七月，明治天皇駕崩，更改年號。
- 八月，受中村是公邀請，至鹽原、日光、輕井澤、上林溫泉、赤倉等地旅行。
- 九月，出版《彼岸過迄》。此時開始畫水彩創作並鍾情於書法。
- 十二月，於朝日新聞連載《行人》。

1913 46

- 自一月起連續數月，受神經衰弱之舊疾折磨，相當痛苦。
- 二月，出版《社會與個人》一書。
- 三月，因胃潰瘍而纏綿病榻。
- 四月，中斷《行人》的連載。
- 九月，《行人》之續稿再度連載，十一月連載完畢，完稿後因醉心水彩畫，與畫家津田青楓往來頻繁。

1914 47

- 一月七日至十二日，於朝日新聞連載《門外漢與專家》；《行人》一書由大倉書店出版。
- 四月二十日至八月十一日，在朝日新聞上連載《心》一文，並於九月，由岩波書店出版。
- 九月，因胃潰瘍第四度復發，在病榻休養了約一個月。

1915 48

- 一月十三日至二月二十三日，於朝日新聞上連載《玻璃門內》。此時，醉心於良寬的書法。
- 三月，於《輔仁會雜誌》上發表《我的個人主義》；岩波書店出版《玻璃門內》。遊京都時，因舊疾復發再度臥床。
- 四月，返回東京。

- 六月三日至九月四日，於朝日新聞連載《道草》，十月由岩波書店出版。
- 十一月，與中村是公至湯河原旅行。經由林原耕三引薦，久米正雄、芥川龍之介等人入漱石門下。

1916　49

- 自一月一日至二十一日，於朝日新聞連載《點頭錄》。十八日至湯河原療養，停留至二月。
- 四月經真鍋嘉一郎診斷，得知罹患糖尿病，而接受了為期三個月的治療。
- 五月二十六日至十二月十四日，於朝日新聞上連載《明暗》。
- 十一月二十二日，胃潰瘍復發再次臥床，病情急遽惡化，二十八日大量內出血。十二月二日第二次大量內出血，最後於九日晚上六時四十五分永眠。翌日於醫科大學病理學教室，由長與又郎執刀進行解剖。十二日於青山齋場舉行葬禮，戒名為文獻院古道漱石居士。二十八日葬於雜司谷墓地。

1917

- 一月，由岩波書局出版《明暗》一書。
- 十一月，由岩波書局出版《夏目漱石俳句集》。

日本經典文學

少爺
坊っちゃん

國家圖書館出版品預行編目(CIP)資料

日本經典文學：少爺／夏目漱石作；李孟紅翻譯. -- 初版. -- 臺北市：笛藤, 2018.01
面；　公分
ISBN 978-957-710-712-1(平裝)
861.57　　106023541

2023年8月28日　初版第2刷　定價340元

作者　夏目漱石
翻譯　李孟紅
總編輯　洪季楨
編輯　黎虹君
封面設計　王舒玗
內頁設計　王舒玗
發行人　林建仲
發行所　笛藤出版圖書有限公司
地址　台北市重慶南路三段一號三樓之一
電話　(02)2358-3891
傳真　(02)2358-3902
劃撥帳戶　八方出版股份有限公司
劃撥帳號　19809050
總經銷　聯合發行股份有限公司
地址　新北市新店區寶橋路235巷6弄6號2樓
電話　(02)2917-8022・(02)2917-8042
製版廠　造極彩色印刷製版股份有限公司
地址　新北市中和區中山路二段340巷36號
電話　(02)2240-0333・(02)2248-3904